DUMAS ET LES MOUSQUETAIRES

Histoire d'un chef-d'œuvre

Née à Lyon, Simone Bertière est agrégée de lettres classiques. Elle a enseigné le français et le grec dans les classes préparatoires, au lycée de jeunes filles de Bordeaux, puis la littérature comparée à l'université de Bordeaux III et à l'École normale supérieure de jeunes filles. Elle est l'auteur d'une série d'ouvrages consacrés aux reines de France et d'une récente biographie de Mazarin. Elle a également présenté la trilogie de Dumas, *Les Trois Mousquetaires*, *Vingt ans après* et *Le Vicomte de Bragelonne*.

SIMONE BERTIÈRE

Dumas
et les Mousquetaires

Histoire d'un chef-d'œuvre

ÉDITIONS DE FALLOIS

ISBN : 978-2-253-15689-5 – 1re publication LGF

*À ma plus ancienne
et ma plus fidèle amie,
Lucette Vidal*

PROLOGUE

Ils ne sont pas trois, comme le suggère le titre, mais quatre. Cherchez l'intrus, la nouvelle recrue, le postulant, le néophyte, tout frais débarqué de sa province, un enfant cueilli au sortir du nid paternel mais déjà escrimeur chevronné, connaissant mal les bonnes manières mais tout pétri d'honneur, rêvant d'amour, de gloire, de conquêtes : un savoureux composé de candeur et de sagacité. Le plus mousquetaire de tous, c'est lui, d'Artagnan, bien qu'il n'obtienne cet emploi si convoité qu'aux deux tiers du roman : un vrai mousquetaire, authentiquement sorti de l'histoire de France. Non sans un détour par la fiction cependant, puisque ses prétendus *Mémoires*, dont s'inspire Dumas, sont apocryphes. Un personnage appelé à devenir un mythe, géniale création d'un écrivain en quête d'un second souffle, dont il fera la fortune.

Le petit livre que je consacre ici à d'Artagnan et à ses trois amis est sans prétention – comme l'atteste son étendue limitée – et personnel. Il respire la sympathie. J'ai toujours aimé Dumas, depuis *La Tulipe noire* qui a enchanté mon enfance jusqu'à *La San Felice* tardivement découverte. Mais je le lisais pour le plaisir, en amateur. J'ai dû l'aborder en historienne lorsqu'on m'a demandé d'assurer, en trois étapes, la présentation de la trilogie des *Mousquetaires* pour Le Livre de Poche. Je me suis donc livrée à un travail d'analyse, lisant et relisant les textes à la loupe, attentive aux sources, obsédée par la relation de Dumas à l'histoire. Et je me suis heurtée à une surprenante et irritante constatation. Comment se faisait-il que, partie à la recherche d'un détail bien précis, je me sois fréquemment retrouvée, une heure plus tard et cinquante pages plus loin, accrochée par le récit comme si je le lisais pour la première fois, comme si son pouvoir de séduction restait intact ?

L'œuvre, tardive, ne s'inscrit pas dans la ligne des projets initiaux de l'auteur ; elle doit beaucoup aux circonstances et aux contraintes extérieures. Il n'était pas dans les projets de Dumas de s'illustrer dans le roman. Il se croyait promis à une double carrière de dramaturge et d'homme politique. Comment a-t-il été conduit, quasiment par hasard et sans l'avoir cherché, au roman historique ? Dans son immense production romanesque, pourquoi la postérité a-t-elle fait un sort privilégié, unique, aux *Trois Mousquetaires* ? L'itinéraire qui a conduit Dumas à ce coup d'essai, qui fut aussi un coup de maître, est en lui-même une aventure, riche en péripéties et en coups de théâtre, tant était improbable la prodigieuse ascension d'un jeune garçon sans fortune décidé à vivre de sa plume.

Le récit de cette aventure accompagne mon effort pour percer, par l'analyse littéraire, les secrets des trois romans, bien que je sache que la formule magique qui présida à leur création gardera sa part de mystère. Il ouvre aussi sur l'espace du dehors. Car la carrière de Dumas est indissociable de la première moitié du XIXe siècle, où le développement de la presse à grande diffusion transforme la condition de l'écrivain. Loin de s'isoler dans une tour d'ivoire, il en reflète les aspirations, les enthousiasmes, les modes, il en vit les conflits, il en partage les doutes et les désenchantements, parce que la nécessité de gagner sa vie l'oblige à répondre à l'attente du public. Il est mêlé en son temps à toutes les batailles politiques et littéraires – lesquelles vont souvent de pair.

C'est une biographie partielle et ciblée, qui ne vise pas à épuiser la matière d'une vie agitée et vagabonde remplie à ras bord de maîtresses et de créanciers. Elle porte évidemment la trace de mes curiosités et de mes préférences. Je souhaite qu'elle donne à quelques-uns l'envie de relire Dumas – pas seulement les *Mousquetaires* – et qu'elle les amène à voir en lui, outre l'« amuseur » qu'il se flattait d'être, un inépuisable pourvoyeur de rêves et un authentique écrivain.

J'avoue n'avoir pas tout lu de lui et je n'en rougis pas : le *Dictionnaire* répertoire de ses œuvres comporte 239 articles, sans compter les subdivisions. Une partie des informations contenues dans mon livre proviennent des travaux de Claude Schopp, qui en est le spécialiste reconnu. Ma dette à son égard est considérable et c'est avec grand plaisir que je lui rends hommage.

J'y joins des remerciements chaleureux à mon éditeur et ami Bernard de Fallois, et à toute son équipe, dont le soutien moral ne m'a jamais manqué et qui ont travaillé, avec leur soin habituel, à la mise en forme de mon texte. À mes nombreux amis, dont certains m'ont prêté des livres et avec qui j'ai parfois débattu de mon projet. À mes enfants aussi qui ont eu la gentillesse de m'encourager.

PREMIÈRE PARTIE

Se faire un nom

CHAPITRE 1

L'héritage familial

La Révolution et l'Empire ont redistribué les fortunes et les conditions. Les hommes qui accèdent ensuite aux commandes, à quelque bord qu'ils appartiennent, en ont presque tous souffert, soit dans leur famille, soit dans leurs biens, et en restent marqués. Dumas, lui, est le fruit de ce brassage social. Il est issu de la rencontre très improbable entre le fils d'un noble décavé et d'une esclave noire et la fille de l'aubergiste d'un gros bourg provincial. En d'autres temps, de telles origines auraient constitué un handicap quasiment rédhibitoire. Or, si elles ont parfois fourni des insultes aux adversaires jaloux de ses succès, elles ne lui ont fermé aucune porte et n'ont assurément pas nui à ses conquêtes féminines. Une double ascendance, donc, aristocratique d'un côté et populaire de l'autre, dont il se réclamera pour se placer au-dessus des partis.

Les premiers livres de ses *Mémoires* – hymne à la gloire de son père – offrent de celui-ci un portrait largement retouché. Sur ses origines, tout d'abord. Le grand-père, Alexandre-Antoine Davy de La Pailleterie, venait certes d'une famille normande dont la noblesse remontait au XVe siècle. Mais il ne l'illustra guère. Cadet désargenté, il se lassa du métier des armes et, à quarante-cinq ans bien sonnés, décida en 1760 de rejoindre un de ses frères installé à Saint-Domingue. Il s'y querella avec lui et s'isola dans son domaine du Trou-de-Jérémie, où il mena une vie de satrape au milieu de ses esclaves. Inutile de dire qu'il n'y fit pas fortune. En 1773, la mort de ses aînés le ramena en France, pour recueillir l'héritage. Avant de quitter les Caraïbes, il vendit tout ce qu'il possédait là-bas, y compris les quatre enfants – deux garçons et deux filles – que lui avait donnés sa défunte concubine Marie-Césette Dumas[1] ! Trois ans plus tard, il racheta le plus âgé, Thomas-Alexandre, qui avait alors quatorze ans, le fit venir en France, et le reconnut. Dans son récit, le romancier fait de Marie-Césette une femme légitime, en omettant de mentionner sa condition servile et sa négritude. Il signalera un peu plus loin le sang mêlé de son père, mais niera toujours sa bâtardise.

On ne sait pas grand-chose sur la vie – fort dissipée ? – que mena le marquis en compagnie de son fils pendant les dix années qui suivirent. En 1786, peu avant de mourir, il épousa sa femme de charge et le garçon fut invité à prendre le large. Mulâtre très typé, yeux noirs, cheveux noirs crépus, peau sombre, il était remarquablement grand et vigoureux : il s'engagea dans les dragons de la reine. Mais, pour éviter de compromettre son nom, l'orgueil paternel lui imposa de prendre celui de sa mère, Dumas – sans se douter que ce changement lui serait profitable dans les temps troublés.

Son régiment avait un point d'attache à Laon. En août 1789, lors d'une mission à Villers-Cotterêts, il

fut logé à l'auberge de *L'Écu de France* et s'éprit de
la fille de son hôte, la jeune Marie-Louise, dans la fraîcheur de ses vingt ans. Attirance réciproque. Mais le
papa Labouret, prudent, exigea que cet insolite pré-
tendant eût monté en grade. La France était en paix,
les promotions rares : de quoi mettre ses sentiments
à l'épreuve. Mais l'amoureux n'oublia pas. Deux ans
et demi plus tard, la monarchie abolie, il se retrouva
tout naturellement au service du nouveau régime. La
guerre lui offrit l'occasion de s'illustrer, de changer
d'affectation et d'escalader les échelons de la hiérarchie. À l'automne de 1792, il était lieutenant-colonel
et, le 28 novembre, il épousait enfin sa bien-aimée.

La vie conjugale du couple fut d'abord à éclipses, pour
cause d'opérations militaires. Une fille, Alexandrine-
Aimée, naquit bientôt, puis une autre, qui mourut très
vite. Le brillant officier continua son ascension. Son
refus de suivre Dumouriez lorsque celui-ci passa à
l'ennemi dans l'été de 1793 lui valut le grade de général de brigade, puis de général de division. Il mena
donc au combat ces « soldats de l'an deux » – celui
du calendrier révolutionnaire – dont Hugo devait célébrer plus tard l'épopée glorieuse. Cinq ans durant,
il servit la République, sous les divers visages qu'il
plut à celle-ci de revêtir, le plus souvent hors de Paris,
évitant ainsi d'être complice – ou victime – des violences qui secouaient la capitale. Ce n'est pas le lieu
de raconter ici ses principaux exploits, qui eurent
pour théâtre la Savoie et l'Italie du Nord. On retien-
dra seulement de lui deux traits. L'un, presque banal
en ces temps d'exaltation patriotique, est son extrême
courage, porté jusqu'à la témérité. L'autre, infiniment

plus rare, est son humanité, qui va de la répugnance affichée pour les exécutions capitales au refus de participer à la « pacification » de la malheureuse Vendée, « traitée comme une ville prise d'assaut », et où, selon les termes mêmes de son rapport, « tout a été saccagé, pillé, brûlé »[2].

Il n'est pas souple, le général Dumas, il n'aime pas qu'on lui marche sur les pieds, ou qu'on tienne ses avis et ses exploits pour négligeables. Sa rupture avec l'Empereur, qu'on attribue généralement au coup d'État et où l'on voit la manifestation de ses convictions républicaines, est en réalité antérieure. Dès 1795, il s'irrita de l'ascension fulgurante du jeune Bonaparte, son cadet, qui lui volait, croyait-il, les occasions de se couvrir de gloire et méconnaissait ses mérites durant la campagne d'Italie. Il fut ulcéré d'être placé sous ses ordres, en tant que commandant de la cavalerie, lors de l'expédition d'Égypte. Il en désapprouvait les objectifs, qu'il estimait dictés non par l'intérêt du pays, mais par l'ambition personnelle de l'intéressé. Sur place, en dépit de la prise d'Alexandrie, il jugea l'entreprise mal engagée et vouée à l'échec. Il eut le tort d'en parler. Ses propos furent rapportés au général en chef. Il eut avec lui un entretien aigre-doux et demanda à se retirer dès la fin des combats en cours, auxquels il participa loyalement. Bonaparte lui accorda alors son congé, mais en garda contre lui une rancœur d'autant plus vive que la suite des événements corrobora finalement le fâcheux diagnostic.

Pour son retour, il joua de malchance. Une tempête contraignit le navire qui le ramenait à se réfugier dans le port de Tarente. Hélas, la guerre venait de reprendre entre la France et le royaume de Naples. Il fut donc interné, avec les autres passagers français, comme ressortissant ennemi. Sa captivité dura deux ans, dans des conditions sanitaires épouvantables, dont il garda de lourdes séquelles, notamment une jambe estropiée et des troubles digestifs tels qu'il eut la conviction d'avoir été empoisonné. Au début de mai 1801, le voici de retour à Villers-Cotterêts auprès de son épouse. Leurs retrouvailles amènent l'année suivante la naissance du fils tant désiré. Le général lui transmet sa double filiation, génétique et élective. Noblesse oblige : comme tous les aînés chez les Davy de La Pailleterie, l'enfant reçoit le prénom d'Alexandre. Mais en l'honneur de la République, on lui choisit pour parrain le maréchal Brune.

Au début, la situation financière du couple n'est pas mauvaise, bien que le père de Marie-Louise ait dû vendre son auberge qui périclitait. Leur fille aînée est élevée à Paris dans une pension huppée. Eux-mêmes s'installent dans le petit château des Fossés, près du village d'Haramont, et y mènent l'existence de nobliaux campagnards. Le général a été confirmé dans son grade et demande à reprendre du service. Il se croit en état de le faire, malgré les maux récoltés en captivité, assortis de violentes migraines. Mais il n'est pas persona grata auprès de celui qui est désormais Premier Consul. Il reçoit un avis de mise à la retraite. Il réclame les arriérés de solde correspondant à sa captivité. En vain : n'était-il pas en disponibilité sur sa demande ? Condamné à se contenter désormais de sa pension, il troque le château contre une modeste maison. Sa santé se délabre. Un rapide voyage à

Paris, pour consulter l'illustre Corvisart, confirme la gravité de son mal, sans doute un cancer de l'estomac. Il s'éteint à Villers-Cotterêts le 26 février 1806. S'il avait été tué en activité, sa veuve aurait bénéficié d'une réversion. Comme ce n'est pas le cas, elle n'a droit à rien. Leur fils n'a pas encore quatre ans.

Un tel tableau semble promettre au jeune Alexandre une enfance sinistre. C'est le contraire qui est vrai. Il est trop jeune pour garder le souvenir des brèves années d'opulence et sa mère est trop sage pour en cultiver le regret. Elle a hérité de quelques biens tirés de la vente de l'auberge paternelle. Elle retourne sans peine au genre de vie qui était celui de son milieu d'origine, la petite bourgeoisie commerçante et artisanale, où l'on pratique l'économie, mais où l'on échappe à la misère. Et puis, elle ne se sent pas isolée. Comme il est de tradition dans les campagnes, la solidarité familiale joue : oncles et cousins ne la laisseront pas tomber. Matériellement l'enfant ne manque de rien.

Moralement non plus. Sa mère ne se remarie pas. Elle reporte sur lui l'amour qu'elle vouait à son père et bâtit à son intention, sur les brèves années de gloire du défunt, une légende posthume d'où celui-ci émerge magnifié, pur de toute participation aux dérives intérieures du régime et auréolé par son refus de pactiser avec l'usurpateur. L'adolescent construit son identité sur cette image fondatrice dont il se réclamera toute sa vie, fier d'être le fils d'un général républicain victime de sa fidélité aux idéaux de 89. Mais ce père idéal pèse peu sur une vie quotidienne où, idolâtré par sa mère et dorloté par ses cousines, le jeune garçon fait à peu près tout ce qu'il veut. Il ne veut rien de très répréhensible d'ailleurs, sinon s'amuser, courir les bois, pêcher la truite, poser des collets à l'école des braconniers, se bagarrer avec les garçons de son âge, puis bientôt, chasser au fusil comme un homme et courtiser les filles. Et lorsqu'il est pris en flagrant délit de quelque méfait, il sait si bien dérider les gens par des détails désopilants ou les apitoyer d'un aveu déconfit, il a la langue si bien pendue et des anecdotes à revendre et il les raconte si drôlement qu'il met tout le monde dans sa poche. Le seul personnage qu'il redoute quelque peu, tout en l'aimant à l'égal de son père, est un cousin germain de sa mère, Jean-Michel Deviolaine, qui remplit auprès de lui l'indispensable fonction d'autorité. Quelques suspicions qu'inspire le vaste répertoire d'anecdotes rapportées dans ses *Mémoires*, une chose est sûre, à n'en pas douter : ses souvenirs de jeunesse respirent une authentique joie de vivre et, tout au long de sa vie, son pays natal fait figure de havre où il aspire à se ressourcer.

Bien que Villers-Cotterêts fût sur le trajet des armées, Révolution et Empire y ont glissé sans y laisser trop de traces. Comme souvent dans les régions rurales, on y prenait les vicissitudes politiques comme les intempéries climatiques, en s'abritant au moins mal et en attendant le retour du beau temps. De l'épopée impériale, Alexandre n'a connu que la déconfiture. En 1814, peu avant la première abdication, il vit passer Mortier, revenant de Russie, talonné par des Cosaques et par des Prussiens, et assista à quelques échauffourées. Lors d'un voyage éclair à Paris, il aperçut le petit roi de Rome qu'on présentait aux troupes. L'année suivante, les Bourbons à peine rétablis cédaient la place au revenant évadé de l'île d'Elbe. Villers-Cotterêts, secoué d'un sursaut de fierté patriotique, vit défiler trente mille hommes, « trente mille géants, la légende vivante et glorieuse de la France », marchant d'un pas ferme vers la Belgique, voués à la mort comme des gladiateurs antiques par l'Empereur, que Dumas put entrevoir somnolant au fond de sa berline, « tête pâle et maladive qui semblait grassement taillée dans un bloc d'ivoire ». Et bientôt ce fut le même trajet, en sens inverse : au même endroit, « le même homme, le même visage, pâle, maladif, impassible. Seulement la tête un peu plus inclinée sur la poitrine »[3]. Ensuite, trois jours durant, Villers-Cotterêts assista au défilé des survivants de l'horrible boucherie, les rescapés à l'avant, suivis des moins atteints, puis des blessés agonisant sur des charrettes. Et derrière eux survinrent les Prussiens et les Anglais, dont les officiers occupèrent chez l'habitant les chambres encore chaudes de leurs homologues français.

Au cours de ces années agitées, les opinions, unanimes dans leur détestation de l'ennemi, se séparaient sur le plan intérieur « en deux couleurs bien tranchées : on était royaliste ou bonapartiste. Les républicains étaient passés »[4]. Marie-Louise se trouvait donc en porte à faux. Par bonheur, les sympathies personnelles tranchaient sur les appartenances politiques. Ainsi la vit-on envoyer son fils secourir deux généraux bonapartistes emprisonnés – parce qu'ils portaient « le même habit et les mêmes épaulettes » que son défunt époux[5]. Ce qui ne l'empêchait pas d'avoir la plus vive affection pour son cousin Deviolaine, aux convictions monarchistes ouvertement affichées. À

Paris, les Bourbons revinrent – pour de bon cette fois. Et Villers-Cotterêts suivit la pente naturelle qui l'attachait depuis longtemps aux rois, séduits par les forêts giboyeuses des environs. François Ier y avait remplacé la vieille bâtisse médiévale par un château superbe, conçu d'après des plans de Philibert Delorme. Les séjours royaux assuraient la prospérité de toute la région. Or ce château, avec l'immense domaine afférent, était passé au XVIIIe siècle dans l'apanage des Orléans, qui y entretenaient une solide clientèle. Les habitants, qui avaient vu avec désolation le château transformé en dépôt de mendicité sous la Révolution et l'Empire, saluèrent avec joie la Restauration qui leur rendait leur protecteur traditionnel en la personne de Louis-Philippe de Bourbon, duc d'Orléans.

L'avènement de Louis XVIII avait apporté à la mère de Dumas un secours providentiel. Son cousin avait obtenu pour elle un bureau de tabac : ressources modestes, mais assurées. Elle ne pressa pas son fils de prendre un emploi. Il fallut y songer, pourtant. Ce n'était pas un paresseux et il ne manquait nullement de capacités. Bien qu'il ait mis plus tard son point d'honneur à passer pour autodidacte, il fut un élève honorable. Les leçons du bon abbé dont il fréquenta le petit collège lui inculquèrent soin et discipline, grâce à quoi il acquit une magnifique écriture, avec pleins et déliés, ornée des fioritures d'usage. Elles lui donnèrent une solide maîtrise du français, des rudiments de latin et un embryon de culture, perceptible dans les citations de La Fontaine ou de Molière et dans les allusions bibliques ou mythologiques qui émailleront plus tard ses récits. Il apprit ensuite assez d'italien pour traduire Foscolo, recula devant l'allemand, trop difficile, et dut savourer une version française de la fameuse ballade de Bürger, *Lénore.* Que faire avec ce bagage, adossé à une excellente mémoire ? À douze ans, il avait manifesté par une fugue de trois jours sa répugnance absolue pour l'état ecclésiastique : on refusa la bourse proposée pour le séminaire. Par amitié pour sa mère, le notaire de la ville offrit de le former au métier, à titre de *saute-ruisseau.* Il y resta cinq ou six ans, occupé à tout autre chose qu'à l'étude du droit. Il conquit sa première maîtresse, se lia avec Adolphe de Leuven, féru de littérature, découvrit le théâtre à Soissons grâce une représentation d'*Hamlet* dans la fade transposition de Ducis. Il en garda « une impression profonde, pleine de sensations inexplicables, de désirs sans but, de mystérieuses lueurs[6] », avec la certitude que sa vocation était là. Il entama aussitôt, avec la collaboration d'Adolphe, la rédaction de deux vaudevilles et d'une tragédie.

En 1822, le voici monté en grade, second clerc à Crépy-en-Valois, logé, nourri, à 1 200 francs par an. Pour une tâche de gratte-papier, ce n'est pas si mal. Mais il se ronge d'ennui. Au mois de novembre, en l'absence et à l'insu de son patron, un ancien confrère l'entraîne dans une virée à Paris, où il retrouve son ami Leuven. Celui-ci lui procure un billet pour la Comédie-Française, qui affiche ce soir-là *Sylla,* avec le célébrissime Talma dans le rôle-titre. Ni l'auteur, ni le personnage éponyme n'auraient suffi à en expliquer le succès prolongé si le génial tragédien n'en avait profité pour rendre, par-delà le dictateur romain, un hommage à Napoléon, récemment mort à Sainte-

Hélène, dont il avait été l'acteur fétiche. Pour le jeune Dumas, « étourdi, ébloui, fasciné », le choc fut tel qu'il lui arrache trente ans plus tard, dans ses *Mémoires*, des accents lyriques : « Quand je vis Talma entrer en scène, je jetai un cri de surprise. Oh oui ! c'était bien le masque de l'homme sombre que j'avais vu passer dans sa voiture, la tête inclinée sur sa poitrine, huit jours avant Ligny, et que j'avais vu revenir le lendemain de Waterloo. […] L'abdication de Sylla rappelait l'abdication de l'Empereur, la tête de Talma le masque de Napoléon. […] Mais il y avait quelque chose derrière le masque de l'acteur et l'allusion de la tragédie ; il y avait de beaux vers, de grandes situations, un dénouement audacieux de simplicité […]. Beaucoup ont essayé depuis, avec le prestige de l'uniforme vert, de la redingote grise et du petit chapeau, de reproduire cette médaille antique, ce bronze moitié grec, moitié romain ; mais nul, ô Talma, n'a eu ton œil plein d'éclairs, avec cette calme et sereine physionomie sur laquelle la perte d'un trône et la mort de trente mille hommes n'avaient pu imprimer un regret ni la trace d'un remords[7]. »

Et voici qu'un miracle de plus vient couronner cette soirée ! À la fin de la représentation, Adolphe l'introduit dans le saint des saints où se pressent les admirateurs du tragédien. Nouveau miracle : Talma daigne l'interroger sur ses projets d'avenir et, ému de son exaltation juvénile, le sacre poète « au nom de Shakespeare, Corneille et Schiller[8] ». Après un tel adoubement, comment rester clerc de notaire ? Celui de Crépy-en-Valois apporte son concours involontaire à la destinée du dramaturge en herbe à qui son escapade vaut un avertissement sévère préludant à un congé. N'est-ce pas le signe que l'attendent à Paris gloire et fortune ?

Dumas n'a donc rien d'un « *enfant du siècle* » au sens où l'entend Musset dans sa *Confession*. Il est un enfant du siècle seconde manière, un de ceux auxquels Balzac donnera le visage d'Eugène de Rastignac et de Lucien de Rubempré, sans parler du Julien Sorel de Stendhal. Certes il conserve la nostalgie des temps héroïques et troublés où tout était possible. Cependant, ni blasé, ni désenchanté, il ne se sent l'objet d'aucune malédiction et ne croit pas porter malheur à tout ce qui l'entoure. Il n'a pas le sentiment, comme tant d'autres, d'arriver trop tard dans un monde trop vieux, aux perspectives irrémédiablement condamnées. Il est heureux de vivre et bien décidé à faire son chemin dans un monde que les récents bouleversements ont rendu plus ouvert. Il aborde l'avenir avec confiance et, chose plus rare, sans mauvais souvenirs.

Chapitre 2

À la conquête de Paris

Comment s'implanter dans la capitale ? Alexandre n'a pas la naïveté de croire qu'il sera reçu à bras ouverts. Il prépare sa transplantation. Une certitude : on ne vit pas à Paris sans argent. Il racle ses fonds de tiroirs, vend tout ce qu'il possède de monnayable – y compris son chien –, pour se constituer un pécule initial, tout en sachant qu'il lui faudra trouver ensuite un emploi, source de revenus réguliers. En guise de sésame, il compte sur les lettres, pieusement conservées par sa mère, qu'ont adressées jadis au défunt général des compagnons désormais bien placés. Il espère beaucoup du ministre de la Guerre, Victor, maréchal d'Empire rallié aux Bourbons, auprès de qui il sollicite une audience. Hélas, le passé est loin, la mémoire courte. La tournée des anciens combattants s'achève au soir du 31 mars sur un échec.

Il a encore en poche une lettre de recommandation, une vraie, toute fraîche. Elle invoque certes le souvenir de son père, mais pas par une voix d'outre-tombe. L'auteur est un gros fermier des environs de Villers-Cotterêts, qui a servi d'agent au général Foy

pour sa récente élection comme député de l'Aisne. Le
1er avril – une date à retenir, on verra plus loin pourquoi – le jeune postulant reçoit de celui-ci un accueil
aimable. À quoi est-il bon? À pas grand-chose, si
l'on en croit le récit plein d'humour des *Mémoires*.
Si, tout de même : il a une belle écriture. Que dirait-
il d'une place d'expéditionnaire dans les bureaux du
duc d'Orléans, avec qui le général doit dîner le soir
même? Le lendemain, c'est chose faite : il est engagé
sur l'heure, comme surnuméraire. Autant dire qu'on
a créé le poste pour lui. Il n'est pas difficile de deviner derrière cette affaire, dont tous les fils partent de
Villers-Cotterêts, la main de Jean-Michel Deviolaine,
à qui vient tout juste d'échoir une haute fonction dans
les services du duc d'Orléans, la direction de tous ses
domaines forestiers. Comme il dispose à ce titre d'un
bureau au Palais-Royal, il sera à même de surveiller
son protégé. Il n'en fallait pas moins pour rassurer
une mère éplorée. Alexandre a compris une chose :
les relations sont la clef du succès.

Il est servi par sa bonne mine. C'est alors un garçon
de très haute taille, efflanqué mais d'une vigueur à
toute épreuve. Il tient de son père des lèvres charnues,
un teint ocré et une indomptable toison sombre et cré-
pue. Mais son visage est illuminé par des yeux d'un
bleu intense, qu'il doit à sa mère. Gai, chaleureux,
serviable, il a le contact facile. Comme il ne doute
de rien, il aborde avec naturel les gens les plus inti-
midants – poli, jamais servile – et il se montre d'une
incroyable obstination pour ce à quoi il tient. Il est de
ceux qu'on chasse par la porte et qui reviennent par

la fenêtre, avec un sourire désarmant. On ne s'ennuie jamais en sa compagnie. Doué de l'esprit de répartie, il excelle à soutenir la conversation. Et pour meubler les temps morts, il a dans son sac une réserve d'anecdotes à conter, en dosant savamment ses effets. Quand il est lui-même en cause, il ment avec une telle conviction qu'il est difficile de ne pas le croire.

Quel avenir s'offre à lui? Le *rouge* et le *noir* lui sont également fermés : l'armée, parce qu'elle a cessé de recruter, l'Église, parce qu'il n'en veut à aucun prix. Sa future carrière ne saurait être que littéraire. Hélas, il n'est pas le seul à s'y engager. Après la cure de relative abstinence imposée par la Révolution et l'Empire, la littérature explose. Mais le tribut prélevé par l'échafaud et les champs de bataille a laminé la génération précédente. Les chemins sont ouverts à ceux qui, comme Dumas, sont nés avec le siècle. Il compte bien s'y tailler une place au plus haut niveau, mais il hésite sur la marche à suivre.

Or, c'est un jeune homme pressé. Il a déjà des charges : une mère, une maîtresse, un enfant en gestation – les deux dernières en un seul exemplaire pour l'instant. Avant même d'avoir appelé la première à le rejoindre à Paris, il s'est mis en ménage avec sa voisine de palier, une jeune lingère, Laure Labay. Elle s'apprête à lui donner un petit Alexandre, dont il n'osera de longtemps avouer l'existence à sa grand-mère. Il finance donc deux domiciles, entre lesquels il navigue. Mais il lui faut bientôt en assumer un troisième, la chambre où abriter ses rencontres avec Mélanie Waldor, une femme du monde de quelques années son aînée, qui lui a ouvert la porte des milieux littéraires.

Évoquons ici, une fois pour toutes, l'envahissante question de ses rapports avec les femmes, vers qui le pousse un attrait irrésistible. Elles sont les victimes de ses sincérités successives, voire simultanées. Ses biographes ont tenté d'établir la liste, non limitative, de ses innombrables maîtresses. Oubliées très vite, celles de Villers-Cotterêts. Rompue la relation orageuse qui l'unit un temps à Mélanie Waldor. Suit alors, entrecoupée de passades auprès d'admiratrices occasionnelles, une kyrielle de liaisons avec des actrices en quête de rôles, dont l'une réussit à se faire épouser – pas pour longtemps. Parmi les divers bâtards qui en résultèrent, il ne reconnut en sus d'Alexandre qu'une fille, Marie-Alexandrine. Les relations entre lui, sa mère, sa femme, ses enfants et ses différentes maîtresses offrent, avec un siècle et demi d'avance, un ahurissant exemple de famille « recomposée », qui fit scandale en son temps.

L'histoire de ses amours n'est pas l'objet de ce livre. Mais son comportement amoureux est révélateur de sa personnalité. Il n'a de commun avec don Juan que le nombre, mais la perversité calculée du séducteur légendaire lui est étrangère, il n'éprouve aucune jouissance à dévoyer, à faire souffrir, puis à abandonner ses conquêtes. Vivant dans l'instant, il ne ment pas lorsqu'il déclare les aimer d'une passion exclusive. Seulement il se lasse vite et, comme il ne sait pas rompre, il se débat dans un écheveau de mensonges jusqu'au jour où certaines prennent l'initiative

de le lâcher – ce dont il a la candeur de se montrer
surpris. C'est que sa personnalité est conditionnée
par le théâtre. Il cherche à retrouver les émotions que
procurent sur la scène les grands duos d'amour, il
les rejoue dans la vie réelle, et le langage dont il use
pour écrire à ses bien-aimées ressemble étrangement
à des tirades de théâtre. Avec une nuance toutefois.
L'identification aux héros tragiques ne se soutient
pas jusqu'au dénouement : meurtre et suicide en sont
exclus. Mais comme le répertoire ne lui fournit pas
de modèles adéquats, il se dérobe lâchement aux ruptures en laissant pourrir. Les coups de cœur dont il
conserve de bons souvenirs sont ceux qui l'unissent
brièvement à des actrices de premier plan – Marie
Dorval ou la cantatrice Caroline Ungher –, excursus
romanesques sans incidences sur sa vie quotidienne.
Les autres amours sont plutôt des boulets à traîner,
des freins qui entravent une carrière à laquelle il tient
passionnément.

Sa vocation est, à l'évidence, le théâtre. Il peut apporter la fortune et la gloire. Mais les préalables y sont
longs. Et pour s'y faire un nom, il est des moyens plus
recommandables que les vaudevilles écrits en commun
avec Adolphe de Leuven. *La Chasse et l'amour* et
La Noce et l'enterrement ont fini par trouver preneur l'un
à l'Ambigu-Comique, l'autre à la Porte-Saint-Martin.
Alexandre – plaisant retour des choses – a jugé bon de
se dissimuler sous son vrai patronyme, celui de Davy –
sans Pailleterie cependant. Il songe d'abord à la poésie, qui est d'un rapport plus modeste, mais immédiat.

Il se trouve encore des mécènes pour financer des vers célébrant leurs mérites. Mais Lamartine et Vigny occupent déjà le terrain. De plus, l'exercice a des implications politiques. En révolte contre le rationalisme desséchant des Lumières et entraînée dans le sillage du *Génie du christianisme*, la poésie est alors royaliste et catholique. Une pension royale de 1 000 francs annuels a récompensé les *Odes et Ballades* du jeune Victor Hugo. Non, Dumas ne se résout pas à encenser les Bourbons, mais la mort de son protecteur, le général Foy, lui inspire une *Élégie* qui lui vaut des éloges, à défaut de revenus. Et il ne risque rien à célébrer Canaris, héros de l'indépendance grecque.

Toujours à l'affût de ce qui peut plaire, il s'aperçoit que les « petites choses » ont du succès. Il écrit trois nouvelles et trouve un imprimeur assez courageux pour les éditer : sur les mille exemplaires tirés, il s'en vend quatre. Comment trouve-t-il à nouveau un commanditaire pour financer une revue poétique mensuelle, *La Psyché*, dont il est le rédacteur en chef et le principal contributeur ? *Le Sylphe* et *L'Adolescent malade*, qui voisinent avec *Le Poète, Le Pâtre, La Néréide* et *L'Aigle blessé*, n'émeuvent que peu de lecteurs. Mais il y accueille libéralement ses confrères – Nodier, Hugo, voire même Chateaubriand. Lorsqu'elle meurt au bout de quelques mois, elle a rempli son office, en jetant un pont entre lui et les poètes de l'autre bord. Il refuse encore de se rendre à l'évidence : ses propres vers sont détestables. Mais il s'est fait d'utiles relations, qui se mueront parfois en amitié.

Sur le plan politique, il est marqué, qu'il le veuille ou non. Après l'avènement de Charles X, qui succède à son frère Louis XVIII en 1824, la situation se tend. Tandis que s'affirme chez le nouveau roi la volonté de rétablir son autorité absolue sous forme pure et dure, les partisans d'une monarchie constitutionnelle conforme à la Charte passent dans l'opposition sous le nom de libéraux. Si modestes qu'elles soient, les fonctions de Dumas au Palais-Royal le rattachent à ces derniers, qui commencent à voir dans le duc d'Orléans un recours. Ses convictions républicaines n'y font pas obstacle. Il pratique en la matière un œcuménisme fondé sur sa sympathie pour les êtres plutôt que sur leur appartenance partisane. Il fréquentera concurremment des salons bonapartistes, libéraux et royalistes. Pourquoi lui en faire grief ? Il n'est pas de ceux parmi lesquels on recrute les coupeurs de têtes. Et puis, dans cette période qui a vu tant de changements de régimes, les appartenances partisanes ont été prises de tournis. Pour autant qu'on les connaisse, les noms de ses amis, qui se situent sur tout l'éventail politique – extrémistes des deux bords mis à part –, plaident en sa faveur. Et il leur est resté fidèle.

La poésie lyrique ne l'a pas détourné du théâtre. Mais il n'y a de grand à ses yeux que la tragédie – en vers, bien sûr. En 1833, il a raconté lui-même dans un article de la *Revue des Deux Mondes*, intitulé « Comment je devins auteur dramatique », ses premiers pas dans cette voie. Entre 1825 et 1827, il semble avoir mené de front trois ébauches : *Les Puritains d'Écosse*, écrits en collaboration avec Frédéric Soulié, qui ont sombré corps et biens sans avoir été

joués ni publiés ; *Les Gracques*, tragédie mort-née
qu'il affirme avoir brûlée aussitôt lui-même ; et un
Fiesque, d'après Schiller, qui ne subit le même sort
qu'après avoir été refusé par la Comédie-Française. Il
s'efforçait, comme Voltaire, de renouveler les sujets,
dont deux au moins étaient tirés de l'histoire nationale
de Grande-Bretagne ou d'Allemagne, mais il respectait, comme lui, les formes canoniques imposées par
le classicisme.

La venue à Paris, en septembre 1827, d'une troupe
de comédiens anglais fut un éblouissement. Cinq ans
plus tôt, leurs confrères avaient été sifflés et bombar-
dés d'œufs pourris. Depuis, l'opinion avait évolué.
Mais la troupe de Covent Garden nouvellement arrivée de Londres comportait les acteurs les plus prestigieux, dont Kemble et Harriet Smithson, et surtout
elle jouait Shakespeare dans la langue d'origine, ce
qui ajoutait au dépaysement. Elle donna notamment
Hamlet, Othello, Le Roi Lear, Le Marchand de Venise.
« C'était la première fois, s'écrie Dumas, que je voyais
au théâtre des passions réelles, animant des hommes
et des femmes en chair et en os[9]. » Il se sent « comme
un aveugle-né auquel on rend la vue, qui découvre un
monde tout entier dont il n'avait jamais eu l'idée ».
Le rêve d'un théâtre libéré des conventions classiques
était dans l'air depuis quelques années. Hugo venait
d'en faire la théorie dans la Préface de son *Cromwell*.
Mais sa pièce n'était pas jouable. Certains auteurs,
comme Mérimée avec le *Théâtre de Clara Gazul*
ou Vitet avec *Les États de Blois*, en avaient pris leur
parti, ils écrivaient pour la lecture – ce que continuera

de faire Musset. Les Anglais, eux, avaient démontré que le drame pouvait affronter la scène.

Dumas se mit aussitôt en quête d'un sujet. Le trouva-t-il dans un bas-relief exposé au Salon de 1827 comme il le prétend, ou se contenta-t-il de cueillir une idée qui flottait dans l'air? Il s'empara d'un épisode scandaleux emprunté à la vie de la reine Christine de Suède, la mise à mort sous ses yeux, pour trahison, de son secrétaire et amant Monaldeschi, dans la Galerie aux Cerfs du château de Fontainebleau. Il n'osa pas renoncer à l'alexandrin classique. Mais pour ce qui est des passions, de la violence et du sang, il ne lésina pas. Il eut fini très vite. Restait à la faire jouer. Chacun sait qu'il n'est jamais facile à un dramaturge de passer de l'écriture à la représentation. Mais sous la Restauration, l'entreprise avait tout d'un parcours du combattant.

Il fallait d'abord trouver un théâtre. On n'en manquait pas à Paris, mais ils étaient fortement hiérarchisés. Tout en haut de l'échelle se trouvait le Théâtre-Français, tel que nous le voyons aujourd'hui, doté sur la rive gauche, à l'Odéon, d'une annexe moins cotée. Les autres s'étiraient le long des grands boulevards en gradation descendante, entre l'extrémité orientale de celui des Italiens et celui du Temple. Ce dernier, très couru, devait son surnom de « boulevard du crime » aux sanglantes intrigues qui « faisaient pleurer Margot » depuis qu'on avait inventé, dans les dernières années du XVIIIᵉ siècle, le genre populaire du mélodrame. L'Opéra-Comique avait été bâti à l'envers, face au sud, pour éviter d'être confondu, dit-on, avec les méprisables « théâtres de boulevard ».

L'Opéra, lui, était situé rue de Richelieu en face de la Bibliothèque nationale. Répertoire différent, acteurs différents, style de jeu différent, public différent : les deux types de théâtre étaient rivaux.

Depuis une dizaine d'années, le prestigieux Théâtre-Français, vénérable temple de la tragédie classique, était en crise. Il voyait se détourner de lui un public lassé par l'histoire romaine et la mythologie, mais il ne parvenait pas à se réformer, sclérosé par les habitudes et miné par les conflits internes entre les têtes d'affiche et le reste de la troupe. Les autres directeurs de salles, plus accueillants à la modernité, se montraient moins regardants sur la qualité artistique des pièces, ils ne visaient que le rendement. Pour juger si un spectacle marcherait, ils avaient le coup d'œil assez sûr. Quiconque savait nouer une intrigue et conduire un dialogue était assuré de trouver asile chez eux. C'était le cas de Dumas, bien sûr. Mais il voulait la Comédie-Française pour l'œuvre géniale qui devait révolutionner la scène.

Il lui fallait franchir de multiples barrages. Le postulant devait d'abord lire sa pièce devant un comité où siégeaient les sociétaires les plus influents. Un honneur difficile à obtenir : le calendrier était surchargé. On était refusé, reçu, ou bien « reçu avec corrections », ce qui impliquait, dans ce dernier cas, de recommencer la lecture après avoir obtempéré. Venait ensuite la distribution, qui appelait une pondération délicate entre les vœux des acteurs et les exigences des rôles : les vedettes chevronnées, oublieuses de leur âge, prétendaient toujours incarner les jeunes amoureux.

Elles préconisaient à leur tour des modifications dans le texte. Et pendant tout ce temps pesait, suspendue sur la tête du malheureux auteur, l'épée de Damoclès de la censure. Celle de Charles X se montrait pointilleuse. La moindre offense aux bonnes mœurs, aux institutions, à l'Église entraînait une interdiction. La moindre allusion, même très indirecte, à l'actualité politique appelait correction. Bref, elle excluait tout ce dont le public était friand. Elle tenait à vérifier ensuite que les rectifications exigées avaient été faites. Pis encore : aucune autorisation n'était définitive. Elle se réservait d'interrompre les représentations si celles-ci faisaient apparaître des éléments subversifs passés inaperçus. Les proches de Dumas le jugèrent donc doté d'une bonne dose d'inconscience pour se lancer dans pareille aventure.

La chance sembla d'abord sourire à sa *Christine*. Pour court-circuiter la file d'attente, il eut recours à Nodier, qui l'introduisit auprès du baron Taylor, le commissaire royal mandaté pour dépoussiérer l'auguste maison. Il lisait bien, il plut, il obtint un tour de complaisance. Le comité, prévenu en sa faveur, reçut « par acclamation » cette tragédie qui, sur un sujet romantique, s'enfermait sagement dans le carcan des trois unités et se pliait aux règles de la versification classique. Reçu, oui, mais pas à l'unanimité. Trois ou quatre bulletins de vote demandaient qu'il fît une seconde lecture ou qu'il soumît son texte à l'approbation d'un auteur « qui eût la confiance de la Comédie ». L'auteur en question truffa le manuscrit de points d'interrogation et d'exclamation et

sabra le dernier vers d'un qualificatif rageur : IMPOS-
SIBLE. Sur intervention de Nodier, Dumas eut droit
à une séance de repêchage, à l'issue de laquelle il lui
fallut encore débattre de quelques corrections avec
un des acteurs. Par miracle, la censure royale, elle,
se montra bénigne, elle n'exigea que diverses rectifications, Dumas s'y plia de bonne grâce, adressant
même au ministre de l'Intérieur, M. de Martignac,
une lettre où il affichait un profil très bas : loin de
chercher le succès dans les « allusions », il avait suivi
point par point l'histoire.

Il respira, mais pour peu de temps. Il découvrit que
le Théâtre-Français avait reçu une autre *Christine* dont
l'auteur bénéficiait de la priorité. C'était un malade
incurable. Comment lui refuser la joie de voir jouer
sa pièce avant de mourir ? Dumas ne put que s'effacer. En échange, on lui promit de le jouer ensuite à la
première réquisition. Sur ce, il apprit qu'une troisième
Christine, de Frédéric Soulié, était reçue à l'Odéon.
Autant dire que la représentation de sa propre pièce
était remise aux calendes grecques.

La déception tombait mal : il avait compromis sa
situation dans les services du duc d'Orléans. Ses premières tentatives littéraires avaient été encouragées
par son chef de bureau, qui caressait des ambitions
analogues, et les étages supérieurs ne l'avaient pas vu
d'un mauvais œil s'engager sur la voie du sage conformisme où s'illustrait alors Victor Hugo. Qu'il cherche
à se procurer quelques à-côtés n'était pas pendable.
Ses émoluments restaient modestes, le duc d'Orléans,

comme chacun sait, ayant conservé de ses années de galère un sens aigu de l'économie, qui passait pour pingrerie. D'abord, tout alla bien, il obtint même de l'augmentation. Tous les jours, de 10 heures à 17 h 30, il recopiait de sa belle écriture moulée des documents qu'il n'essayait pas de comprendre, la tête libre pour concocter ses œuvres futures. En revanche il supportait mal les soirées, volées au théâtre, où il était de garde pour transmettre le dernier courrier à son patron installé à Saint-Cloud. Engagé comme surnuméraire, il avait jugé, avec bon sens, que son activité n'était pas indispensable. Mais, oubliant que ses employeurs risquaient de raisonner de même, il en avait conclu qu'il pouvait prendre des libertés avec les horaires de service. Son absentéisme fut remarqué, réprimandé, sanctionné, tantôt par des réductions de salaire, tantôt par des changements d'affectation : l'arrachant au bureau où il pouvait taquiner la Muse entre deux copies, on l'envoya enquêter chez les nécessiteux.

Les ennuis lui vinrent de ses succès. L'emploi de bureaucrate chez le duc d'Orléans était-il compatible avec la notoriété littéraire ? Tout dépendait de la nature de cette notoriété. On avait beaucoup parlé de la malheureuse *Christine*, dont l'éviction finale fut interprétée comme un échec. Mauvaise publicité pour la maison. Et voici qu'au lieu de s'incliner, l'auteur récidive. Le Théâtre-Français vient de recevoir de lui une autre pièce autour de laquelle enfle la polémique. L'auguste maison est-elle en train de virer de bord dans la lutte entre la tragédie classique à bout de souffle et le drame romantique encore dans les limbes ? La presse conservatrice bat le rappel des tenants du classicisme. Face à elle, Dumas, projeté en première ligne, porte l'étendard de la nouvelle école. A-t-il conscience qu'il joue, dans l'affaire, son avenir littéraire et son gagne-pain ?

CHAPITRE 3

Un quitte ou double :
Henri III et sa cour

Aussitôt décidée la mise en sommeil de *Christine*, Dumas s'était enquis d'un nouveau sujet. Partout l'histoire était à l'ordre du jour. La déferlante venue de France avait balayé et souvent secoué toute l'Europe, ébranlant les valeurs établies, puis elle avait reflué, laissant aux pays traversés la tâche de reconstruire, après les dégâts matériels, les références culturelles communes qui faisaient le ciment de leur identité. Les différents peuples les trouvèrent dans leur histoire nationale. Le cas de la France était particulier, parce que les bouleversements politiques à répétition avaient rendu très conflictuelle l'idée qu'elle se faisait de la sienne. Les écrivains – romanciers ou dramaturges – s'en tenaient donc à un passé lointain, comme le Moyen Âge, ou se rabattaient sur celui des pays voisins. Évoquer le XVIᵉ siècle français, choisir pour titre le nom d'un roi – pas n'importe lequel, un roi à la réputation sulfureuse – constituait en soi une manière de provocation.

Dumas tente dans ses *Mémoires* d'imputer ce choix au hasard : la rencontre d'un livre ouvert sur une table, dans un bureau où il n'avait rien à faire. On n'est pas obligé de le croire. Il est certain, en tout cas, qu'il fit l'effort de se documenter. De l'*Histoire de France* d'Anquetil, il passa au dictionnaire de *Biographie universelle* de Michaud – la providence de tous les écrivains pressés –, puis aux textes d'époque, les *Mémoires-Journaux* de Pierre de L'Estoile et les pamphlets d'Agrippa d'Aubigné. À la base, donc, des informations sérieuses, puisqu'il remonte des ouvrages de seconde main jusqu'aux sources anciennes. Mais il les traite en dramaturge, pas en historien. Car il combine entre eux deux passages de L'Estoile pour en tirer les éléments d'un crime de sang dû à la jalousie.

Contrairement à ce qu'annonce le titre du drame, Henri III n'en est pas le personnage principal. Celui-ci se joue entre le redoutable duc de Guise et un des favoris du roi, Saint-Mégrin, qui est l'amant de la duchesse. Le récit de L'Estoile s'en tient aux faits. Vingt ou trente hommes de main massacrant leur victime solitaire au sortir du Louvre : l'épisode manque de suspens. C'est à l'histoire de Bussy d'Amboise, contée un peu plus loin, qu'est empruntée l'idée qui est le ressort de l'action, le mari jaloux contraignant sa femme à écrire un billet pour convoquer son amant au rendez-vous où l'attendent les assassins. Est-ce du gaspillage que de fondre deux beaux sujets en un ? Rassurons-nous, avec lui rien n'est jamais perdu. Les héros de cette aventure reparaîtront plus tard dans un roman sous leurs véritables noms, M. et Mme de Monsoreau.

Dumas, si on l'en croit, mit à peine deux mois pour venir à bout de l'ouvrage. Il se sentait inspiré. Il commence, comme de coutume, par bâtir le plan, en fonction du dénouement vers lequel tout doit converger. Mais c'est un homme du verbe plus que de l'écriture. La création littéraire passe chez lui par la parole. Pour inventer les péripéties, il lui faut une scène et des spectateurs. Il les prend où il les trouve, sans en attendre de réponse. Il profita donc d'un voyage à Villers-Cotterêts, pour infliger à deux amis le récit intégral de son *Henri III*. Lorsqu'il descendit de voiture, sa pièce était faite. Il ne lui restait plus qu'à l'écrire. La tâche était plus aisée qu'avec *Christine* : il avait cette fois opté pour la prose.

Lecture chez des amis, lecture devant des journalistes du *Figaro*, tout récemment créé, à laquelle assistait l'acteur Firmin, lecture préalable organisée par Firmin devant les plus influents de ses collègues, lecture enfin devant le redoutable Comité du Théâtre-Français : le 17 septembre 1828, *Henri III* était reçu par acclamation, sans réserves. Seule la distribution présenta quelques difficultés. Mlle Mars, à qui le rôle de la duchesse était dévolu par droit d'ancienneté, récusait, dans le rôle travesti du page, une jeune actrice propre à lui faire ombrage. Et elle soutenait, pour le roi, la candidature d'un confrère nommé Armand, dont Dumas ne voulait à aucun prix pour la raison « qu'il convenait trop bien au rôle » – il était homosexuel. Or une partie de la presse, dès que fut connue la réception, s'était déchaînée contre la mise sur le théâtre des *mignons* du roi, « ces infâmes copartageants d'une débauche aussi crapuleuse qu'inexplicable… » La censure n'ayant pas encore dit son dernier mot, Dumas trembla, menaça d'un duel le folliculaire responsable des insultes et obtint rétractation : « Nous serions déso-

lés qu'on nous imputât des intentions bien éloignées
de notre pensée [...]. Nous pouvons rassurer nos lecteurs sur le ton, la délicatesse et le tact qui ont pré-
sidé à la mise en scène des personnages dont il est
question. Cette manière de traiter le romantique est
trop voisine du classique pour que nous la désapprou-
vions. » M. de Martignac, le ministre, était homme
d'esprit, il plaida pour l'indulgence et la pièce ne laissa
entre les mains des censeurs que des broutilles[10].

Entre-temps, le parfum de scandale flottant autour
d'elle avait fâché le Palais-Royal. Dumas, dont l'absentéisme franchissait les limites permises, fut convoqué
par le baron de Broval, directeur général des services,
et mis en demeure de choisir entre la littérature et la
bureaucratie, vu « l'antipathie naturelle » qu'elles
nourrissent l'une pour l'autre. Il le prit de haut, refusa
de démissionner, mais renonça à son salaire en des
termes insultants. Il ne remit plus les pieds au bureau
à partir du mois d'octobre. Il comptait avoir droit
cependant à la prime de fin d'année pour les neuf mois
antérieurement couverts. Mais le duc d'Orléans men-
tionna de sa propre main, en marge de la liste : « Supprimer les gratifications de M. Alexandre Dumas, qui
s'occupe de littérature. » Par bonheur, sa réputation
naissante avait décidé le banquier libéral Laffitte à lui
prêter, sans intérêts, 3 000 francs. De quoi tenir jusqu'à
la représentation, programmée pour le 10 février suivant.

Quand il fut certain que rien n'arrêterait le compte
à rebours, il fit une démarche qu'il avait résolue
depuis longtemps, dit-il, mais si surprenante qu'elle
prit les bureaux de court. Il demanda à parler au duc

d'Orléans. Il n'avait pas d'audience, mais le duc le fit introduire :

« — Ah ! ah ! c'est vous, monsieur Dumas, me dit-il ; quel bon vent vous amène ou plutôt vous ramène ?

— Monseigneur, lui dis-je, c'est demain qu'on joue *Henri III.*

— Oui, dit-il, je sais cela.

— Eh bien, monseigneur, je viens vous demander une grâce ou plutôt une justice.

— Laquelle ?

— C'est d'assister à ma première représentation... Il y a un an qu'on dit à Votre Altesse que je suis un fou entêté et vaniteux ; il y a un an que je suis un poète humble et travailleur ; vous avez, sans m'entendre, monseigneur, donné raison à ceux qui m'accusaient près de vous – peut-être Votre Altesse eût-elle dû attendre : Votre Altesse en a jugé autrement, et n'a pas attendu. – Demain, le procès se juge devant le public ; assistez au jugement, monseigneur, voilà la prière que je viens vous faire.

Le duc me regarda un instant et, voyant avec quelle tranquillité je soutenais son regard :

— Ce serait avec grand plaisir, monsieur Dumas, me répondit-il, car quelques personnes m'ont dit, en effet, que si vous n'étiez pas un modèle d'assiduité, vous étiez un exemple de persévérance ; mais malheureusement cela m'est impossible. »

Dumas trouva le moyen de lever l'obstacle. Le prince avait convié à dîner pour 6 heures vingt ou trente princesses. La représentation commençait à 7. Il suffisait d'avancer le dîner d'une heure et de retarder *Henri III* d'autant : « Monseigneur aura trois heures pour désaffamer ses convives. » Et il n'aura plus qu'à les amener au spectacle.

« Mais où les mettrai-je ? je n'ai que trois loges.

— J'ai prié l'administration de ne pas disposer de la galerie que je n'aie vu Votre Altesse.

— Vous présumiez donc que je consentirais à voir votre ouvrage ?

— Je comptais sur votre justice. »

Tel qu'il se présente dans les *Mémoires*[11], ce dialogue a sans aucun doute été arrangé après coup. Mais une chose est certaine. Le duc d'Orléans assista effectivement, avec tous ses invités, à la première d'*Henri III*, six semaines après avoir rayé l'auteur de la liste des gratifications. Un tel dénouement fait honneur à l'un et à l'autre.

La joie de Dumas fut gâtée par l'état de santé de sa mère, victime d'une attaque cérébrale quelques jours plus tôt. Aux entractes, il s'échappait pour aller la voir. Dans la salle du Palais-Royal pleine à ras bord, il avait procuré des places à sa sœur, à ses collègues de bureau, à ses amis, parmi lesquels Hugo et Vigny. Dans les loges louées à l'année s'entassait le gratin de l'aristocratie, nul ne voulant manquer ce spectacle controversé que cautionnait pourtant la présence du duc d'Orléans.

Le premier acte, raconte Dumas, « fut écouté avec bienveillance, quoique l'exposition soit longue, froide et ennuyeuse ». Le second acte offrait un pittoresque tableau de mœurs, comme l'exigeait le mélange des genres. Il comportait un détail risqué : Saint-Mégrin, soufflant des dragées dans une sarbacane, en expédiait une en plein cœur du duc de Guise. Il aurait pu choquer, il fit rire. Au troisième, le drame se nouait : le duc, étreignant d'une main gantée de fer le poignet de sa femme, tirait d'elle le billet fatal – brutalité et suspens, la salle poussait des cris de terreur, elle était gagnée. Tandis que se poursuivait l'affrontement entre le roi et le duc pour la direction de la Ligue, prélude à la conquête du pouvoir par ce dernier, Saint-Mégrin se jetait dans le piège et périssait étranglé avec un mouchoir – objet trivial exclu du répertoire classique, mais auquel *Othello* servait de garant : « La mort lui sera plus douce ; il est aux armes de la duchesse de Guise », concluait ironiquement le duc, au milieu d'un tonnerre d'applaudissements. Firmin nomma l'auteur. Dumas eut à peine le temps d'apercevoir le duc d'Orléans debout dans sa loge, qui avait ôté son chapeau. Déjà il regagnait le chevet de sa mère, l'âme en fête. « Un succès, sinon des plus mérités, au moins des plus retentissants de l'époque, venait de [l]e sacrer poète[12]. »

Le soir même, il recevait un mot du baron de Broval : « Je ne veux pas me coucher, mon bon jeune ami, sans vous avoir dit combien je me sens heureux de votre beau succès, sans vous avoir félicité de tout mon cœur… » Le lendemain sa mère, qui se remettait lentement, voyait sa chambre inondée de fleurs. « Peu d'hommes, écrit-il dans ses *Mémoires*, ont vu s'opérer dans leur vie un changement aussi rapide que celui qui s'était opéré dans la mienne, pendant les quatre heures que dura la représentation d'*Henri III*. Complètement inconnu le soir, le lendemain, en bien ou en mal, je faisais l'occupation de tout Paris[13]. »

Pour faire bonne mesure, le duc d'Orléans était venu à la seconde représentation. Le roi lui avait fait une remarque acide sur les « applications » qu'on pouvait faire à leur rivalité politique feutrée. Il s'en était tiré par un mot d'esprit qu'il se faisait un plaisir de répéter autour de lui. On ne pouvait l'assimiler au duc de Guise pour trois raisons : « La première, dit-il, c'est que je ne bats pas ma femme ; la seconde, c'est que madame la duchesse d'Orléans ne me fait pas cocu ; la troisième, c'est que Votre Majesté n'a pas de plus fidèle sujet que moi. » Le roi en conclut qu'il fallait donner un tour de vis à la censure.

Pour Dumas, les retombées financières furent immédiates. Il n'en soupçonnait pas l'ampleur. Il fut agréablement surpris quand un éditeur lui acheta son texte 6 000 francs. Il découvrit qu'il existait, outre son pourcentage sur les recettes quotidiennes, quelques à-côtés profitables, notamment la revente des billets auxquels il avait droit. Un intermédiaire officieux s'en chargeait, moyennant ristourne. On pouvait même les lui affermer, en échange d'une avance.

Lorsque son cousin Deviolaine lui demanda quelle somme il pensait tirer du théâtre, il l'estima à une quinzaine de mille francs.

« Combien as-tu mis à faire cela ? demanda le cousin.

— Mais deux mois à peu près.

— Ainsi, en deux mois, tu auras gagné les appointements de trois chefs de bureau pendant un an, gratifications comprises[14] ? »

Il y avait de quoi faire tourner la tête la plus solide. Mais une douche froide l'attendait à la Comédie-Française. La censure ordonnait de suspendre les représentations *sine die* ! Pour le coup le baron Taylor se démena. Dumas fut reçu d'urgence au ministère par le bienveillant Martignac et le spectacle put reprendre.

Dumas fut porté aux nues ou vilainement brocardé dans la presse. Sa célébrité lui valut une nuée de solliciteurs et beaucoup de jaloux. Il se sentit obligé de provoquer en duel un plumitif qui le traitait de « petit employé aux gages de la maison d'Orléans » et attribuait son succès aux « tripotages littéraires et politiques » de ladite maison. Il n'eut pas à se battre, car il n'était que le second sur la liste des adversaires que devait affronter en série l'intéressé : le premier venait de lui arracher deux doigts.

Impossible, quand on est un dramaturge célèbre, de rester gratte-papier au Palais-Royal. Il le savait bien. Le duc d'Orléans le savait aussi. Dumas se vante, dans les *Mémoires*, d'avoir conquis de haute lutte ce que le duc était probablement décidé à lui accorder, une place de bibliothécaire. On le fit languir un peu, il put craindre d'avoir à exercer ses talents non à Paris, mais au château d'Eu, sur la côte normande. Finalement il fut adjoint, sur place, à Casimir Delavigne et à un autre écrivain moins illustre nommé Vatout. Cette fonction hautement honorifique relevait du mécénat. C'était une quasi-sinécure qui lui offrait un lieu paisible pour son travail personnel et trois mille volumes à sa disposition sur les rayons. Le revers de la médaille était la modicité du salaire – 1 200 francs annuels –, dont il a l'inélégance de se plaindre dans les *Mémoires*.

Sa mauvaise humeur a pour excuse l'affront que vient de lui faire la Comédie-Française en refusant, à la mi-juillet, une *Édith* qu'il avait torchée à la va-vite. Dans l'immédiat, le voici libre pour jeter toutes ses forces dans le dernier assaut qui se prépare contre le classicisme. Il a ouvert la brèche, à Victor Hugo de monter au créneau. Les résistances rencontrées ont fait taire les inimitiés dans la troupe des assaillants : ils parlent d'une seule voix, tous unis au service de la grande cause. Et parmi eux Dumas, soudain propulsé aux sommets, fait figure de chef de file. Tout se joue dans les deux semestres qui suivent.

Les choses commencent mal pour Hugo. Il comptait sur *Marion Delorme* pour s'imposer. Autour du thème central, la courtisane réhabilitée par un amour pur, on retrouve tous les motifs chers à la sensibilité romantique, des passions violentes, des conflits de sentiments, des déguisements, un duel, du sang et de la mort, avec dans le rôle du diabolique meneur de jeu, « l'homme rouge », le cardinal de Richelieu. Sur un sujet de mélodrame, des vers d'une sublime poésie. Les amis applaudirent, le comité de lecture du Français aussi. Mais le 1er août, l'interdiction tomba, et le bon M. de Martignac s'y cassa les dents. Dans la pièce Louis XIII faisait assez piètre figure. On ne pouvait laisser ainsi rabaisser un roi Bourbon, ancêtre direct de Sa Majesté Charles X.

Il n'était pas question de capituler. Tandis que Dumas entreprit de remanier l'inusable *Christine*, Hugo s'attaquait à un nouveau drame, situé hors de France et sans la moindre analogie avec l'actualité. Au début du mois d'octobre, il présentait *Hernani*, à la Comédie-Française enchantée de pouvoir combler le vide créé dans ses programmes par la perte de *Marion Delorme*. Sa prudence l'avait mis à l'abri de la censure, mais il dut subir de plein fouet les tracasseries des acteurs. On n'avait pas encore inventé les metteurs en scène, il incombait donc à l'auteur de diriger lui-même ses interprètes. Mais les plus réputés de ceux-ci en jugeaient autrement. Les *Mémoires* comportent un compte rendu désopilant des démêlés de Hugo avec Mlle Mars, qui s'appliquait jour après jour à émonder le texte de toutes les hardiesses. La vérité est que les acteurs, prisonniers de leurs habitudes, n'aimaient pas cette pièce qui exigeait d'eux un difficile effort de renouvellement. Ils la jouaient sans plaisir.

Dumas, lucide, commença de se déprendre de la Comédie-Française et de songer à d'autres théâtres. Il y fut poussé par les circonstances. La *Christine* rivale, de Frédéric Soulié, jugée indigne de la maison mère, avait été exilée à l'Odéon. Elle y fit à la mi-octobre une chute retentissante. Or ce théâtre avait un nouveau directeur, Harel, avisé et entreprenant. Il avait fait de gros frais en décors et en costumes. Pourquoi ne pas les rentabiliser avec la pièce de Dumas sur le même sujet ? L'Odéon était un pis-aller, mais aussi une occasion à saisir. Dumas signa, en mettant comme condition que sa pièce passerait dans les six semaines, quel que soit l'avis du comité de lecture. Le comité en question fit la grimace, mais Harel n'avait pas mieux dans ses tiroirs et la pièce fut mise en répétition, avec des acteurs ravis.

Dans les journaux et parmi les connaisseurs la querelle autour du drame battait son plein. Le Théâtre-Français joua *Le More de Venise*, traduction française d'*Othello* par Vigny. Les classiques enrageaient de voir les deux théâtres de prestige passer à l'ennemi. Ils attribuèrent son succès au seul Shakespeare. Alors la jeune garde fit d'*Hernani* son étendard. Chaque camp avait rameuté ses troupes. Le choc eut lieu le 25 février 1830. Affrontement homérique. Applaudissements et sifflets couvraient la voix des acteurs. On s'empoignait dans la salle. L'issue resta incertaine jusqu'au cinquième acte, où Mlle Mars, galvanisée par l'atmosphère, donna enfin le meilleur d'elle-même. La Bastille classique était tombée.

Un mois plus tard, la *Christine* de Dumas, augmentée d'un sous-titre, *Stockholm, Fontainebleau et Rome*, d'un chassé-croisé sentimental et d'un épilogue, bravait ostensiblement la règle des trois unités à l'Odéon devant un public démotivé. Jusqu'à la sanglante mise à mort de Monaldeschi, à la fin du quatrième acte, tout alla bien et le mot cruel de la reine au prêtre qui l'implorait – « Eh bien, j'en ai pitié, mon père… Qu'on l'achève ! » – fit passer dans la salle le frisson attendu. Mais la rencontre des deux assassins vingt ans plus tard, à Rome, ennuya. À Christine qui demandait à son médecin : « Combien de temps avant que je meure ? », un spectateur répliqua : « Si à une heure ce n'est pas fini, je m'en vais. »

Il fallait sur-le-champ éliminer de cet épilogue les vers sifflés – on disait *empoignés*. Dumas, qui avait invité ses amis à festoyer et officiait en maître de maison, n'avait pas le cœur à s'y mettre. « Hugo et Vigny prirent le manuscrit, m'invitèrent à ne m'inquiéter de rien, s'enfermèrent dans un cabinet et [...] travaillèrent quatre heures de suite [...] et quand ils sortirent au jour, nous trouvant tous couchés et endormis, ils laissèrent le manuscrit sur la cheminée et s'en allèrent, ces deux rivaux, bras dessus bras dessous, comme deux frères[15]. » Vingt ans plus tard, le cœur de Dumas vibre encore au souvenir de cette chaleureuse fraternité, cimentée entre eux tous par le combat commun.

Cette intervention ne suffit pas cependant à sauver la pièce, qui ne tint que peu de temps. Le nom de Dumas était certes assez célèbre pour qu'un libraire lui achetât le texte pour 12 000 francs. Mais la renommée est volage, elle doit être courtisée continûment. Aussi avait-il déjà mis en chantier un drame résolument moderne, en prose, une histoire d'adultère sur fond de préjugés sociaux, dans la bourgeoisie contemporaine. Dans les premiers jours de juin, il lut le texte à ses amis, puis à Mlle Mars et à Firmin. Le 16 *Antony* était reçu à l'unanimité par le comité du Théâtre-Français, la première représentation était fixée au 15 septembre, si du moins on obtenait la levée de l'inévitable censure. Mais, entre-temps, la révolution avait quitté la scène pour investir la rue.

Quel bilan pour cette activité théâtrale intense et passionnée ? Quelle est la part de Dumas dans la victoire remportée et que reste-t-il des œuvres si ardemment défendues ? Dumas fut véritablement le premier à faire triompher sur la scène – sur celle de la Comédie-

Française ! – une pièce du genre nouveau qui allait recevoir le nom de drame romantique. L'histoire littéraire ne lui a pas rendu justice. C'est à Hugo qu'elle en attribue la gloire, avec *Hernani*. Tel n'était pas l'avis des contemporains, qui lui préférèrent Dumas. Affaire de goût – de mauvais goût ? Pas seulement. Celui-ci, sur le tard, a tenté une comparaison : « Bon ou mauvais, *Henri III*, du moins, était une pièce originale, tirée de nos chroniques, dans laquelle on retrouvait peut-être des souvenirs des autres théâtres, mais qui n'en imitait aucun. *Marion Delorme* […] et *Hernani* […] étaient des pièces du même genre. Seulement *Henri III* était un ouvrage plus fort par le fond et *Hernani* et *Marion Delorme* des ouvrages plus remarquables par la forme[16]. » Il n'a pas tort de souligner la parenté des sujets entre les pièces de Hugo et les siennes. Leur théâtre à tous deux est, si l'on s'en tient à l'intrigue, un avatar perfectionné du mélodrame. Ce qu'il entend par *fond* est la structure dramatique, la *forme* étant le style. Et il a encore raison. Mais il en résulte que son théâtre n'est efficace qu'à la scène, tandis que celui de Hugo se prête à la lecture. Or la critique universitaire s'exerce surtout sur les livres. La qualité des vers a longtemps sauvé *Ruy Blas* et *Hernani*. Nous y sommes moins sensibles aujourd'hui. Au bout du compte, leurs deux théâtres, qui furent la trop flamboyante expression du Romantisme, survécurent mal au discrédit qui le frappa. Tous deux s'en aperçurent et trouvèrent leur voie propre ailleurs, au plus haut niveau pour Hugo. Mais on ne doit pas oublier qu'en ces années cruciales 1829-1830, la vedette appartenait à Dumas.

Chapitre 4

De la révolution littéraire
à la révolution politique

À leur retour d'exil, les Bourbons avaient trouvé une France très différente de celle qu'ils avaient quittée. Certains changements étaient irréversibles. La division en trois ordres distincts – Église, noblesse, Tiers-État – avait disparu et avec elle les droits féodaux. Toutes les fonctions étaient ouvertes à tous. La vente des « biens nationaux » saisis aux dépens des émigrés ne pouvait être remise en cause. L'accession au trône de Louis XVIII avait eu pour contrepartie l'acceptation d'une Charte limitant ses pouvoirs. C'était un timide embryon de monarchie constitutionnelle, avec un parlement composé de deux chambres, dont l'une, élective, ouvrait une issue officielle au débat politique. Rien n'était prévu pour régler un éventuel conflit entre le roi et les députés. On supposait que le cas ne se produirait pas, grâce à une loi électorale censitaire qui réservait le droit de vote et plus encore l'éligibilité aux seuls citoyens payant des impôts élevés, donc réputés conservateurs.

Louis XVIII s'était soumis, sans joie, à la nécessité. Son frère, Charles X, qui lui succéda à la fin de 1824, n'avait ni son intelligence, ni sa prudence. Faute de pouvoir rétablir la société à ordres, il entreprit d'assurer, par le biais de multiples réformes, la prééminence de l'Église et de la noblesse dans l'État. Cette dérive réactionnaire lui aliéna une partie croissante de l'opinion. Or cette opinion disposait de moyens de s'exprimer grâce aux journaux. Partout et toujours les souverains avaient cherché à les contrôler, voire à les museler. C'est pourquoi la liberté de la presse fut inscrite dans la Déclaration des Droits de l'Homme. Elle ne passa vraiment dans les faits qu'après la chute de Robespierre – pour peu de temps. Napoléon la supprima, les seuls journaux autorisés sous son règne furent des organes de gouvernement. La Restauration la rétablit partiellement.

Les démêlés de Dumas avec la censure donnent une idée de la manière dont elle fonctionnait. En dépit des tracasseries, contraintes et menaces, les journaux hostiles parvenaient à paraître, changeant de titre, de format, de calendrier, affaiblissant par là le gouvernement. En 1828, celui-ci recula, supprimant l'autorisation préalable et la censure. Mais le roi, décidé à l'épreuve de force, appela au ministère le très réactionnaire Jules de Polignac, fils de l'ancienne favorite de Marie-Antoinette. L'opposition se trouvait alors majoritaire à la Chambre des députés. Elle comportait d'une part des bonapartistes sans perspective d'avenir, et d'autre part des libéraux, c'est-à-dire des partisans d'une monarchie constitutionnelle à l'anglaise. Les républicains, si tant est qu'il y en eût, n'y avaient aucun poids.

Les députés n'envisageaient pas de renverser le régime, ils souhaitaient en infléchir l'orientation. Ils

réclamèrent le renvoi de Polignac. Obsédé par le souvenir de 1789, Charles X refusa : « La première *recu-
lade* que fit mon malheureux frère fut le signal de sa
perte [...]. Ils lui demandaient seulement le renvoi de
ses ministres, il céda et tout fut perdu[17]. » Et il mit le
feu aux poudres dans le discours qu'il prononça pour
l'ouverture de la session parlementaire, en avertis-
sant qu'il sévirait contre toute manœuvre d'obstruc-
tion. La Charte prévoyait que le roi devait choisir des
ministres ayant la confiance du Parlement. Les députés
jugèrent qu'elle était violée. 221 d'entre eux signèrent
une adresse proclamant que l'accord entre le gouvernement et le peuple était rompu*. La fête donnée au
Palais-Royal en l'honneur du roi Ferdinand de Naples
– où Dumas était invité – fut l'occasion d'un bon mot
célèbre : « C'est une vraie fête napolitaine, car nous
dansons sur un volcan. »

La réponse royale vint sous la forme de quatre
ordonnances : suppression de la liberté pour la
presse périodique ; dissolution de la Chambre des
députés ; nouvelle loi électorale très restrictive ; élections fixées aux 6 et 28 septembre. Elles furent impri-
mées dans le *Moniteur* au matin du 26 juillet 1830.
Dumas, qui s'apprêtait à partir pour l'Algérie, défit

---

* La question de savoir si le roi avait ou non violé la Charte sou-
leva des débats qu'il n'est pas question d'exposer ici, mais auxquels
Dumas fait allusion dans ses *Mémoires*. La Charte comportait un
article 14, qui donnait au roi l'autorisation d'agir par ordonnances
en cas de nécessité. Mais il ne précisait pas ce qu'on entendait par
nécessité. Et Louis XVIII s'était bien gardé d'y recourir. Charles X
et les « 221 » se jugeaient également dans la légalité. Mais s'il
ne violait pas la lettre de la Charte, le roi en violait assurément
l'esprit.

précipitamment ses malles : « Ce que nous allons voir ici sera encore plus curieux que ce que je verrais là-bas. » Et il envoya son domestique lui chercher son fusil à deux coups et deux cents balles du calibre vingt.

Il sortit, poussé par la curiosité. Aucune agitation dans les rues. Ceux qui se trouvaient visés dans leur existence même, propriétaires de journaux, journalistes et imprimeurs, optèrent d'abord pour des protestations écrites. L'opposition était menée par un jeune avocat promis à un brillant avenir, Adolphe Thiers, qu'épaulaient en secret l'insubmersible Talleyrand et le riche banquier libéral Laffitte. Mais son appel à la résistance publié dans *Le National*, qu'il avait fondé, ne fut repris que par trois autres journaux, *Le Globe, Le Temps* et *Le Journal du commerce*. Dans la journée du 27, la police fut chargée de fermer leurs bureaux et de briser leurs presses. Dumas raconte l'altercation qui opposa le principal rédacteur du *Temps* au commissaire, sous l'œil admiratif des spectateurs agglutinés. Force resta aux gendarmes appelés à la rescousse, mais la victoire morale était du côté des imprimeurs. Il y eut une large part de spontanéité dans l'adhésion des Parisiens au soulèvement. Le gouvernement leur avait imprudemment offert du concret, du tangible à quoi accrocher leur indignation. Les incidents se multiplièrent, on entendait des coups de fusil sporadiques. Les premiers morts tombèrent.

Le lendemain matin Dumas sortit en costume de chasse, fusil à l'épaule, très excité. Son cas n'est pas unique, c'est celui de toute une génération qui se morfond dans une existence vouée à la platitude sécuritaire. Enfin il se passe quelque chose : il faut aller voir. On se bat : il faut en être.

Trois jours durant, il déambula dans la chaleur écrasante de juillet, guidé par les bruits, porté par les mouvements de foule. Rien dans son récit ne montre qu'il ait une conscience politique ou des liens avec tel ou tel parti. Il est pour la Charte, comme tout le monde, contre les ordonnances, comme tout le monde. Il fraternise avec les uns et les autres, au hasard des rencontres. Le voici choisi pour chef par des insurgés errants. Où trouver des fusils pour les armer ? Au théâtre, bien sûr, les magasins d'accessoires en sont pleins. Les combats s'amplifient, les soldats tirent, les balles sifflent à ses oreilles, le bourdon de Notre-Dame couvre le bruit du canon et le drapeau tricolore flotte sur la cathédrale, il se sent vivre, il exulte. Une partie de son bataillon est restée sur le carreau, le reste s'est égaillé dans le lacis de ruelles voisines. Lui-même n'a tué personne. Son gosier asséché brûle, son estomac crie famine : cafés ou maisons amies sont là pour le restaurer et son épopée prend alors des allures de kermesse. A-t-il perdu la tête ? La question lui est posée deux ou trois fois : « En vérité, monsieur Dumas, je ne vous croyais pas encore aussi fou que cela[18] ! » Dans son récit, il plaide coupable : « L'enivrement du vin, de l'eau-de-vie, du rhum, n'est rien près de celui de l'odeur de la poudre, du bruit de la fusillade, de l'odeur du sang. Je comprends les hommes qui fuient au premier coup de fusil ou au premier coup de canon ; mais je ne comprends pas ceux qui, ayant une fois goûté du feu, quittent la table avant la fin du repas[19]. »

Si fou qu'il soit, il n'oublie pas d'engranger des matériaux pour ses œuvres futures. Il apprécie les événements en dramaturge. « Ce que je viens de voir est si beau, Madame, de poésie et de dramatique… […] Quel drame de théâtre vaut celui de la rue[20] ? » « Je pensais qu'on n'en était qu'au prologue de la comédie […], voilà le vrai drame qui commence. » « Une fièvre universelle s'était emparée de la population ; c'était merveilleux à voir. » Il se compare à Diogène dans son tonneau, ignorant la situation politique, « simple philosophe étudiant l'humanité ». Et il préfère en rire qu'en pleurer : « Je trouvais que les révolutions avaient un côté prodigieusement récréatif[21]. » Le récit de ce qu'il appelle son *Iliade* revêt une tonalité burlesque fort réjouissante, mais qui témoigne d'un détachement certain à l'égard des faits.

Il se croira obligé, après 1848, d'y adjoindre dans les *Mémoires* des considérations politiques rétrospectives célébrant l'héroïsme du peuple et flétrissant l'égoïsme des profiteurs. Mais, en 1830, l'insurrection ne fut pas le fait du « prolétariat héroïque » et les républicains ne jouèrent que peu de rôle dans sa victoire. Ils étaient d'ailleurs trop peu nombreux et trop mal organisés pour être en mesure d'exercer le pouvoir*. La révolte provint des intellectuels, des artistes, des étudiants et, bien sûr, des ouvriers du livre, directement concernés par les ordonnances. Elle réclamait majoritairement le respect de la Charte, pas l'abolition de la

---

* « L'École Polytechnique comptait dans son sein quarante ou cinquante républicains, autant peut-être, à elle seule, que Paris avec ses douze cent mille habitants[22]. »

monarchie. Elle n'était pas dictée par la misère, mais
par l'aspiration à la liberté. Le peuple qui l'a soutenue
n'était pas celui qui trimait douze heures par jour le
ventre vide dans les manufactures, encore peu nombreuses à cette date, mais l'élite de l'artisanat. Elle
était politique, pas sociale. Et ce n'est pas seulement
par égoïsme, mais pour éviter l'anarchie que les responsables politiques choisirent Louis-Philippe.

Il est exact, en revanche, que les républicains se
sentirent frustrés. Une occasion inespérée s'était pré-
sentée, ils regrettaient de n'avoir pu la saisir et en
voulaient à ceux qui en avaient profité. Aussi furent-
ils dans les années qui suivirent à l'affût de tous les
moyens propres à déstabiliser la monarchie de Juillet,
entretenant un climat de troubles quasi permanents. La
question sociale, occultée en 1830, apparue au grand
jour avec la révolte des canuts lyonnais, leur permit
d'élargir peu à peu leur clientèle et de se forger une
doctrine : ils en tireront en 1848 un bénéfice qu'ils ne
sauront pas conserver.

Dumas, bien qu'il se croie républicain par héritage
paternel, ne l'est pas encore pour de bon. Il mettra
vingt ans à le devenir, lorsque le Second Empire, et
quelques circonstances annexes, auront mis un terme
définitif à son ascension sociale. Entre les deux, il
entretient avec la dynastie des Orléans des relations
ambiguës, tissées de contradictions, en partie conflictuelles, un peu par arrivisme, un peu par versatilité,
mais surtout parce qu'il est lui-même partagé.

Il avait été englobé, par la force des choses, dans
la clientèle du futur Louis-Philippe. Il s'y sentait par-

faitement à l'aise. « À cette époque – 1829 – M. le duc d'Orléans représentait parfaitement cette nuance d'opposition dans laquelle mon titre de fils d'un général républicain me classait naturellement[23]. » Dans sa jeunesse, le fils aîné de Philippe Égalité avait fréquenté le club des Jacobins et brillamment combattu dans les armées républicaines, jusqu'au moment où la dérive terroriste du régime le décida à partager le sort de son général, Dumouriez. Son libéralisme affiché faisait de lui un « prince citoyen ». Dumas n'a donc aucune prévention contre lui, au contraire. Une lettre à sa maîtresse, datée du 2 août, le montre plein d'espoir : « Tout est fini. Comme je te l'avais prédit vingt fois, notre révolution n'a duré que trois jours. J'ai eu le bonheur d'y prendre une part assez active pour y avoir été remarqué par La Fayette et le duc d'Orléans. Puis une mission à Soissons, où j'ai été seul m'emparer des poudres, a *achevé* ma réputation militaire. […] Le duc d'Orléans va probablement être roi. Tes vignettes changeront de destination […]. Bien des choses doivent changer dans ma position[24]*… » Bref, Dumas s'attend à exercer des responsabilités dans le nouveau régime. Il va déchanter très vite.

L'équipée de Soissons dont il est si fier est digne d'un héros de cape et d'épée. Il y eut à Paris, après la victoire des insurgés, quelques jours de carence administrative : nul ne savait qui était responsable

---

* Les *vignettes* sont les dessins dont Mélanie accompagne ses lettres. Le changement de destination implique qu'il conservera des fonctions auprès du nouveau roi, après installation de celui-ci aux Tuileries.

de quoi. On avait pu craindre un retour en force de Charles X. On manquait de poudre pour les fusils. Dumas décida, de son propre chef, d'aller en chercher dans la place forte de Soissons, proche de son pays natal. Résumons un récit qui occupe chez lui trente-cinq pages. Il obtint de La Fayette un laissez-passer auprès du général Gérard, extorqua à celui-ci l'ordre aux autorités de la ville de lui remettre leur réserve de poudre, qu'il enrichit ensuite d'une formule de sa main, tira de La Fayette une proclamation patriotique à l'adresse des habitants et mit le cap sur Soissons avec deux acolytes. Sur place il se heurta à un refus. Escaladant le mur d'enceinte de la poudrière, il se présenta pistolets en mains au commandant de la place dont il terrorisa la femme, défonça à coups de hache la porte du magasin et rapporta triomphalement à Paris les tonneaux de poudre conquis[25]. Le duc d'Orléans, déjà promis au trône, l'écouta raconter son exploit et lâcha : « Monsieur Dumas, vous venez de faire votre plus beau drame ! » *Votre plus beau roman* eût sans doute mieux convenu, mais à l'époque on ne savait pas qu'il en écrirait.

Dumas perçut l'ironie. Comprit-il qu'aucun chef de gouvernement ne pouvait encourager des initiatives de ce genre ? Il s'y prit autrement pour accéder à des responsabilités politiques. Il lui était venu une idée à deux fins. Pourquoi ne pas transformer en mission officielle un voyage qu'il projetait de faire en Vendée avec sa maîtresse, qui y possédait une maison ? Il s'adressa de nouveau à La Fayette. Il proposait d'enquêter sur les moyens d'y organiser une Garde nationale – une de ces milices municipales chargées d'assurer l'ordre –

qui s'opposerait à toute tentative royaliste. On crai-
gnait en effet, à cette date, que la duchesse de Berry
n'essaie de soulever la Vendée pour défendre les droits
de son fils écarté du trône*. La Fayette s'étonna :
« Comment croyez-vous possible de faire garder par
lui-même un pays royaliste contre une tentative royaliste ? » Mais Dumas avait réponse à tout : cette garde,
recrutée parmi les acheteurs de biens nationaux, serait
nécessairement républicaine. Et d'invoquer, pour tout
citoyen, y compris les poètes, le devoir de contribuer
au progrès de la société.

Dumas eut sa mission, fit du tourisme en compagnie
de sa maîtresse, la laissa là-bas achever une grossesse
difficile et rentra avec un rapport circonstancié sur
la Vendée où il ne soufflait mot de Garde nationale.
Louis-Philippe, qui était roi désormais, s'en étonna.
Le rapport préconisait des mesures radicales pour
dompter la Vendée : percer des routes pour favoriser
les déplacements de troupes ; déporter outre-Loire
les prêtres récalcitrants et les remplacer par d'autres,
dont on serait sûr ; suspendre les pensions versées
aux nobles indociles. Dumas évoqua pour défendre
son projet les horreurs de 92-93 et soutint qu'il était
seul capable d'en prévenir le retour. Comment ne
comprenait-il pas que c'était au contraire le meilleur
moyen pour raviver la révolte ? Le roi se contenta
de sourire : « J'ai mis aussi le doigt sur le pouls de
la Vendée... Je suis un peu médecin, vous savez.

---

* La candidature au trône du petit-fils de Charles X, l'enfant
posthume du duc de Berry assassiné en 1820, avait été écartée au
profit de celle du duc d'Orléans.

[…] Eh bien, il n'y a rien, et il n'y aura rien dans la Vendée. » Il y eut cependant un soulèvement, on le sait : la duchesse de Berry y trouva des appuis, mais elle ne parvint pas à rallier l'ensemble du pays à sa cause. Plus fait douceur que violence.

Le malentendu entre Dumas et Louis-Philippe plongeait ses racines bien plus profond que la question vendéenne. Il portait sur l'orientation même de sa politique. La révolution de 1830 avait été vécue par ses acteurs comme un *remake* de celle de 1789. Elle avait suscité dans la jeune génération une flambée de patriotisme, mais aussi de bellicisme. On découvrait la griserie de l'action, du danger, de la gloire et du sang. Le souvenir de Napoléon reprit des couleurs. Oubliant la défaite, on ne vit plus de lui que l'épopée. La blessure des traités de 1815 restait brûlante, mais au lieu de lui en tenir rigueur, c'est aux Bourbons qu'on en voulait de s'y être soumis, d'avoir accepté l'humiliation. Le moment n'était-il pas venu de rendre à notre pays le rôle de guide et de moteur qui avait été le sien en 1789 ? Les Trois Glorieuses avaient trouvé des échos un peu partout en Europe. Une guerre étrangère, sur le Rhin ou en Italie, nous permettrait de récupérer un peu des territoires perdus, tout en portant la bonne parole aux peuples voisins. À l'exposé de ce programme, le roi s'était contenté de répondre : « Monsieur Dumas, c'est un triste métier que celui de la politique… Laissez ce métier-là aux rois et aux ministres. Vous êtes poète, vous ; faites de la poésie[26]. »

Dumas, jeune idéaliste riche d'illusions, était pauvre en souvenirs. À cinquante-sept ans, Louis-Philippe en avait, lui, plus que son compte. Lui aussi revivait le passé. Cette exaltation patriotique, il l'avait connue. Il avait eu foi en la Révolution. Il s'était battu pour elle à Valmy et à Jemmapes. Il ne lui pardonna jamais la Terreur. Quant à son messianisme idéologique, dont Napoléon, au départ, avait repris le flambeau, il avait vu quelles ambitions il pouvait recouvrir et quels ravages il pouvait entraîner. L'Europe, il l'avait arpentée en tous sens durant ses vingt-deux ans d'exil, il en connaissait les dirigeants. Il savait que tout aventurisme militaire referait contre la France l'union sacrée des puissances étrangères, et qu'elle en sortirait écrasée. D'où son attitude conciliante, pour tenter, en jouant de leurs divisions, de retrouver une place, même modeste, dans le concert européen. Sur le plan intérieur comme sur le plan extérieur, il était l'homme du *juste milieu* – à l'opposé de la jeunesse exaltée dont le volcanique Dumas était le rutilant porte-drapeau. On conçoit qu'il ait renvoyé le poète à sa poésie. Mais pour celui-ci, le coup était rude.

Déjà Dumas avait cédé aux instances de Harel qui, humant le vent, lui commandait pour l'Odéon une pièce à la gloire de Napoléon. Quoi? De l'homme qui avait brisé la vie de son père? Non, il ne s'agit pas de l'homme, mais du héros. *Napoléon Bonaparte ou Trente ans de l'Histoire de France* est une épopée nationale, sous forme de tableaux successifs, issus du pillage de tous les mémoires disponibles. Le premier jet est un monstre dans lequel il faut tailler. Après compression, on arrive à ramener de cent à soixante-six le nombre des personnages – sans compter les figurants. Heureusement ils ne sont pas tous en scène à la fois et les acteurs peuvent se démultiplier. Le rôle-titre est tenu par Frédérick Lemaître, à l'aube de sa carrière. Ce n'est pas un chef-d'œuvre, Dumas le sait bien, mais le « succès de circonstance » attendu par Harel est au rendez-vous. Cependant Dumas a d'autres soucis en tête. Il s'apprête à donner à sa rupture avec Louis-Philippe un retentissement public.

Aussitôt après l'entretien sur la Vendée, il lui avait signifié sa démission dans une lettre digne et sobre dont on ignore si elle atteignit son destinataire :

« Sire, Mes opinions politiques n'étant point en harmonie avec celles que Votre Majesté a le droit d'exiger des personnes qui composent sa maison, je prie Votre Majesté d'accepter ma démission de la place de bibliothécaire. » Le 11 février, il récidive, dans une adresse en forme de profession de foi publiée avec la Préface du *Napoléon*, dont voici l'essentiel : « [...] Sire, il y a longtemps que j'ai écrit et imprimé que, chez moi, l'homme littéraire n'était que la préface de l'homme politique. L'âge auquel je pourrai faire partie d'une chambre régénérée se rapproche de moi. J'ai presque la certitude, le jour où j'aurai trente ans, d'être nommé député ; j'en ai vingt-huit, Sire. [...] Les actes des ministres sont arbitraires et liberticides. Parmi ces hommes qui vivent de Votre Majesté, et qui lui disent tous les jours qu'ils l'admirent et qu'ils l'aiment, il n'en est peut-être pas un qui vous aime plus que je ne fais : seulement ils le disent et ne le pensent pas, et, moi, je ne le dis pas et je le pense. Mais,

Sire, le dévouement aux principes passe avant le dévouement aux hommes [...]. Je supplie donc Votre Majesté d'accepter ma démission[27]. »

La première des deux lettres dit très simplement ce qui est. Sauf à passer pour le poète officiel de Louis-Philippe, Dumas ne peut rester à son service. Même sans divergences politiques, il serait contraint de se surveiller, au risque de tomber dans le plat conformisme qu'il reproche à Casimir Delavigne. De son côté le roi ne doit pas s'exposer à couvrir ses incartades. La séparation à l'amiable est obligatoire. La seconde lettre, elle, est beaucoup plus révélatrice. Elle en dit long sur la blessure intime de Dumas. Après avoir longtemps côtoyé le duc d'Orléans, qui le traitait familièrement, après l'avoir vu applaudir *Henri III*, il a cru pouvoir entrer dans le cercle de ses hommes de confiance. Voilà que le roi l'a renvoyé à sa poésie, rejeté. L'étalage naïf de ses ambitions, qui n'échappe pas au ridicule, se veut une revanche : il obtiendra, tout seul, le rôle politique qui lui est refusé. L'appel au sentiment, malgré son emphase, est à la fois risible et émouvant. Il ne ment pas en disant qu'il *aime* – ou plutôt qu'il a aimé – Louis-Philippe. La différence d'âge faisait de celui-ci une figure paternelle, protectrice. Voici qu'il lui fait l'affront de ne pas prendre au sérieux ses gesticulations politiques ! En persistant à le voir sous les traits d'un « grand collégien », il l'atteint au vif. Dumas perçoit ce dédain comme une trahison, d'autant plus douloureuse que son affection pour lui a été profonde et sincère.

Ainsi s'explique la férocité des pages où il évoque sa duplicité lors des manœuvres précédant l'avènement, ou son incorrigible avarice. Mais tout au long du règne, recueillant les moindres miettes de faveur, il reste à l'affût d'un retour en grâce. D'ailleurs le contact n'est jamais coupé. Il reporte sur le fils aîné son affection et ses espoirs. Huit ans seulement le séparent de Ferdinand-Philippe. Sortant à peine de l'adolescence, celui-ci a été ravi de trouver dans la bibliothèque paternelle un homme jeune, chaleureux, gai, qui lui apporte l'air du dehors, l'initie aux arcanes du théâtre, répond à ses questions sur les acteurs – et surtout sur les actrices. Face au monde extérieur, une forme de complicité les unit, à laquelle le roi ne met pas d'obstacles. Dumas obtient pour lui l'autorisation d'assister à *Christine*. Le jeune garçon, en retour, le fait inviter au fameux bal du Palais-Royal, où l'on dansait « sur un volcan ». Pendant les journées d'émeute, Dumas remue ciel et terre pour le tirer des griffes de quelques excités qui le retiennent à Montrouge et menacent de le fusiller. Leur amitié survit à la rupture entre le roi et le « poète ». Le jeune prince arrache pour lui une invitation au dîner célébrant son mariage avec Hélène de Mecklembourg, et contribue à lui procurer la Légion d'honneur. Le prince était beau, intelligent, ouvert aux idées nouvelles. Il était l'héritier du trône. Tout laissait prévoir une libéralisation du régime lorsque son père céderait la place. L'annonce de sa mort accidentelle en juillet 1842 atteignit Dumas en Italie. Il revint en hâte et arriva juste à temps pour les funérailles. Il assista à la cérémonie à Notre-Dame, accompagna la famille à Dreux, faillit s'évanouir : « Une partie de mon cœur est enfermée dans son cercueil. » Deuil d'une amitié, deuil d'une espérance.

En 1850, lorsque mourut Louis-Philippe, alors exilé en Angleterre, Dumas se vit écarté sans ménagements de la cérémonie où il avait cru devoir se rendre « par convenance », dit-il. Jamais il n'avait réussi à rompre tout à fait le lien qui l'unissait à celui qui avait paternellement encouragé ses débuts.

Revenons au printemps de 1831. Dumas a donc coupé les ponts derrière lui. Il approche de vingt-neuf ans. Il est libre. libre d'écrire ce qui lui plaît, de professer les opinions politiques qu'il veut. Il est un des auteurs les plus cotés sur le marché du théâtre, riche comme il n'aurait osé en rêver. Qu'était son misérable salaire à côté des flots d'écus qui tombent dans son escarcelle ? Pendant un an, tout va bien, avant que la situation ne se gâte.

DEUXIÈME PARTIE

Vivre de sa plume

CHAPITRE 5

Grandes ambitions :
1) le théâtre

La révolution avait secoué aussi les milieux littéraires. Les Romantiques s'approprièrent la victoire. Ils partirent à l'assaut du dernier îlot de résistance, la Comédie-Française, en même temps qu'ils s'érigeaient en prophètes des temps nouveaux. Hugo et Dumas, fraternellement unis pour l'instant, se trouvèrent à la pointe d'un double combat.

Tous deux avaient un drame en attente.

« Après l'admirable révolution de 1830, le théâtre ayant conquis sa liberté dans la liberté générale, les pièces que la censure de la Restauration avait inhumées toutes vives [...] s'éparpillèrent en foule et à grand bruit sur les théâtres de Paris, où le public vint les applaudir, toutes haletantes de joie et de colère[1]. » Parmi ces victimes échappées du tombeau figurait *Marion Delorme*, reçue à la Comédie-Française, mais aussitôt interdite. Hugo, sachant que Mlle Mars exigerait le rôle-titre et se souvenant de ses chicaneries pour *Hernani*, saisit l'occasion de se retirer et se mit en quête d'une solution de rechange.

Dumas, lui, avait sauvé *Antony* de la censure officielle. Restait à l'arracher à celle des acteurs. Les répétitions avaient repris, mais le cœur n'y était plus. Les deux têtes d'affiche, Mlle Mars et Firmin, n'entraient pas dans leur personnage. Trop moderne, trop provocatrice, la pièce dérangeait leurs habitudes, ils « épluchaient » le texte, ils le « plumaient » – comme on plume une volaille –, lui ôtant tout relief et toute couleur. L'équipe entière, convaincue de courir à l'échec et le souhaitant obscurément, ne songeait qu'à se débarrasser d'une œuvre qui encombrait le terrain, pour pouvoir passer à autre chose. Dumas lui-même, contaminé par le doute, ne croyait plus en sa pièce.

Il avait tort. En deux ans, les rapports de force s'étaient inversés. *Henri III* et *Hernani* avaient démonétisé le répertoire classique, qui constituait pour l'essentiel le fonds de commerce du Français. La désaffection du public menaçait sa survie : le contingent d'abonnés vieillissants se rétrécissait à vue d'œil. Était-ce le moment de s'embarquer sur un vieux navire qui prenait l'eau ? Hugo préconisa la rupture : « Il avait compris qu'au Théâtre-Français nous ne serions jamais pour les comédiens, pour les habitués, pour le public même, que des usurpateurs. […] Il avait cherché et trouvé un théâtre qui ne fût pas un Olympe, où nos succès ne fussent point des sacrilèges, et où ceux que nous remplacerions fussent de simples mortels, et non pas des dieux[2]. » Il négocia avec la Porte-Saint-Martin, non seulement pour lui-même, mais au nom de Dumas, sous réserve de ratification.

Mais avant d'émigrer vers le Boulevard, les deux amis avaient eu une idée mirifique. La Comédie-

Française était un théâtre national subventionné,
auréolé d'un prestige séculaire. Plutôt que de contribuer à la couler corps et biens, ne serait-il pas pré-
férable de s'en emparer et de la remettre à flot sous
pavillon romantique ? Déjà, ils s'étaient mis en quête
d'un commanditaire pour financer l'opération. Hélas,
le ministère ne pouvait leur abandonner sans scandale
cette maison chargée d'histoire. Il adopta une solution
mixte, consistant à lui infuser un peu de sang neuf
grâce à des acteurs venus du Boulevard. C'est pourquoi Marie Dorval, qui faisait jusqu'alors les beaux
jours du mélodrame, se retrouvera au Français. Mais
elle avait prouvé, entre-temps, qu'elle était capable de
jouer autre chose que des femmes du peuple. Elle avait
incarné, de façon sublime, les héroïnes de Dumas et
de Hugo.

À la Porte-Saint-Martin, *Antony* a été accueilli à
bras ouverts, mais, pour le rôle-titre, l'actrice fétiche
a exigé avec raison Bocage plutôt que le flamboyant
Frédérick Lemaître. Le sujet est d'une grande bana-
lité : « Une passion et un obstacle, voilà le résumé de
toutes les pièces », ricanait Musset. Plus conventionnel encore : l'obstacle est constitué par le mari. La
passion, elle, est portée au paroxysme. Mais sur cette
donnée, Dumas a construit des variations originales,
dont voici la substance.

Le héros, Antony, a choisi de s'éloigner quand
Adèle, qu'il aimait, a été promise à un autre, le baron
colonel d'Hervey. Revenu à Paris trois ans plus tard,
il lui annonce sa visite. Elle est mère d'une petite
fille. Son mari est en poste à Strasbourg. Préférant ne

pas le revoir, elle se hâte de sortir, mais les chevaux de son carrosse s'emballent, un homme les arrête au péril de sa vie, c'est Antony, sérieusement blessé, qu'on amène au plus près, chez elle. L'état du malheureux émeut la jeune femme. Pour qu'elle ne puisse le renvoyer, il se rend intransportable en aggravant sa blessure et s'incruste quelques jours. Sa présence trouble Adèle. À l'acte II, guéri, il lui fait ses adieux, non sans lui avoir révélé pourquoi il avait fui : il ne pouvait prétendre à sa main, car il n'est qu'un bâtard et ne sait rien de ses origines. Elle a décidé, pour se soustraire à toute nouvelle rencontre, de rejoindre son mari à Strasbourg. Elle fait transmettre à Antony, pour l'en informer, une lettre d'une extrême froideur. À l'acte III celui-ci, rendu fou de jalousie à l'idée qu'elle puisse lui préférer d'Hervey, la devance sur la route d'Alsace et lui tend un traquenard à un relais de poste. Elle est contrainte de s'arrêter à l'auberge où il occupe la chambre contiguë à celle qui lui est affectée. Par le balcon commun, il gagne sa fenêtre, brise un carreau pour entrer, la prend à bras-le-corps, étouffe ses cris avec un mouchoir et l'entraîne dans un cabinet attenant. À l'acte IV, après un interlude de trois mois, Adèle reparaît dans un salon parisien, où est également invité Antony. Leur liaison est connue et fait l'objet de commérages venimeux. Les deux amants songent à s'enfuir ensemble. Adèle vient à peine de se retirer lorsqu'on annonce à Antony l'arrivée prochaine du colonel. Acte V : il se précipite chez elle, insiste pour qu'elle s'enfuie avec lui. Mais elle hésite à cause de sa fille, sur qui retombera sa faute. Plutôt

mourir ! Sur ce, le mari heurte à la porte, Antony sort
son poignard, en frappe Adèle au cœur en s'écriant :
« Elle me résistait, je l'ai assassinée. »

Dumas, avec un sens très sûr du théâtre, a construit
sa pièce sur le dénouement : « Un homme qui, surpris
par le mari de sa maîtresse, la tuerait en disant qu'elle
lui résistait, et qui mourrait sur l'échafaud à la suite de
ce meurtre, sauverait l'honneur de cette femme et expie-
rait son crime. L'idée d'*Antony* était trouvée ; quant
au caractère du héros, je crois avoir dit que le Didier
de *Marion Delorme* me l'avait fourni[3]. » Le point
commun entre celui-ci et Antony est leur condition
sociale d'exclu, tenant à leur naissance ignorée, avec
cette différence que Didier est pauvre et qu'Antony
est riche. Mais c'est de son expérience intime que
Dumas a tiré les tourments de la passion. « *Antony*
n'est point un drame, *Antony* n'est point une tragédie,
Antony n'est point une pièce de théâtre. *Antony* est une
scène d'amour, de jalousie, de colère en cinq actes.
Antony, c'était moi, moins l'assassinat. Adèle, c'était
elle, moins la fuite[4]. » Identification partielle et passagère, qui suffit à irriguer l'écriture, mais qui ne permet
pas de voir en Dumas un héros maudit. Conçue dans
les premiers feux de sa liaison avec Mélanie Waldor,
la pièce est jouée alors qu'il n'a plus qu'un désir, se
défaire d'une maîtresse déjà supplantée.

Antony parut à sa date d'une extrême nouveauté.
Dumas y faisait un pas de plus pour se libérer des traditions. Ses trois drames affichaient un romantisme
flamboyant – intensité des passions, fatalité des destinées – mais ils différaient par la facture. *Christine*

était à l'origine une tragédie de forme classique, en alexandrins. Dans la seconde version, il avait jeté par-dessus bord la règle des trois unités. Avec *Henri III*, il était passé du vers à la prose. Avec *Antony*, il quittait l'histoire pour l'actualité et rapprochait brutalement du spectateur ce que la tragédie, depuis de siècles, s'efforçait d'éloigner de lui. Car c'est une tragédie en effet, par la structure. Peu d'événements. Les Comédiens Français se plaignaient qu'il ne s'y passait rien et qu'on pourrait en supprimer sans inconvénient au moins deux actes. Pas d'intrigue annexe. Pas de dissimulation d'identité, de déguisements, de duels, comme en regorge *Marion Delorme*. À part les chevaux emballés du début et le retour du mari à la fin, les ressorts de l'action sont psychologiques : d'une part les efforts répétés d'Adèle pour vaincre son amour ; de l'autre l'interprétation erronée que fait Antony de sa fuite, par jalousie. Mais, placées dans un milieu contemporain clairement daté, les passions ne bénéficient plus du manteau que leur prêtaient l'histoire ou la légende : elles sont telles qu'on peut les voir aujourd'hui dans leur nudité et elles parlent la langue de tous les jours.

L'effet est d'autant plus audacieux que la mise en œuvre est réaliste. Au mépris des bienséances, qui rejetaient jadis dans un récit « ce qu'on ne doit point voir » sur la scène, *Antony* étale la violence physique, le sang, le meurtre – *hic et nunc*, de nos jours, à Paris. Hardiesse inouïe pour l'époque, la grande scène de l'acte III s'aventure jusqu'aux frontières du viol. Aucune recherche de style. Pas d'envolée. Les phrases, hachées de points de suspension, veulent transcrire, bruts, les mouvements de la passion. C'est une langue conçue pour la scène, désarticulée, mais pas informe, qui prend son sens par les gestes qu'elle accompagne. Elle est le support du jeu scénique. Elle a son rythme sur lequel se détache fortement, par contraste, le dernier vers, un alexandrin régulier, tragique.

Dumas cherchait à supprimer, entre ses personnages et les spectateurs, le filtre que constitue l'expression littéraire. Le jeu, très direct, d'acteurs accoutumés au mélodrame le servit à merveille. Le 3 mai 1831, lors de la création, le succès prit la forme d'un raz de marée. « Ce que fut la soirée, aucune exagération ne saurait le rendre. La salle était vraiment en délire ; on applaudissait, on sanglotait, on priait, on riait. La passion brûlante de la pièce avait incendié tous les cœurs[5]. » Trois mois durant, le spectacle fit salle pleine. Le fameux dernier vers avait fait le tour de Paris, on le savait par cœur, on l'attendait. Un soir, où un régisseur maladroit fit tomber le rideau juste après le coup de poignard, le public trépignant réclama le dénouement. Bocage furieux refusait de revenir. Alors Marie Dorval se redressa, s'avança jusqu'à la rampe : « Messieurs, dit-elle, je lui résistais, il m'a assassinée ! » Puis elle tira une belle révérence et sortit de scène, saluée par un tonnerre d'applaudissements[6].

Les coupables étant punis à la fin, la morale était sauve. Il y eut bien quelques spectateurs grincheux pour blâmer que la passion y parût séduisante et l'adultère excusable. Mais les acclamations couvrirent leurs voix*. Reste une question. Dumas était allé très loin, dans le fond en cultivant la provocation, et dans la forme en réduisant le rôle du texte par rapport au jeu des acteurs. Comment se renouveler ? Il avait brûlé toutes ses cartouches.

Le trop grand succès d'*Antony* entraîna, pour des raisons de calendrier, le renvoi à l'Odéon de *La Maréchale d'Ancre* que Vigny destinait à sa bien-aimée Marie Dorval. Et surtout, il nuisit beaucoup à *Marion Delorme*, qui lui succéda sur la même scène le 11 août. Le premier soir, une bordée de sifflets répondit aux applaudissements et les séances suivantes furent « très agitées ». « *Antony* fut le succès de la saison, et il n'en resta plus que des miettes pour cette pauvre *Marion* qui, représentée trois mois plus tard, parut, froide, longue, diffuse, et pour tout dire ennuyeuse[7]. » Épargnons-nous ici une comparaison inutile : Hugo et Dumas ne concouraient pas dans la même catégorie. Mais à l'époque, le public, lui, n'a pas hésité. La belle solidarité qui avait uni un temps les champions du drame romantique n'y survécut pas.

Le triomphe d'*Antony* avait aussi porté atteinte à la hiérarchie des théâtres. La Porte-Saint-Martin, première scène parisienne en termes de fréquentation, forte des auteurs prestigieux qui avaient daigné recourir à elle, bénéficia alors d'une sorte d'osmose avec

---

* Mais le débat rebondit en 1834, lorsqu'une reprise d'*Antony* fut programmée à la Comédie-Française. *Le Constitutionnel* s'éleva alors violemment contre « l'obscénité » de la pièce, et le ministère dirigé par Thiers, menacé d'être mis en minorité, dut prononcer une interdiction.

les deux majeures, Comédie-Française et Odéon. Des changements de propriétaires et de directeurs facilitèrent les échanges. La stricte répartition des auteurs, des acteurs, du public en fut ébranlée, tandis que s'effaçaient les frontières séparant les genres : du mélodrame à la tragédie, on expérimenta toutes les formes intermédiaires, surtout les formes mixtes, sans qu'il fût possible de qualifier clairement les pièces. liberté ou anarchie, qui le dira ?

Dumas se résigne-t-il à n'être qu'un auteur de drames en prose, idolâtré du public, mais incapable d'atteindre aux formes nobles pour lesquelles Hugo, merveilleux poète, semble mieux doué ? Certes il affecte de maudire le Théâtre-Français, « cercle de l'enfer oublié par Dante, où Dieu met les auteurs tragiques qui ont cette singulière idée de gagner la moitié moins d'argent qu'ailleurs, d'avoir vingt-cinq représentations au lieu d'en avoir cent, et d'être décorés sur leurs vieux jours de la croix de la Légion d'honneur, non pas pour les succès obtenus, mais pour les souffrances éprouvées[8] ». Mais il continue d'aspirer à la consécration suprême : être reconnu comme grand écrivain par la critique qui fait autorité et par les institutions qui confèrent une gloire durable. Reflet de son désir de reconnaissance sociale, qui lui fait solliciter (avec succès) cette Légion d'honneur qu'il affectait de mépriser et (en vain) l'Académie, il éprouve à l'égard de la Comédie-Française le même mélange d'attachement et de répulsion que pour Louis-Philippe. Il lui en veut de l'avoir traité avec condescendance. Que ne ferait-il pour remettre le pied dans l'auguste maison ? Il commettra en 1837 un *Caligula* en vers, qui n'ajoute rien à sa gloire. Il ne parviendra à s'y imposer que dans des *comédies* – en prose, fort heureusement.

Il n'oubliait pas, cependant, la tentative menée avec Hugo pour en prendre la direction. Son échec n'avait pas éteint en lui, au contraire, le désir de ne plus dépendre d'interventions extérieures paralysantes. Décider du répertoire, du calendrier, du choix des acteurs, de la mise en scène, des décors, bref maîtriser l'ensemble du processus d'un bout à l'autre n'était possible que si l'on possédait un théâtre à soi. L'idée resta à l'état de rêve, mais elle allait faire son chemin dans sa tête. Et il commençait à penser, au vu du pactole issu de ses droits d'auteur, qu'elle pouvait être fort rentable.

CHAPITRE 6

Grandes ambitions :
2) l'histoire

Dumas avait gardé sur le cœur le conseil offensant donné par Louis-Philippe : vous êtes poète, ne vous mêlez pas de politique. Un défi à relever. Or précisément, en ces lendemains de révolution, les écrivains en général et les poètes en particulier ne pensaient qu'à faire de la politique. « Honte à qui peut chanter pendant que Rome brûle », clamait Lamartine[9], donnant le coup d'envoi d'un concert auquel viendrait se mêler la voix de tous les plus grands. Hugo proclame sa volonté de « mener de front la lutte politique et l'œuvre littéraire », et jette sur le papier quelques bribes de ce qui deviendra la *Fonction du poète*[10]. Le thème est trop connu pour qu'il vaille la peine d'y insister. Dumas est-il prêt à se muer en chantre des utopies, en prophète des jours meilleurs ? C'est là un terrain qu'il ne souhaite pas disputer à Hugo. Il se sait meilleur dramaturge que rhéteur.

Il n'est pas quitte pour autant de l'invitation à s'engager. De préface en préface, Hugo répète que le drame doit comporter un enseignement : « Le théâtre est une tribune, le théâtre est une chaire. Le théâtre parle fort et haut[11]. » Dumas n'est pas très convaincu. Tribune implique discours. Les « tirades », vomies comme emblématiques du classicisme, reviennent en force chez Hugo. La voix du poète y couvre celle du personnage. Elles suspendent l'action, elles brisent le rythme, elles entravent l'émotion. Pour Dumas, au contraire, l'émotion est primordiale, les idées ne doivent venir qu'ensuite, à la réflexion. S'il est subversif, c'est par ce qu'il montre plus que par ce qu'il dit.

Non, décidément, il se refuse à encombrer ses drames de politique. Mais il ne renonce pas pour autant à celle-ci. Depuis sa participation aux Trois Glorieuses, il se croit destiné à devenir un homme d'action. Et il existe un domaine où il pense pouvoir exprimer ses convictions. L'histoire est un genre pourvu de très anciennes lettres de noblesse. Depuis près d'un siècle, on a cessé d'y voir un simple répertoire d'exemples propres à éduquer les rois et les peuples. Envisagée comme un tout et observée dans son déroulement, elle a donné naissance à des synthèses explicatives. On lui a trouvé des « âges », en rapport, par exemple, avec ceux qui mènent l'individu de l'enfance à la maturité. Mais ce modèle butait sur la question ultime, qui impliquait la mortalité. L'idée de progrès, chère au XVIIIe siècle, offrait une perspective plus rassurante. S'améliorant peu à peu dans tous les domaines – matériel, moral et politique – l'humanité était censée s'acheminer vers un état idéal, dont la forme restait encore mal définie et l'échéance incertaine. On tentait de bâtir une philosophie de l'histoire. Au lendemain de 1830, Michelet tempère son enthousiasme de prudence – du moins sur le calendrier : « Avec le monde a commencé une guerre qui doit finir avec le monde, et pas avant : celle de l'homme contre la nature, de l'esprit contre la matière, de la liberté contre la fatalité. L'histoire n'est pas autre chose que cette interminable lutte[12]. » Mais les héritiers de 89 circonscrivent cette lutte à la politique et lui assignent comme fin (dans les deux acceptions du mot) la victoire de la démocratie. On ne parle pas encore de « sens de l'histoire », mais l'idée est là.

Dumas n'a guère l'esprit philosophique – trop abstrait. Mais il est curieux de l'histoire. Au début, il l'a abordée par le petit bout de la lorgnette, en écumant mémoires et chroniques pour y trouver des sujets de drames. Il y a pris goût. En autodidacte peut-être, mais passionné et persévérant, il en a acquis une connaissance étendue. Il a lu les *Lettres sur l'Histoire de France*, d'Augustin Thierry, les *Études historiques* de Chateaubriand. Il commence à avoir quelques vues d'ensemble. En 1832, il conçoit un projet ambitieux, démesuré, fou – peut-être avec le secret espoir de s'imposer par là sur la scène politique. Il veut réécrire toute l'histoire de France sous une forme nouvelle, vivante mais non romancée, avec pour fil directeur les vues récentes sur l'avenir de l'humanité ; montrer que « les intérêts divers qui s'y agitent entre le peuple, la noblesse et la royauté » commandent la marche inéluctable vers la liberté. En somme, il prétend faire de la « philosophie de l'histoire » appliquée.

Comme il ne se sent pas capable de couvrir le haut Moyen Âge, auquel il ne connaît rien, il ne commencera, dit-il, qu'au xIV^e siècle. Mais il rédige une « longue préface », qui, sous le titre de *Gaule et France*[13], doit faire le joint entre les origines et l'époque contemporaine. Il serait cruel de s'attarder sur ce panorama de énième main, auquel une vague teinture d'archaïsme cherche à donner un air d'authenticité. Dumas n'a pas la culture requise pour concevoir une synthèse de cette ampleur. *Gaule et France* est aujourd'hui illisible, sauf à titre de document sur l'histoire des idées : on peut noter, à cet égard, le rôle de charnières dans l'évolution attribué à César, païen, préparant le christianisme ; à Karl-le-Grand (Charlemagne), barbare, préparant la civilisation ; à Napoléon, despote, préparant la liberté, qui préfigure celui qu'attribuera plus tard Hugo au Christ et à la Révolution de 1789. Mais Dumas n'est visiblement pas à l'aise dans le messianisme et par bonheur – sans quoi nous aurions eu des romans à thèse au lieu des *Mousquetaires* – le grand projet déviera vers des voies moins encombrées d'idéologie.

Cependant l'entreprise eut le mérite de l'aider à tirer au clair ses opinions politiques. Car ces interrogations sur l'histoire avaient des implications concrètes dans la France contemporaine. Tout le monde, ou à peu près, s'était fait à l'idée que la marche vers la démocratie était irréversible, certains s'en désolant comme Chateaubriand, d'autres s'y résignant comme Tocqueville. Restait à savoir quand elle atteindrait son terme et sous quelle forme. Car l'exemple de l'Angleterre montrait que la démocratie n'était pas incompatible avec la présence d'un roi. En France, les libéraux de centre gauche, partisans d'une monarchie parlementaire, s'opposaient aux républicains, qui croyaient voir leur objectif à portée de main. La plupart des responsables politiques – notamment Guizot et ses amis *doctrinaires* – souhaitaient freiner l'évolution pour y adapter progressivement la société et démocratiser lentement le régime. C'était la solution à laquelle se ralliait de gré ou de force Louis-Philippe. Tout au long de son règne, il s'efforça de contrôler le processus. Il oscilla entre la *Résistance* et le *Mouvement*, lâchant du lest quand le pays était calme, sévissant quand il s'agitait. Ce sont les excès mêmes de ses adversaires qui l'amenèrent à raidir sa position, jusqu'au point de rupture.

Car la monarchie de Juillet fit l'objet, surtout durant les cinq premières années, d'un harcèlement systématique, ponctué par des émeutes et des attentats. Le « tremblement de trône* » qui avait mis à bas la branche aînée des Bourbons était suivi de ce que les sismologues appellent des répliques. Il n'est pas question de minimiser les justes motifs qui présidèrent à la plupart de ces émeutes : les canuts de Lyon méritaient bien qu'on les défendît. Nous les voyons aujourd'hui à travers les victimes de la répression qui, orchestrée par la presse, puis par la littérature, traversa les années, pour se transmettre jusqu'à nous dans *Les Misérables* avec la mort de Gavroche. Mais à l'époque, beaucoup de contemporains – et pas seulement par esprit de classe – en jugeaient autrement, parce que l'objectif des républicains, plus politique que social, était visi-

---

* L'expression est de Dumas lui-même, au chap. XXXIX du *Vicomte de Bragelonne*, à propos de la chute de Charles Ier d'Angleterre.

blement de rattraper à tout prix la victoire qui leur avait échappé en 1830.

Or la république faisait peur. Non sans quelque raison. La France n'en avait connu qu'une, la première. Née dans le feu et le sang le 10 août 1792, marquée par les massacres de Septembre, la Terreur et la guillotine, menée par un groupe d'idéologues implacables, elle fut tout sauf démocratique. En 1830 on n'a aucun modèle à lui opposer, sinon les cantons suisses ou la lointaine Amérique. L'analogie avec 93 s'impose d'autant plus facilement que presque tous les hommes en place sous la monarchie de Juillet – à commencer par le roi – comptent dans leur très proche parenté des guillotinés, souvent conduits à l'échafaud, comme le père de Guizot, par leur libéralisme même. En 93, le peuple de Paris fut l'instrument dont les Montagnards se servirent pour assurer leur pouvoir. Quarante ans après, on redoute toujours ses débordements.

Dumas n'avait pas eu à souffrir de la Terreur. Mais, comme son père, il répugne à la violence quelles qu'en soient les formes. La chute des ministres de Charles X l'a réjoui, mais lors de leur procès, il est épouvanté d'entendre la foule hurler à la mort et menacer de les lyncher. Inversement il défend du même cœur les meneurs républicains arrêtés. Respectueux du patrimoine national, il ne supporte pas le pillage. Durant les Trois Glorieuses, il réussit à sauver du Musée de l'artillerie, où les insurgés sont entrés pour se servir, le bouclier, le casque et l'épée de François Ier, qu'il rapporte chez lui dévotieusement[14]. En février 1831, il assiste horrifié au sac de Saint-Germain-l'Auxerrois et à celui de l'Archevêché par une horde furieuse. Sous le Pont-Neuf, la Seine charrie des meubles anciens, des livres rares, des chasubles brodées. Quiconque tente de s'opposer au saccage risque le même sort[15]*. Un vrai crime !

L'année suivante, dans la capitale fragilisée par l'épidémie de choléra, les funérailles du très populaire général Lamarque firent craindre des troubles. Le 5 juin, Dumas, qui suivait le convoi, sentit dégénérer le climat, cependant que fusaient les cris de « Vive la République ! » et « Aux armes, citoyens ! » et que commençait à crépiter la fusillade. Déjà les républicains criaient victoire. Lorsque le cortège s'arrêta à l'entrée du pont d'Austerlitz pour écouter les discours officiels, on vit soudain surgir un personnage paraissant échappé d'un roman « gothique » : « Un homme vêtu de noir, grand, mince, pâle comme un fantôme, avec des moustaches noires, tenant à la main un drapeau rouge bordé de franges noires, monté sur un cheval qu'il manœuvre avec peine au milieu de la foule, agite son drapeau couleur de sang, sur lequel est écrit en lettres noires : LA LIBERTÉ OU LA MORT ! » Était-ce un fou ? un agent provocateur ? « Mais, de quelque part qu'il vînt, quel que fût le motif qui l'animât, son apparition fut saluée par une unanime réprobation. Le général Exelmans s'écria d'une voix

---

* Les efforts que fait Dumas, rétrospectivement, pour en ôter la responsabilité au peuple sont peu convaincants. Il est possible, en revanche, que le gouvernement n'ait riposté que mollement, sachant que de tels excès discréditaient les républicains.

qui domina toutes les voix : "Pas de drapeau rouge ! c'est le drapeau de la Terreur ; nous ne voulons que le drapeau tricolore : c'est celui de la gloire et de la liberté"[16]*. »

Louis-Philippe cependant, ayant inspecté en personne la troupe, la lança à l'assaut des insurgés qui, au soir, durent se replier dans les ruelles proches de la rue Saint-Denis, derrière deux barricades – dont la plus puissante jouxtait le cloître de l'église Saint-Merri. Hugo, qui avait failli s'y faire enfermer par hasard, put la décrire de mémoire. Dumas, lui, dut se borner à des témoignages indirects. Il s'était contenté de déambuler dans Paris et d'aider quelques amis à l'occasion, puis, refusant d'obéir aux mots d'ordre insurrectionnels, il était rentré chez lui. Le bruit courut pourtant qu'il avait été passé par les armes en compagnie des derniers défenseurs. Ce dont Nodier, bien informé, tira matière à un plaisant billet : « Mon cher Alexandre, Je lis à l'instant dans un journal que vous avez été fusillé le 6 juin à 3 heures du matin. Ayez la bonté de me dire si cela vous empêcherait de venir dîner demain à l'Arsenal, avec Dauzats, Taylor, Bixio, nos amis ordinaires enfin. Votre bien bon ami, CHARLES NODIER, qui sera enchanté de l'occasion pour vous demander des nouvelles de l'autre monde[17]. » L'amitié l'emportait sur les clivages politiques : Nodier était royaliste, Taylor libéral et Bixio républicain.

---

* Là encore, le récit rétrospectif suggère qu'il s'agit d'un provocateur. Mais cela n'infirme en rien la réaction réprobatrice de l'assistance.

Au vu des événements, Dumas commençait à opérer des distinctions entre les divers partisans de la république. Dans une profession de foi souvent citée, il expliqua à la reine Hortense, rencontrée lors d'un voyage en Suisse, comment il touchait au « républicanisme social », tout en s'éloignant du « républicanisme révolutionnaire ». Il distinguait les « républiqueurs » qui parlent de « couper des têtes et de diviser la propriété », les « républiquistes », qui veulent appliquer à la France les constitutions suisse, anglaise et américaine, les « républiquets », parodistes et aboyeurs « qui élèvent des barricades et laissent les autres se faire tuer derrière », et enfin, les purs, « pour qui l'honneur de la France est chose sainte […], pour qui la parole donnée est un engagement sacré qu'ils ne peuvent souffrir de voir rompre, même de roi à peuple, dont la vaste et noble fraternité s'étend à tout pays qui souffre et à toute nation qui se réveille ». Ces derniers seuls méritaient sa sympathie. Mais, ajoute-t-il, « au lieu de me laisser emporter à mon sentiment, j'en ai appelé à ma raison […]. Je vis que la révolution de 1830 nous avait fait faire un pas […], mais que ce pas nous avait conduits tout simplement de la monarchie aristocratique à la monarchie bourgeoise, et que cette monarchie bourgeoise était une ère qu'il fallait épuiser avant d'arriver à la magistrature populaire. Dès lors […], sans rien faire pour me rapprocher du gouvernement dont je m'étais éloigné, j'ai cessé d'en être l'ennemi, je le regarde tranquillement poursuivre sa période […]. Je ne l'accepte ni ne le récuse, je le subis ; je ne le regarde pas comme un bonheur, mais je le crois une nécessité*. »

Cette analyse n'est pas originale, elle découle tout droit de la philosophie de l'histoire qui prévaut à cette date et elle est largement partagée. Elle est en effet raisonnable. Elle est aussi rassurante. La certitude que la monarchie de Juillet n'est que la dernière étape sur la route conduisant prochainement à la république permet à Dumas de vivre sans déchirement ses contradictions présentes. Sa république à lui n'étant qu'imaginaire, il échappe à l'engagement partisan et se réserve le droit d'avoir des amis dans tous les camps. En revanche, elle lui interdit le militantisme : il ne sera donc pas député dans les trois ans, comme il s'en targuait auprès de Louis-Philippe.

Il ne sera pas non plus l'émule de Michelet, qu'il admire tant. Ce n'est pas sa vocation. Le combat d'idées le fatigue, les grandes synthèses historiques lui pèsent : il est trop lucide pour ne pas mesurer que *Gaule et France* manque de substance, sonne creux. Est-ce avec des théories, d'ailleurs, qu'on hâtera le processus politique en cours ? Pour que la France accède à la démocratie, il faut commencer par le commencement, éduquer le peuple. C'est l'idée qui sous-tend, chez Hugo, la Préface de *Marion Delorme*. C'est l'objectif que se propose Guizot, alors ministre de l'Instruction publique, qui met en place dans chaque

---

* Ce passage a été publié en 1832 dans les *Impressions de voyage en Suisse*. Ce ne sont donc pas là des propos de circonstance, influencés par la destinataire initiale ; ce ne sont pas non plus des considérations rétrospectives. Ils datent bien des premiers temps de la monarchie de Juillet.

village une école soustraite à la juridiction de l'Église. Dumas tient à apporter lui aussi sa pierre à l'édifice. Il aime l'histoire, il ne se lasse pas de l'explorer. Il se propose de l'enseigner aux Français, tout simplement, en la leur racontant.

CHAPITRE 7

Travaux alimentaires

Le succès, surtout s'il est trop rapide, ne va pas sans inconvénients. Après son double coup d'éclat – *Henri III* et *Antony* –, Dumas est au faîte de la gloire. La difficulté est de s'y maintenir. Il le sait. « L'exigence des spectateurs monte à la mesure de la réputation. […] L'homme qui tombe, s'il est inconnu, ne tombe que de la hauteur de la pièce par laquelle il débute ; l'homme connu qui tombe, au contraire, tombe de la hauteur de tous ses succès passés[18]. » À défaut de se surpasser, il lui faut faire au moins aussi bien.

Financièrement, il est passé de la pénurie au pactole. Il n'est pas enclin à thésauriser. L'argent est fait pour être dépensé. Il n'a jamais aimé compter et croque la vie à belles dents. Ses déménagements scandent le rythme de sa montée en puissance. Il s'est toujours efforcé, avec les moyens du bord, de donner à ses logis successifs une apparence élégante. Après *Henri III*, il a loué, pour lui seul, un quatrième étage cossu à l'angle de la rue de l'Université et de la rue du Bac et engagé un domestique. Il possède un tilbury, il passe pour mener grand train. Après *Antony*, il s'installe avec sa nouvelle élue, Belle Krelsamer, dans l'enclos privé dit square d'Orléans, où l'on accède par la rue Saint-Lazare. Il y dispose d'un appartement donnant sur une grande cour intérieure avec jardin : quatre vastes pièces, hautes de plafond, susceptibles d'être prolongées, pour les réceptions, par un local voisin vacant. Il continue de subvenir, bien entendu, aux besoins de sa mère et à ceux de Laure Labay, qui élève son fils. Il lui faudrait maintenir le même niveau de revenus.

Avant 1830, il n'était qu'un employé de bureau cherchant à percer au théâtre. Consécutive à ses succès, sa décision de vivre de sa plume fait de lui un professionnel. Il entre dans un milieu aux contours flous, qui a ses lois, ses usages, ses servitudes, celui des fournisseurs de pièces aux propriétaires de salles. Par la grande porte, certes, et en mesure de faire prévaloir ses exigences. Mais il est soumis à un rythme imposé. Les pièces de théâtre sont des objets de consommation, à espérance de vie limitée. La nouveauté s'use vite. Auparavant, il lui fallait attendre son tour, parfois fort longtemps, avant d'être joué. Désormais, les directeurs de théâtre se le disputent, mais à condition que ses pièces remplissent leurs caisses. Il a la tête pleine de projets, il est capable de travailler vite. Vite et bien ? C'est moins sûr. Il dispose d'un atout cependant. Il passe sa vie au théâtre et le théâtre envahit sa vie, puisqu'il y prend celles qui tour à tour seront ses compagnes. Il en connaît le fonctionnement de l'intérieur, côté régie, côté coulisses. Jamais il ne conçoit un drame sur le papier sans songer à sa réalisation, sans mettre des noms d'acteurs sur les personnages, sans se le représenter sous sa forme achevée. Une pièce n'est pas pour lui une simple œuvre littéraire, c'est un tout qui n'a d'existence que par et pour la scène.

Il sait bien qu'avec *Antony*, il a dérivé vers le mélodrame. Il cherche à regagner des parages plus nobles. *Charles VII chez ses grands vassaux*, joué le 20 octobre 1831 à l'Odéon, est une tragédie historique en vers, respectant la règle des trois unités, elle se déroule dans un décor unique, la chambre basse d'un château, au début du XVe siècle pendant la guerre de Cent Ans. La visite de Charles VII et de sa maîtresse Agnès Sorel est prétexte à quelques considérations sur la situation politique du temps. Mais l'essentiel est un sombre conflit passionnel où la seule originalité consiste en la présence d'un jeune esclave arabe, amoureux de la châtelaine, dont il tue, pour lui complaire, l'époux qui s'apprêtait à la répudier ; désespérée, elle s'empoisonne et le jeune Yacoub est rendu libre à son désert natal. Le public, apathique, ne s'anima que lorsque la visière du roi, mal accrochée, lui tomba sur le menton en lui coupant la parole : on rit, on applaudit la présence d'esprit de l'écuyer qui, d'un coup de dague, libéra le ressort. Le mémorialiste parle de demi-succès, mais son fils de huit ans, qui l'accompagnait, garde le souvenir d'un désastre[19].

Cette pièce ne vaudrait pas qu'on s'y attarde si l'auteur ne nous avait fourni dans ses *Mémoires* ses sources et – mieux encore — ses méthodes de travail. Le noyau central a une quadruple origine : *Le Cid*, où Chimène, croyant Rodrigue mort, accable de reproches le malheureux don Sanche qu'elle avait chargé de le vaincre en duel; *Andromaque*, où Hermione maudit Oreste qui, sur son ordre, vient de tuer Pyrrhus; *Götz de Berlichingen* de Goethe; et la *Camargo* de Musset. Le jeune Arabe provient, lui, du *Quentin Durward* de Walter Scott, et le cadre historique de la *Chronique du roi Charles VII* par Alain Chartier. Voilà pour la substance du drame. Ensuite? « Je me mis alors à feuilleter les chroniques du XVe siècle, pour trouver un clou où accrocher mon tableau. [...] Ma manière de procéder vis-à-vis de l'histoire est étrange. Je commence par combiner une fable; je tâche de la faire romanesque, tendre, dramatique, et, lorsque la part du cœur et de l'imagination est trouvée, je cherche dans l'histoire un cadre où la mettre, et jamais il ne m'est arrivé que l'histoire ne m'ait fourni ce cadre, si exact et si bien approprié au sujet qu'il semble que ce soit, non le cadre qui ait été fait pour le tableau, mais le tableau pour le cadre[20]. » On ne s'étonnera pas, dans ces conditions, que toutes ses pièces se ressemblent.

Dumas attribue son relatif échec à l'emploi du vers. La forme privilégiée de Hugo est pour lui une impasse. « Ah! si je faisais de pareils vers, sachant faire une pièce comme je le sais faire! » s'écrie-t-il à propos de son rival et ami[21]. Mais cet ami fait le raisonnement inverse, il s'apprête à passer du vers à la prose pour trois nouvelles pièces, *Lucrèce Borgia, Marie Tudor* et *Angelo, tyran de Padoue**! Le succès est pour tous deux très aléatoire. En réalité, ce

---

* Joués respectivement en 1833, pour les deux premières et en 1835 pour la troisième.

n'est pas la mise en œuvre qui grève leurs pièces, mais le contenu. La production dramatique traverse une phase où vacillent tous les repères, que ce soit pour le genre (tragédie/drame), la forme (vers/prose), le découpage (actes/journées*), la période évoquée (histoire/époque moderne). Mais, dans tous les cas, il s'agit, pour le fond, de mélodrames que nous dirions « améliorés ».

Difficile de se renouveler en pareille matière. Le terrain a été abondamment labouré par le théâtre du Boulevard. Le risque est gros de la surenchère, même chez les plus grands : « Dans dix pièces de MM. Victor Hugo et Alexandre Dumas jouées en l'espace de trois ou quatre ans, on trouve huit adultères, cinq prostituées de divers rangs et six femmes séduites, dont deux accouchent sur le théâtre ; quatre mères amoureuses de leurs fils ou de leurs gendres (et sur quatre trois complètent le crime) ; onze dames ou demoiselles tuées par leurs amants ; six bâtards ou enfants trouvés, etc[22]. » Les ressorts de l'action consistent en mariages imposés, identités d'emprunt, déguisements, erreurs sur la personne, reconnaissances – généralement trop tardives, lorsque le sang a déjà coulé. Dans le cas des sujets historiques – les plus fréquents –, ces horreurs se déroulent au fin fond de châteaux labyrinthiques à couloirs secrets, panneaux coulissants, oubliettes et caveaux, gardés par des sbires à faces de démons, avec pour accessoires des clefs, des bagues ou des crucifix chargés de mystère. Hugo et Dumas en mesurent

---

* Les *journées* sont un type de découpage emprunté au théâtre espagnol du Siècle d'or.

bien l'artifice. Mais la tentation est forte d'aller au plus facile, qui est aussi le plus payant.

Tous deux s'entendent également pour monnayer leur talent. Ils discutent ferme leurs contrats. Mais l'un gère son budget en fourmi économe. L'autre, cigale, laisse l'argent fuir entre ses doigts. En 1831, les charges parasites de Dumas sont encore légères. Mais déjà il calcule ses dépenses non sur les sommes encaissées, mais sur les rentrées à venir. Il semble ignorer que les parts de recettes d'un dramaturge n'ont pas la belle régularité des salaires d'un gratte-papier. Il se voit donc très vite voué aux travaux forcés. Dans le vaste jeu de chaises musicales qui frappe les salles au début des années 1830, Harel s'est taillé la part du lion : tout en conservant la direction de l'Odéon, il s'est emparé de la Porte-Saint-Martin. Or Dumas a pris l'engagement de fournir à ce dernier théâtre deux pièces annuelles. Il a mis le doigt dans un engrenage dont il ne pourra jamais sortir. Il a hypothéqué son temps à venir, il s'est condamné à travailler sous contrainte, l'épée dans les reins, harcelé.

Certes, il ne fonctionne pas à la commande, puisqu'il dispose du choix de ses sujets. Mais où les prendre quand il est à court d'idées ? D'autres en ont, qui peinent à les mettre en œuvre. Il suffit de s'entendre avec eux. Attention : ils sont de différentes sortes. Il y a parmi eux des professionnels, fournisseurs attitrés des théâtres du Boulevard, qui disposent d'un trop-plein de canevas, et il y a des débutants, qui ont présenté partout en vain leur premier drame et cherchent du secours. Parmi les premiers, il existe un marché des sujets – on a envie de dire des scénarios, tant est forte l'analogie avec le cinéma. On se les cède, on se les vend, on se les vole. Souvent, on se les partage. Il est vain de chercher à distinguer la part de chacun dans des textes appelés à se modifier au fur et à mesure de la réception : seule compte la répartition des recettes.

C'est d'abord avec des professionnels que Dumas traita. Au mois de juillet 1831, il rencontra à Trouville deux vieux routiers, nommés Beudin et Goubaux, qui avaient tiré de leurs patronymes un pseudonyme commun : Dinaux. Ils s'étaient associés à un auteur plus connu pour présenter en 1827 un « mélodrame en trois journées » intitulé *Trente Ans de la vie d'un joueur*, avec pour vedette Marie Dorval, qui remporta un succès inouï. Un sujet moderne, traité avec réalisme brutal : bien que Dumas ne s'en soit pas vanté, il est probable qu'il s'en souvint lorsqu'il fit *Antony*. Il savait donc à qui il avait affaire lorsque Goubaux lui proposa de collaborer.

« On ne gagne pas beaucoup d'argent avec les pièces vraiment littéraires ; on réussit souvent mieux à en gagner avec des *excentricités* et des *attaques contre la morale et le gouvernement*[23] », soulignait Scribe, un homme de métier sans illusions. Dans *Richard Darlington*, morale et gouvernement ne sont pas visés de front, puisque les crimes de cet ambitieux personnage, sur fond de milieux parlementaires corrompus, se déroulent en Angleterre au XVIIIᵉ siècle. Mais le public se délectait à déchiffrer les allusions. En matière de jamais vu, la première scène s'ouvrait avec l'arrivée, chez un médecin il est vrai, d'une

jeune femme sur le point d'accoucher ; mais contrairement au dire du critique cité plus haut, sa délivrance
était tout de même reléguée dans la coulisse. Dumas,
pas très fier de lui, avait consenti à retaper la pièce à
condition de n'être pas nommé. Avec un autre titre
et sous le seul nom de Dinaux, elle remporta, grâce
à Frédérick Lemaître, un succès dont l'auteur caché
toucha sa juste part.

Autre cas de figure : les épigones que rabattent vers
lui les directeurs de théâtre lorsqu'ils flairent dans un
manuscrit informe une donnée digne d'être exploitée.
Les mésaventures de Dumas avec un nommé Félix
Gaillardet sont à cet égard un cas d'école. Ce jeune
provincial avait soumis à Harel un texte injouable
sur un épisode fameux qui fit scandale du temps de
Louis X le Hutin, les orgies nocturnes de la reine Marguerite de Bourgogne et de ses sœurs dans la tour de
Nesle, en compagnie d'amants qu'elles faisaient jeter
à la Seine au petit matin. Le sujet était bon, la pièce
exécrable. Un premier auxiliaire pressenti corrigea le
style, puis se désista. Harel convainquit alors Dumas
de reprendre le tout à zéro. Ils étaient trois en cause.
Dumas promit de se contenter d'un tiers des recettes,
laissant à l'auteur initial la part du premier correcteur
en sus de la sienne, pourvu que son nom à lui ne fût
pas prononcé. Mais Gaillardet, furieux qu'on ait joué
un texte autre que le sien, cria qu'on lui volait son
bien. Il ne put cependant faire interrompre les répétitions.

La pièce, où la débauche et le crime se doublent
d'un inceste puisque la reine découvre à la fin que
deux de ses victimes étaient ses propres fils, reçut un

accueil triomphal le 29 mai 1832 et son succès se prolongea grâce à d'innombrables reprises. Au soir de
la représentation, tout alla bien : comme convenu, le
jeune homme fut seul à recueillir les ovations. Mais
le lendemain le rusé Harel fit imprimer sur l'affiche :
« *La Tour de Nesle*, par MM. *** et Gaillardet. » Tous
les habitués comprirent que les trois étoiles placées
en première position désignaient le véritable auteur,
dont l'incognito fut vite percé. Harel se frottait les
mains : « Nous avons un grand succès ; avec un peu
de scandale, nous aurons un succès immense… Si
M. Gaillardet réclame, notre scandale est tout trouvé. –
Il aura fait quelque chose à la pièce, au moins. » Il
réclama très fort en effet. On épargnera ici au lecteur
les échanges de papier timbré, procès, plaidoiries, assai-
sonnés de polémiques dans les journaux, qui occupent
quatre chapitres des *Mémoires*[24]. L'affaire se termina
par un duel au pistolet, au cours duquel les deux adversaires, aussi piteux l'un que l'autre, furent très soula-
gés de s'être manqués.

Mais Dumas en conserve une rancœur tenace contre
les collaborateurs théâtraux, « qui vous attribuent généreusement les fautes et se réservent modestement les
beautés » : « Le collaborateur, c'est un passager intré-
pidement embarqué dans le même bateau que nous,
qui nous laisse apercevoir petit à petit qu'il ne sait pas
nager, que cependant il faut le soutenir sur l'eau au
moment du naufrage, au risque de se noyer avec lui, et
qui, arrivé à terre, va disant partout que sans lui vous
étiez un homme perdu[25]. »

L'argent rentre, mais Dumas reste insatisfait. Il
hésite à abandonner un genre qui lui a valu naguère

ses succès, mais le cœur n'y est plus. Dans sa production théâtrale d'alors, le métier tient lieu de génie. Il sait bâtir une intrigue, mais il n'essaie plus d'innover, il se contente de retaper les canards boiteux que lui apportent des confrères moins doués ou de remanier à sa façon des œuvres connues. La fabrication de drames devient une sorte de combinatoire à base de stéréotypes – personnages et situations – avec lesquels on joue en les redistribuant. Peu importe l'habillage qu'on leur donne : la couleur historique n'est que décor.

Il n'est pas seul à la peine. Le drame romantique agonise. Il meurt de son succès même et de l'excès de liberté qu'il s'est donné. De sa prédilection pour les formes les plus extrêmes de la passion et de la révolte. De sa complaisance à l'égard du public aussi et de son glissement vers le mélodrame. En 1843 la chute retentissante des *Burgraves* de Hugo en sonnera le glas. Pour la postérité, son théâtre n'est sauvé, en partie, que par la beauté des vers. Mais le seul drame romantique qui ait véritablement survécu est celui qui n'a pas connu la scène en son temps, le *Lorenzaccio* de Musset, et c'est une dénonciation des thèmes chers au Romantisme.

Tout en bataillant sur son terrain de prédilection, Dumas cependant grappillait à droite et à gauche partout où il y avait quelque succès à cueillir. Il revint à la comédie – d'un degré plus relevée que les vaudevilles de sa jeunesse. Il adoucit l'intrigue de certains drames et leur accorda un dénouement heureux, dans *Made-*

moiselle de Belle-Isle par exemple. Il tâta de l'opéra-comique, seul pour *Teresa* ou en collaboration avec Gérard de Nerval pour *Piquillo*. Mais le fait marquant de cette période est une conversion progressive à l'écriture, en concurrence avec le théâtre.

L'impulsion était venue du dehors. Dès le lendemain de la Révolution, François Buloz, un ancien typographe, entreprenant et d'un entêtement coriace, avait enfin réalisé son rêve, passer de l'atelier aux commandes, posséder un journal à lui. Il avait créé la *Revue des Deux Mondes*, paraissant le 1er et le 15 de chaque mois. Pour la lancer, il lui fallait quelques grandes signatures. Il sollicita Dumas. Celui-ci avait peu de temps à lui consacrer. Il puisa dans ses fonds de tiroirs et lui donna, pour le numéro de janvier 1831, le rapport sur la Vendée qu'avait dédaigné Louis-Philippe. Il n'y avait pas là de quoi fidéliser les lecteurs. Buloz souhaitait des récits. Dumas lui fournit, pour le mois de juillet, une des trois nouvelles de ses débuts en littérature. *Blanche de Beaulieu ou la Vendéenne*, sous le titre nouveau de *La Rose rouge*. Puis il lui fallut se mettre au travail.

Il professait à cette époque un mépris écrasant pour le roman historique, qu'il accusait de trahir la vérité, de « défigurer l'histoire ». Le grief est étrange sous la plume de quelqu'un qui, dans son théâtre, traitait l'histoire comme un décor interchangeable pour des passions intemporelles. Ne s'apprêtait-il pas à métamorphoser une *Edith aux longs cheveux* en vers, dont personne n'avait voulu, en une *Catherine Howard* en prose, au prix d'un transfert du temps de Guillaume

le Conquérant à celui d'Henri VIII d'Angleterre? En
fait, ce refus du roman tenait moins, quoi qu'il en dît,
à son rapport au réel qu'à son statut de genre mineur,
très inférieur en prestige à l'histoire et au théâtre. Il
ne voulait pas se commettre avec la foule des romanciers médiocres qui avaient pillé la « mine » ouverte
par les historiens et fait « un grand gaspillage de
pourpoints, de chaperons et de poulaines ; un grand
bruit d'armures, de heaumes et de dagues ; une grande
confusion entre la langue d'Oïl et la langue d'Oc ».
Il saluait bien bas la performance de Vigny avec
Cinq-Mars, puis celle de Hugo, avec *Notre-Dame
de Paris*, « deux lingots d'or pour un monceau de
cendres »[26]. Mais le vrai maître du roman historique
était à ses yeux Walter Scott, qui évitait les écueils des
deux genres originels, la sécheresse de l'histoire et la
fausseté du roman.

Dumas « ne se sentait pas encore la force de faire
un roman tout entier », avoue-t-il plus tard dans ses
Mémoires[27]. Il fit donc des mini-romans. Plus exactement il recourut à une forme intermédiaire mise à la
mode à partir de 1825 par des aspirants dramaturges
que décourageaient d'avance les difficultés à se faire
jouer. « Il se produisait alors un genre de littérature
qui tenait le milieu entre le roman et le drame, qui
avait quelque chose de l'intérêt de l'un, beaucoup du
saisissant de l'autre, où le dialogue alternait avec le
récit ; on appelait ce genre de littérature : scènes historiques[28]. » Il venait de découvrir l'*Histoire des ducs de
Bourgogne* de Barante, qui gardait quelque chose de
la fraîcheur des vieilles chroniques. Inutile, donc, de
perdre du temps à remonter aux sources. Il se mit à

découper, à raconter et à dialoguer des épisodes du temps de Charles VI tirés de Barante. « Au fur et à mesure que j'achevais ces scènes, je les portais à Buloz ; Buloz les portait à l'imprimerie, les imprimait et, tous les quinze jours, les abonnés me lisaient. »

Il ne s'agit donc pas de théâtre à lire, comme l'ont pratiqué Mérimée, Musset et plus tard Hugo, mais d'une forme mixte, où le récit encadre et enclôt le dialogue. Elle suppose un narrateur susceptible de mettre son grain de sel dans ce qu'il raconte et, ce faisant, elle crée entre l'auteur et son lecteur une complicité interdite au théâtre. Elle libère en Dumas des qualités qu'il prétend insoupçonnées, mais qu'il connaissait bien, pour les avoir exploitées dans la vie courante, la gaieté, la verve. Avec le drame, il ne pouvait se permettre que la « gaieté satanique », celle de Méphistophélès et de Manfred. Le passage au récit lui rendait sinon le droit de rire – dont on espère bien qu'il ne l'avait jamais perdu –, du moins celui de faire partager ce rire au lecteur.

Pour nourrir ses récits, il lui faut prendre pour lire l'histoire des lunettes à champ plus large. Auparavant, l'obsession du théâtre suspendait chez lui tout intérêt pour ce qui n'est pas exploitable sur scène. Il s'intéressait aux situations plus qu'aux personnages, il accélérait le rythme, il courait au dénouement, pour provoquer l'émotion immédiate, brute, irraisonnée. Il lui faut acquérir le sens des nuances, le goût du détail. Il apprend aussi à intégrer dans son récit tout ce qui relève au théâtre du régisseur, décors et costumes notamment, auxquels il peut apporter un soin non grevé de contraintes financières. Il fait des gammes, sans se douter qu'elles sont la meilleure préparation aux chefs-d'œuvre à venir.

La *Revue des Deux Mondes* offre un excellent banc d'essai pour ses expériences narratives. Il y dispose de ce qu'on appelle un *feuilleton* – le mot désignant alors simplement un emplacement réservé où les lecteurs retrouvent régulièrement leur rédacteur favori. Les sujets traités sont divers, dépourvus de continuité, mais ils plaisent. Où les trouve-t-il ? Partout, dans la vie, dans l'histoire, dans les œuvres d'autrui, sans chercher à tout prix la nouveauté. Avec lui rien ne se perd, il engrange tout, car tout peut servir : l'essentiel est dans la mise en forme, pour laquelle il se sait doué. Il publie donc toutes sortes de récits, difficiles à répertorier car il ne cesse par la suite de les regrouper – selon des critères connus de lui seul – en des recueils défiant la chronologie. Il commence à mettre en œuvre la récupération des restes inutilisés et le recyclage des écrits périmés, qu'il pratiquera à une grande échelle dans ses dernières années.

En 1833, tout juste remis des séquelles du choléra et de la chute d'un dernier drame, *Le Fils de l'émigré,* dont le parti pris outrancier a fait scandale, il suit les conseils de son médecin et part pour un voyage de trois mois. Du temps perdu pour l'écriture ? Que non ! Il projette d'en publier le récit. Où s'en va-t-il donc ? En Suisse. L'éditeur pressenti jette les hauts cris : il n'y a rien à dire sur un pays que tout le monde connaît. Dumas n'en tient pas moins un journal quotidien. Il n'a pas l'intention de faire un guide touristique. Curieux de tout, il observe les choses, il interroge les gens, il consulte les bibliothèques. Il visite les lieux, mais aussi les personnalités qui s'y trouvent – Chateaubriand ou la reine Hortense. Il remonte le cours du temps, il traque le souvenir des événements anciens, il croit revivre dans une auberge locale le drame sanglant qu'un de ses confrères y a situé. N'hésitant pas à payer de sa personne, il prend part à une pêche à la truite nocturne dans un torrent glacé ou sert de témoin pour un duel à un Anglais à demi fou. Partout il recueille des anecdotes, des histoires. Le résultat est de qualité. On ne visite jamais la même Suisse : « Beaucoup sont passés avant moi où je suis passé, qui n'ont pas vu les choses que j'y ai vues, qui n'ont pas entendu les récits qu'on m'a faits, et qui ne sont pas revenus pleins de ces mille souvenirs poétiques que mes pieds ont fait jaillir en écartant à grand peine quelquefois la poussière des âges passés[29]. » L'égocentrisme ingénu et joyeux du voyageur donne à cet ensemble disparate une tonalité allègre, entraînante. Il y dépouille les oripeaux byroniens dont il croyait devoir se draper du temps d'*Antony*. Il redevient l'amoureux de la vie qu'il n'avait jamais cessé d'être au fond de lui-même. Et il se forge un style nouveau, où fait merveille son talent de conteur.

Ses *Impressions de voyage* ont trouvé preneur : elles paraissent avec succès en plusieurs livraisons dans la *Revue des Deux Mondes*. Il a pris goût au journalisme. Il donne à différents journaux des textes de toutes sortes, narratifs ou documentaires. En 1835, il les regroupe en deux recueils publiés en librairie : *Isabel de Bavière*, qui reprend ses premières *Chro-*

niques de France, et les *Souvenirs* d'*Antony*, réservés aux nouvelles contemporaines. Cependant il fait ses calculs : l'écriture est infiniment moins rentable que le théâtre à succès. *Périnet Leclerc*, la pièce tirée du premier recueil en collaboration avec Anicet Bourgeois, suffit à en faire la démonstration. Il s'obstine donc, mi par orgueil, mi par intérêt, à tenter de retrouver la pleine faveur du public. Mais un événement extérieur va précipiter sa mutation : l'invention de la presse à grand tirage et du roman-feuilleton.

CHAPITRE 8

La naissance du roman-feuilleton

La révolution de 1830 avait eu pour conséquence, avec un léger décalage, une révolution dans la presse. L'allégement de la censure encourageait la création de journaux en même temps que s'aiguisait l'appétit de lecture. En rendant l'école primaire obligatoire, les mesures prises par Guizot contribuaient à valoriser l'instruction dans les classes populaires et promettaient, à terme, un élargissement du lectorat. Mais les journaux restaient chers. Ils n'étaient diffusés que par abonnement, d'où une mise de fonds initiale non négligeable. La seule ressource pour les budgets modestes était les cabinets de lecture où l'on pouvait les consulter au coup par coup pour un prix modique. Encore fallait-il se déplacer pour y aller et y trouver disponible celui qu'on souhaitait.

Émile de Girardin pressentit qu'une clientèle potentielle existait parmi la moyenne et petite bourgeoisie et il chercha des moyens de la toucher. Les récents progrès techniques en matière d'imprimerie permettaient de baisser les coûts de production. La trouvaille de génie fut de faire financer ceux-ci, en partie, par de petites annonces privées ou publicitaires en quatrième page. Mais le projet n'était viable qu'avec de gros tirages : pas de lecteurs, pas de publicité ; pas de publicité, pas de lecteurs – cercle vicieux, bien connu des directeurs de journaux actuels. Restait donc à trouver la formule pour les attirer et surtout les fidéliser.

C'est Girardin qui eut l'idée de débiter en tranches des récits dont la suite, renvoyée « au prochain numéro* », inciterait à poursuivre. Il en avait à peine inventé la formule qu'un associé pressenti se muait en rival : sa *Presse* dut disputer au *Siècle* d'Edmond Dutacq le nouveau public friand de péripéties mouvementées. Leurs deux quotidiens virent le jour ensemble, au tout début de juillet 1836. Ils devaient être bientôt rejoints et imités par le *Journal des Débats* et *Le Constitutionnel*. Le prix de vente, inférieur de moitié au prix habituel, servait d'appât. Restait à offrir un contenu à la fois solide et attrayant. Girardin hésitait, cherchant de l'inédit. Dutacq le doubla en proposant dès le mois d'août un quasi-classique, le célèbre *Lazarillo de Tormes*, débité pour la circonstance en quatre tranches. *La Presse* attendit le 23 octobre pour offrir à son public, en douze livraisons, la primeur de *La Vieille Fille* de Balzac. Le roman-feuilleton était né.

Il se nommait alors feuilleton-roman, pour le distinguer des autres. Car ces quotidiens avaient emprunté aux périodiques l'habitude de confier à un même rédac-

---

* Cette formule, appelée à un grand avenir, n'est pas de Girardin mais d'un confrère, le Dr Véron, patron de la *Revue de Paris*, qui racheta en 1843 *Le Constitutionnel*

teur, d'un numéro à l'autre, des articles plus sérieux traitant de questions d'histoire ou d'actualité, qu'on appelait des feuilletons. Aucun ne prévoyait au départ l'extension que prendrait bientôt chez eux le roman. Ils y voyaient un procédé commercial parmi d'autres. Et l'idée ne venait à personne que ce mode de publication pût influencer directement le travail des auteurs : *La Vieille Fille* de Balzac est un roman normal, qui ne joue pas spécialement sur le suspens et ne vise pas un public particulièrement étendu. Bref, on en était au stade expérimental.

La configuration du journal témoignait de la hiérarchie des contenus. À la différence de ce qui se passait en matière d'habitations, l'espace le plus recherché était le « rez-de-chaussée » de première page, une tranche horizontale que les typographes séparaient alors du reste par une ligne continue, dite « filet ». Il accueillait par tradition les chroniques hebdomadaires les plus substantielles. Le roman fut d'abord relégué en deuxième page, trop heureux s'il en occupait le bas. C'est le succès qui lui permit de migrer. Mais la répartition dans la semaine lui fut toujours défavorable. Il resta exclu du dimanche, réservé aux sujets de fond. Il était regroupé sur quatre jours consécutifs, mercredi, jeudi, vendredi et samedi, le mardi servant éventuellement de soupape. Mais cette répartition pouvait varier selon les journaux et, à l'intérieur d'un même journal, en fonction des contingences.

Dumas fut recruté, bien sûr, mais pour une fonction prestigieuse : il fut chargé d'assurer le compte rendu de toutes les pièces importantes qui se joueraient au Théâtre-Français ou à la Porte-Saint-Martin et de débattre des « hautes question de littérature dramatique » dont dépendrait l'attribution des subventions ministérielles. C'était lui offrir une tribune où défendre ses amis et régler leur compte à ses adversaires, un instrument de pouvoir qui le hissait au-dessus de ses confrères dramaturges ou critiques, qui n'étaient pas les deux à la fois. De plus, on lui réservait le feuilleton du dimanche pour des « scènes historiques » – en principe non romancées, donc à vocation instructive – sur les principaux rois à partir de Philippe de Valois. Quant aux articles politiques, dont la périodicité n'était pas spécifiée, il devait en soumettre le sujet à Girardin, après quoi il pourrait leur donner « la couleur qui lui plairait », pourvu que sa signature n'engageât que lui seul[30]. Bref il était invité à ne pas faire de vagues. *La Presse*, conçu pour ratisser large, devait ne heurter personne. Il se proclamait « Journal des principes monarchiques et des intérêts populaires » et professait en réalité un orléanisme modéré qui convenait alors à Dumas. Les conditions n'étaient pas mauvaises : 1 franc par ligne pour les articles, 1,25 franc pour les feuilletons, plus une prime de fidélité au bout d'un an et, bien entendu, une loge aux deux théâtres. C'était l'assurance de revenus modestes, mais réguliers.

Dumas se jeta sur pareille aubaine. Mais il ne comprit pas d'emblée les possibilités qu'elle ouvrait. Gardons-nous de le croire quand il se dit, après coup, « l'inventeur du *roman-feuilleton* ». Bien qu'il les ait réunis par la suite sous le titre commun de

La Comtesse de Salisbury, les quatre récits parus dans *La Presse* chaque dimanche à partir du 15 juillet n'étaient pas un roman, mais une suite d'épisodes historiques discontinus compilés à partir de chroniques. Ils n'auraient pas été mieux accueillis, quoi qu'il en dise, s'ils avaient été quotidiens, tout simplement parce qu'ils ne créaient chez les lecteurs aucune attente. Au vrai, il accomplissait là un pensum, se réservant pour les articles de fond consacrés à la défense du théâtre : il se battait, aux côtés de Hugo, pour la création d'une nouvelle salle subventionnée, qui serait pour le drame le pendant de ce qu'était le Français pour la tragédie et la comédie*. Le roman était alors le cadet de ses soucis.

Dumas continue donc sur sa lancée antérieure, se consacrant à de nouvelles scènes historiques, à d'autres impressions de voyage – Suisse, Italie du Sud, Belgique et bords du Rhin –, puisant parfois dans ses souvenirs personnels. Quatre années durant, on le voit tourner autour du roman. Il l'aborde par la bande, avec des anecdotes enchâssées dans d'autres récits, ou, plus franchement avec des nouvelles. Certaines sont excellentes, comme *Pascal Bruno*, une féroce histoire de vengeance qu'on lui avait contée en Sicile. Mais seul compte pour lui le théâtre.

Veut-on saisir sur le vif l'ordre des priorités ? En 1837, pour redorer son blason de dramaturge, il s'était attelé – mais oui – à une tragédie en vers, sur un sujet tiré de l'histoire romaine. À vrai dire, son *Caligula* ne tenait au classicisme que par la forme, car les extrava-

---

* Le Théâtre de la Renaissance.

gances de l'empereur fou et les conspirations visant à le tuer n'avaient rien à envier au mélodrame. Son pouvoir de nuisance en tant que critique lui valut pourtant une réception sans problème à la Comédie-Française, mais les régisseurs refusèrent tout net de faire monter le moindre cheval sur scène, ni comme consul, ni pour tirer le char du héros. Dans le rôle de la jeune vierge de seize ans poursuivie par celui-ci, il avait imposé sa dernière maîtresse, Ida Ferrier, au doux visage, mais dotée d'un embonpoint propre à décourager toute tentative d'enlèvement. La tragédie déchaîna sifflets et fous rires. Le coût de la somptueuse mise en scène était tel que la pièce fut retirée de l'affiche après vingt représentations. Cependant Dumas, soucieux de ne rien laisser perdre, tirait de la documentation accumulée pour *Caligula* les éléments d'un roman, d'abord publié en deux épisodes, qu'il réunira ensuite sous le titre d'*Acté*.

A-t-il accompli sa conversion au roman ? Sûrement pas. L'année suivante, il se risque à en commettre un, *Le Capitaine Paul*. Mais c'est faute d'avoir réussi à trouver une scène pour le héros de son drame, *Paul Jones*, qu'il se résigne à confier son histoire au papier. Ensuite, il se rabat bien vite sur la traduction ou l'adaptation d'œuvres étrangères, ou sur la compilation historico-policière : huit volumes de *Crimes célèbres* assurent ses fins de mois dans l'hiver 1839-1840. Il éprouve face au roman une sorte de blocage, qui tient à des causes externes et internes.

Les causes externes sont évidentes. Oui, c'est un parvenu, il en est fier, il y tient. Faut-il chercher dans la bâtardise première de son père* et dans le quart de sang noir qui coule dans ses veines la source de son désir de réussite ? Il lui est arrivé certes de subir des insultes de nature raciste, à l'occasion de conflits professionnels, mais il ne semble pas que ses origines lui aient *a priori* fermé des portes. Sous la plume de Delphine de Girardin, son « sang africain » devient même un atout qui l'aide à mieux peindre la violence des passions. Rien dans son œuvre n'indique qu'il en ait tiré des complexes. En revanche, il supporte très mal la persistance, dans une société juridiquement égalitaire, d'une hiérarchie de fait fondée sur la naissance ou la richesse. Faute de pouvoir en hâter la disparition, il s'applique à en grimper les échelons.

Vers la fin des années 1830, il se trouve au faîte d'une ascension sociale fulgurante, fondée sur ses succès au théâtre, au moment même où, hélas !, s'essouffle son talent de dramaturge. Il est reçu partout, en France et à l'étranger – sauf dans les États italiens qui le proscrivent pour anticléricalisme, mais il s'en fait un titre de gloire. Il glane au passage des décorations, qui rejoignent sur sa poitrine la croix de la Légion d'honneur que son jeune ami le duc d'Orléans a arrachée pour lui au roi. Il fait la pluie et le beau temps à la Comédie-Française et compte bien régner sur le futur Théâtre de la Renaissance. S'il met une sourdine à ses provocations et s'efforce au conformisme, c'est qu'il guigne ouvertement l'Académie française, où

---

* Le général Dumas était né hors mariage, mais le fait que son père l'ait reconnu et lui ait transmis son titre lui fournissait le statut social qui manquait aux bâtards de mélodrame comme Antony.

s'apprêtent à le devancer ses amis Nodier et Hugo.
C'est parce qu'il est en quête de respectabilité, dit-on,
qu'il se décide, au début de 1840, à épouser Ida après
sept ans de cohabitation et nombre d'infidélités*. Sa
vanité agace ou attendrit, tant elle est naïve. Comment
pourrait-il s'enterrer dans l'obscurité d'un rédacteur de romans, loin des lumières, des paillettes, des
ovations, des combats – de la vie enfin? Comme ce
grincheux Balzac, qui, entre deux entreprises commerciales avortées, laboure son terrain avec l'opiniâtreté
d'un percheron? Un contre-modèle, réactionnaire
par-dessus le marché, que Dumas d'instinct prend en
grippe – et réciproquement.

C'est donc au théâtre, désespérément, qu'il se bat
et s'enfonce, tandis que s'accumulent les dettes. Le
bel appartement loué face aux Tuileries est trop oné-
reux, la vie dans la capitale est trop chère. Il a perdu
sa mère, rien ne le retient plus en France. Il met le cap
sur Florence, où l'on peut se loger à meilleur compte,
hors de portée des créanciers. Il y fréquente du beau
monde, notamment un certain Napoléon-Joseph
Bonaparte, fils de Jérôme, donc neveu de l'Empereur,
avec qui il effectue des promenades. L'une d'elles les
amène aux confins d'une île escarpée et pelée nommée
Monte-Cristo. Mais nous ne sommes pas obligés de le
croire quand il s'engage – déjà – à en faire le titre d'un
roman. En fait, c'est au théâtre qu'il s'accroche, avec
l'énergie du désespoir, nouvelles et récits de voyages
voués à des fins subalternes, alimentaires.

---

* On verra plus loin, au chapitre 14, qu'il eut aussi d'autres
motifs pour s'y décider.

Les préventions sociologiques ne sont pas seules à le détourner du roman. Sa tournure d'esprit, confortée par sa pratique du théâtre, le porte vers les formes courtes et ramassées. C'est pourquoi il se sent à l'aise dans la nouvelle, qui présente, sur le plan narratif, des exigences analogues à celles du théâtre : concentration, simplification, rapidité, prédominance de l'action sur la psychologie, maintien du suspens, dénouement vers lequel tout converge en secret et qui doit à la fois surprendre et combler une attente. Les anecdotes ou les scènes historiques qu'il recueille et relate sont toutes des drames racontés. Le passage au roman n'est pas seulement une question de longueur, de calibre, il met en cause le regard porté sur les faits racontés. De même qu'il est possible de rassembler dans un drame nombre d'intrigues annexes, on peut étirer un récit en y accumulant les péripéties : cela ne suffit pas à en faire un roman, faute d'épaisseur. L'épaisseur suppose qu'on s'intéresse à autre chose qu'à l'action : aux lieux, aux personnages, aux mœurs, aux habitudes de vie – toutes choses qui ne servent à rien, semble-t-il, mais qui donnent chair au squelette. Dumas commence à s'en douter. Témoin le remords dont il fait preuve à l'égard d'Henri III, réduit dans le drame qui porte son nom à un efféminé falot joueur de bilboquet. Et il plaide coupable ; c'est en s'immergeant dans les chroniques qu'il a découvert la vraie figure de ce roi complexe et secret.

Il aurait hésité cependant à se convertir au roman si des circonstances extérieures ne lui avaient ouvert les yeux. Contre ses préventions d'ordre sociologique, l'antidote a un nom : il s'appelle Eugène Sue.

Sue appartenait par l'âge à la même génération que Dumas. Ils se rencontrèrent jeunes, mais ne se lièrent d'amitié que plus tard*. Car leurs itinéraires avaient été très différents. Fils d'un chirurgien connu appartenant à la haute bourgeoisie et destiné à prendre la suite de son père, Sue fit d'abord les études requises et participa comme auxiliaire auprès des hôpitaux militaires français à l'expédition d'Espagne de 1823. Mais il n'avait pas la vocation. Sa démission et ses incartades lui valurent une rude sanction paternelle. Embarqué pour près de deux ans comme chirurgien sur des bâtiments de guerre, il parcourut les mers du Sud, puis les Antilles, avant de combattre contre les Turcs à la bataille de Navarin.

Son grand-père maternel lui légua un capital substantiel. Majeur, il était libre. Il « se mit dans ses meubles » et mena la vie de grand seigneur. « Il avait une charmante maison encombrée de merveilles et qui n'avait qu'un défaut : c'était de ressembler à un cabinet de curiosités ; il avait trois domestiques, trois chevaux, trois voitures ; tout cela tenu à l'anglaise ; il avait les plus ruineuses de toutes les maîtresses, des femmes du monde ; il avait une argenterie que l'on estimait 100 000 francs ; il donnait d'excellents dîners, et se passait enfin tous ses caprices… »[31]. Ses origines familiales lui ouvraient les portes de la bonne société. Il fut un des premiers adhérents du très sélect *Jockey Club*, lors de sa création en 1833. Il ne négligeait pas

---

pour autant les coulisses des théâtres, où son charme de beau ténébreux faisait chavirer les cœurs. Un fond de pessimisme tenace lui rendait presque naturel le cynisme d'homme blasé inséparable du dandysme. Il cachait avec soin une authentique bonté. Il se crut un temps doué pour la peinture, y renonça et se mit à écrire un peu de tout, pour la scène, pour les journaux. Il publia des romans dont certains, inspirés de ses voyages maritimes, sont d'un réalisme brutal.

Il jouait gros jeu. Lorsqu'il eut mangé l'héritage du grand-père, la mort de son père lui procura une rente de vingt-trois ou vingt-quatre mille livres. Il en hypothéqua le capital et continua de vivre à grandes guides. En 1838, ruiné, il se trouva logé à la même enseigne que Dumas, voué aux travaux forcés littéraires. Il fit des romans honorables, sans plus, distribués entre les journaux au gré de la demande. Le recours aux feuilletons romanesques avait en effet amélioré les ventes, mais le marché se partageait entre divers auteurs sans qu'aucun d'eux réussît à s'imposer. Seuls *Les Mémoires du diable* de Frédéric Soulié – autre transfuge du drame – avaient fait date, en tirant du marasme le vieux *Journal des Débats*, qui s'étiolait dans le conformisme.

Contrairement à ce qu'affirme Dumas, Sue ne se porta pas de lui-même vers l'observation des « classes inférieures ». Son intérêt passionné pour elles et son adhésion au socialisme ne lui vinrent que plus tard, à leur contact, grâce à son travail de romancier. À l'origine, il se vit proposer une commande : un libraire lui demanda de fournir, pour Paris, l'équivalent de ce qu'un confrère anglais avait fait pour Londres, une évocation des milieux louches de la capitale. Il n'y avait jamais mis les pieds et n'éprouvait pour les crève-la-faim et les truands aucune sympathie particulière. *Les Mystères de Paris*? Pourquoi pas? À part une incursion faite dans ses *Mémoires* par l'ancien forçat Vidocq devenu chef de la police, le sujet semblait neuf. Nécessité fait loi, il accepta. Il n'avait d'autre intention au départ que de « faire un roman bien épicé, bien salé, à l'usage du beau monde ». Mais il était consciencieux. Quand il eut épuisé la lecture des comptes rendus de procès récents, il décida d'aller voir sur place et ce qu'il découvrit de la misère dépassa en horreur tout ce qu'il pouvait imaginer. Elle le conforta dans sa conviction « que la vertu est toujours malheureuse et le vice heureux ici-bas », que les stigmates de la dépravation et du crime sont indélébiles et que le seul espoir de rachat dans l'autre monde passe par le sacrifice. Entre ses mains, la peinture des bas-fonds devint une épopée où les stéréotypes du mélodrame – assassins et filles perdues – sont les acteurs involontaires et en partie inconscients d'un combat entre le Bien et le Mal qui les dépasse infiniment. En surplomb, la présence d'un prince justicier, lui-même en quête de rédemption, une sorte de saint laïque, qui use de tous ses pouvoirs pour tenter d'arracher les malheureux aux griffes des criminels. Les uns ruissellent de bons sentiments, les autres de perversité, au cours de péripéties à rebondissements susceptibles d'être prolongées à l'infini.

Au vu du premier volume, le libraire avait traité avec le *Journal des Débats*. Inauguré le 29 juin 1842, le roman s'y étira jusqu'au 15 octobre de l'année sui-

vante. Le succès, totalement inattendu, fut immense
et, chose plus surprenante encore, il toucha toutes les
catégories sociales. « Tout le monde a dévoré *Les Mystères de Paris*, constate Théophile Gautier, même les
gens qui ne savent pas lire : ceux-là se les font réci-
ter par quelque portier érudit et de bonne volonté ; les
êtres les plus étrangers à toute espèce de littérature
connaissent la Goualeuse, le Chourineur, la Chouette,
Tortillard et le Maître d'École. Toute la France s'est
occupée pendant plus d'un an des aventures du
prince Rodolphe, avant de s'occuper de ses propres
affaires. Des malades ont attendu pour mourir la fin
des *Mystères de Paris* ; le magique *la suite à demain*
les entraînait de jour en jour, et la mort comprenait
qu'ils ne seraient pas tranquilles dans l'autre monde
s'ils ne connaissaient le dénouement de cette bizarre
épopée[32]. » Avant d'attaquer ses dossiers, le maréchal Soult, président du Conseil, s'enquérait du sort
de Fleur-de-Marie. La moindre interruption attirait au
Journal une avalanche de protestations. Des riches
ouvraient leur bourse pour secourir les indigents, des
pauvres imploraient du secours. Tous s'indignaient en
chœur du calvaire de la malheureuse héroïne. L'auteur,
assimilé au prince Rodolphe, était fêté comme un
démiurge. Il voyait peu à peu ses personnages fictifs
investir et infléchir sa vie réelle.

Les *Mystères de Paris* furent pour lui le miracle
qu'avait été *Henri III* pour Dumas, mais à une plus
grande échelle puisqu'il touchait un public infiniment
plus large. Le genre romanesque, parent pauvre du
théâtre, s'imposait soudain dans le paysage littéraire.

La veille encore, Balzac peinait à se faire une place au soleil et Stendhal réservait aux *happy few* des années futures les délices incomprises de sa *Chartreuse de Parme*. Le moyen de diffusion inventé par Girardin offrait désormais aux romanciers d'immenses perspectives. Dumas ne s'y trompa pas. Certes l'admiration des lecteurs enthousiastes n'offrait pas la griserie des ovations au soir d'une première, mais les ondes s'en répercutaient plus loin et plus longtemps. Gloire et fortune pouvaient être au rendez-vous. Il commença donc de s'intéresser pour de bon au roman, sous son avatar récent de feuilleton.

Il lut, comme tout le monde, *Les Mystères de Paris*, mais en homme de métier et non en candide. Il les jugea surestimés. « C'était un livre immense, parce que le peuple y jouait son rôle, un grand rôle. » Mais il avait bien des défauts*. Son principal mérite fut d'être un révélateur social. Il dénonçait les plaies liées à la misère et la criminalité qui en découlait. Il ouvrit les yeux de la bonne société sur un mal qu'elle ignorait ou feignait d'ignorer. Il fit peur, il secoua les consciences. À travers des cas précis, il posait des problèmes concrets sur l'insécurité de la condition ouvrière – bas salaires, chômage, maladie, vieillesse – et proposait des solutions alors utopiques, mais prémonitoires, comme la ferme modèle de Bouqueval ou la Banque des Travailleurs. Hugo y trouva l'idée

---

* Ses critiques figurent certes dans un texte tardif – l'article nécrologique susdit –, mais elles sont corroborées par le fait que lui-même, dans ses propres romans, s'est soigneusement gardé des défauts relevés chez Sue.

première de ce qui deviendra *Les Misérables*. Aussitôt repéré et récupéré par les socialistes, Sue fit des adeptes, le premier converti étant lui-même. Il milita désormais dans leurs rangs, fut élu parmi eux lors de la Seconde République et paya d'un exil définitif son opposition à l'Empire. Mais son message ne dépassait pas le stade de ce que nous appelons l'humanitaire et les solutions proposées relevaient toutes du paternalisme le plus traditionnel.

Sainte-Beuve, qui s'étranglait d'indignation devant cette littérature de bas étage, dut pourtant reconnaître que *Les Mystères de Paris* touchaient chez les lecteurs « quelque fibre vive et saignante », qui s'était « mise à vibrer »[33]. Il avait raison. Cette fibre est double et ne manque pas d'ambiguïté. Sue exploite la compassion que provoque spontanément la vue du malheur des autres, mais aussi la fascination trouble qu'inspirent les horreurs. Il joue sur ces deux cordes, que la littérature et les médias actuels s'efforcent de séparer, en cantonnant aux thrillers les psychopathes pervers et en expurgeant des actualités télévisées les images trop sanglantes. Dans les deux cas, lui, au contraire, force la dose, il en rajoute. Et le public marche à fond. Mais Dumas fait la grimace, jusqu'à dénoncer chez Sue – dans la vie le meilleur homme du monde – une « maladie de l'imagination » liée à la sexualité et il prononce le nom de Sade[34].

La thématique des *Mystères de Paris* lui reste très étrangère. Il n'aime pas le socialisme, dont il réprouve la volonté niveleuse, parce qu'il tient à voir récompensé l'effort individuel. Celui de Sue lui inspire une défiance supplémentaire. Il s'appuie en effet sur un substrat métaphysique teinté d'un christianisme sombre, impitoyable, désespérant, qui n'ose pas dire son nom, tant il est contaminé par le Mal. Dumas, incroyant notoire et optimiste invétéré, ne le suit pas sur ce terrain. Il juge les personnages trop loin du réel, invraisemblables, notamment celui de Fleur-de-Marie, « fille publique au premier chapitre, et vierge et martyre au dernier : de plus chanoinesse[35] ! ». Il n'entre pas dans cet univers simpliste, manichéen, réducteur et pour tout dire faux. Mais le succès de Sue, ayant donné au roman-feuilleton, si l'on peut dire, ses lettres de noblesse, lui ouvre un large champ pour des œuvres d'une autre nature, où l'histoire sera garante de la véracité de ses récits.

Sue a déblayé le terrain, également, en matière de technique narrative. Si le dramaturge croit devenir plus libre en se muant en feuilletoniste, il se trompe. Pour la première fois, les considérations commerciales pèsent sur le roman. Le directeur de journal a remplacé, comme cerbère, le régisseur de théâtre. Un point très important est acquis : débiter un roman en tranches n'est qu'un pis-aller et ne suffit pas pour faire un bon feuilleton. Le nouveau mode de diffusion impose un découpage préalable, au cours de la rédaction. Chaque livraison offre un espace assez ample pour retenir le lecteur, qu'une fragmentation excessive découragerait. Elle doit présenter par elle-même suffisamment d'intérêt tout en donnant envie de lire la suite – un supplice pour le malheureux Balzac, qui tient à mettre en place le décor et les personnages au moyen de minutieuses descriptions préalables. Elle doit aussi laisser en suspens des questions qui créent une attente. À l'auteur de placer des coupures aux endroits adéquats. Les faire coïncider avec les chapitres serait l'idéal, à cette réserve qu'un chapitre bien fait devrait, en bonne rhétorique, se clore sur lui-même. En somme, c'est toute la structure du roman qui se trouve mise en cause.

D'autre part, *Les Mystères de Paris* sont longs, très longs. Leur succès disqualifie aux yeux des commanditaires les récits de moyenne ampleur publiés jusque-là par Dumas. Or l'exemple de Sue illustre à merveille les difficultés rencontrées par le roman au long cours. Le seul moyen de tenir la distance est de mener de front plusieurs intrigues entrecroisées et la difficulté consiste à n'en pas perdre les fils, autrement dit à concilier discontinuité et cohérence. Cela suppose que le romancier sache toujours où il va. Or il semble que Sue ne se soit pas posé le problème. La légende veut qu'il ait écrit ses deux premiers chapitres sans la moindre idée de ce qui suivrait. « Il en fit un troisième, qui s'y rattachait tant bien que mal. [...] Rodolphe, à ce moment, n'était pas encore prince régnant[36]. » Il aurait ensuite discuté avec Goubaux, l'ancien collaborateur de Dumas, le plan de trois ou quatre autres chapitres. « C'était un horizon immense pour Eugène Sue, que quatre chapitres, lui qui, d'habitude, trouvait au hasard de la plume et faisait au jour le jour. » Ne soyons pas dupes, Sue avait tout de même prévu que Rodolphe reconnaîtrait en Fleur-de-Marie sa fille disparue : il le laisse deviner beaucoup trop tôt. Mais il est certain que le roman, courant sur sa lancée, avait gonflé au gré des semaines. Les deux volumes prévus avaient fini par devenir dix, parmi lesquels les quatre derniers s'éternisaient languissamment.

De plus Sue avait subi la tyrannie de ses lecteurs, protestant contre tel traitement infligé à Fleur-de-Marie, réclamant des modifications, suggérant de nouvelles pistes, bref exerçant sur la rédaction un contrôle quotidien. Entre les flottements personnels de l'auteur et les influences extérieures, le roman présentait donc une structure ouverte, malléable, extensible, mais fortement répétitive, à mesure que s'épuisait le répertoire des malheurs infligés à l'héroïne. Comme le suggéraient certaines lettres de lecteurs, il était grand temps de lui faire faire une fin, quelle qu'elle fût.

Sue ne renouvela pas l'exploit. *Le Juif errant*, publié dans la foulée, en 1845, bénéficia au départ du succès obtenu par *Les Mystères* et lui rapporta beaucoup plus d'argent, mais il ne séduisit guère. Il avait tous les défauts du précédent, sans ses qualités. Son manichéisme exacerbé, sa noirceur radicale, l'invraisemblance de la charge outrancière menée contre les jésuites, accusés de tous les péchés du monde, détournèrent de lui les gens cultivés sans lui concilier pour autant les classes populaires.

Il est superflu de s'attarder ici sur la place capitale qu'occupe Eugène Sue dans l'histoire de la littérature française. Mais on doit souligner le rôle qu'il a joué dans l'orientation ultérieure de Dumas. Il lui ouvre une voie, il lui montre un objectif, il lui offre une espérance, sans pour autant le décourager : il est possible de faire aussi bien ou mieux. D'autre part, en contribuant à fixer les règles du roman-feuilleton, il essuie les plâtres, il fait apparaître les pièges qui guettent le

feuilletoniste, il épargne à ses émules de se fourvoyer.
Dumas est résolu à tenter sa chance dans le roman.
Il sait ce qu'il ne faut pas faire. Il lui reste à vaincre
ses inhibitions devant la narration longue. En un sens,
la formule du feuilleton « à suivre » lui convient à
merveille. Il est assurément capable d'entretisser des
intrigues multiples et d'imaginer des rebondissements
à répétition. Mais trop, c'est trop. Impossible, si l'on
veut durer, de mettre plus d'une péripétie par livraison. Comment étoffer le récit ? La solution lui viendra
de sa collaboration avec Maquet.

CHAPITRE 9

L'attelage Dumas-Maquet

Maquet ne fut d'abord pour Dumas qu'un banal dramaturge en herbe rebuté de partout, cherchant du secours. Vers la fin de 1838, la chance lui sourit. Tout juste créé, le Théâtre de la Renaissance, rival du Français, était en quête de répertoire. Dumas avait participé pour moitié au *Léo Burckhart* de Gérard de Nerval, sans pour autant séduire le comité de lecture. C'est alors que Gérard lui refila le manuscrit d'un de ses amis, pour qui il peinait à trouver un rebouteux. Mi par amitié, mi par nécessité, Dumas suspendit son propre travail et réécrivit de fond en comble *Un soir de carnaval* pour en faire, sous un nouveau titre, *Bathilde*, une sorte de drame bourgeois qui fut joué au mois de janvier suivant. Il en tira sa part de recettes, mais en abandonna à Maquet la paternité apparente. Il se réservait alors pour le Théâtre-Français avec *Mademoiselle de Belle-Isle*, un « drame » mâtiné de comédie, qui lui valut un triomphe. Mais il n'oublia pas son collaborateur d'un soir.

Maquet fut-il consulté pour certains des *Crimes célèbres*? Comme il était historien, on est tenté de le croire. Mais si ce fut le cas, son rôle dut se borner à

indiquer des sources, puisqu'il n'a jamais prétendu y
avoir eu part. Une chose est sûre, Dumas l'a chargé,
pendant son exil volontaire à Florence, de faire du
battage autour de ses œuvres et de lui procurer, le
cas échéant, les livres dont il avait besoin. En 1841,
il compte plus que jamais sur son théâtre, désormais
publié en volumes – il en est déjà au tome III –,
pour se faire élire à l'Académie. Maquet, lui,
resté à Paris et flairant le vent, s'essaie au roman –
historique comme il se doit. *Le Bonhomme Buvat*
est un démarquage des *Mémoires* d'un comparse
ayant joué un rôle décisif en 1718 dans l'échec de la
conspiration dite de Cellamare, du nom de l'ambassadeur espagnol qui la patronna. À l'instigation de la
duchesse du Maine, épouse d'un des fils légitimés de
Louis XIV, les conjurés projetaient d'ôter la régence
au duc d'Orléans, qui les tenait à l'écart du pouvoir,
et de la confier au roi d'Espagne. C'est l'humble
copiste nommé Jean Buvat, chargé de mettre au net
leur courrier, qui, scandalisé, les dénonça et sauva le
Régent. Dumas accepte de réécrire le terne manuscrit
de Maquet refusé par la *Revue des Deux Mondes*, il
le rebaptise du nom d'un des conjurés et y développe
une intrigue sentimentale. *Le Chevalier d'Harmental*
paraît en feuilleton dans *La Presse* du 28 juin 1841
au 14 janvier 1842. Mais pas question cette fois d'en
partager la paternité : « Un roman signé Dumas vaut
3 francs la ligne. Signé Dumas et Maquet, il vaut
30 sous », aurait tranché Émile de Girardin[37]. Les lecteurs ignorent les sous-entendus familiers aux spectateurs de théâtre, ils veulent du pur Dumas.

Dix-huit mois plus tard, *Sylvandire*, sans grande
originalité, fut un nouveau galop d'essai confirmant
leur capacité à travailler ensemble. Dans l'été de 1843
Dumas, définitivement réinstallé à Paris, décida de
s'attacher le jeune homme en une association infor-
melle aux conditions non spécifiées, susceptible d'évoluer. Un même goût de l'histoire les rapprochait. Ils
étaient sur tout le reste aussi différents que possible.
Maquet était plus jeune de onze ans. Issu d'une famille
aisée, il avait fait au lycée Charlemagne de brillantes
études, au terme desquelles il y devint professeur. Il soutint en Sorbonne une thèse sur *La Fontaine comparé
comme fabuliste à Ésope et à Phèdre*, qui se bornait à
onze pages, mais suffit pour lui valoir le titre de docteur. Mais, étant financièrement assez à l'aise pour se
le permettre, il rompit bientôt avec l'Université et se
lança dans une carrière littéraire. Il prit part aux excentricités des jeunes romantiques de la seconde génération, fréquenta le groupe des Bousingos, professant
le culte de l'art, le mépris du bourgeois, des convenances, du « profane vulgaire », des « philistins », et
il adopta pour publier quelques poésies et nouvelles
un pseudonyme de barde celtique : Augustus Mac
Keat. Lorsque Dumas le recruta, il avait repris son
patronyme et s'était un peu assagi. La chevelure, la
moustache et l'œil sombres, il s'habillait dans le style
dandy alors à la mode, costume noir ajusté, chemise
blanche, cravate noire nouée en triple tour, et, faute
de pouvoir étaler le luxe des « lions » parisiens, il imitait leur froideur très étudiée. « Chez lui la volonté
est suprême, et tous les mouvements instinctifs de sa

personne, après s'être fait jour par un premier éclat, rentrent, presque honteux de ce qu'il croit être une faiblesse indigne de l'homme, dans la prison de son cœur. [...] Ce stoïcisme, ajoute Dumas, qui, avec des idées exagérées de loyauté, constitue les deux seuls défauts que je lui connaisse, lui donne une espèce de raideur morale et physique[38]*. » Bref, tout le contraire de son volcanique employeur. Mais une énorme capacité de travail les rapprochait.

La principale originalité du *Chevalier d'Harmental*, par rapport aux essais romanesques antérieurs de Dumas, était sa longueur : au moins deux fois plus que *Le Capitaine Paul*. C'était un authentique roman et pas une longue nouvelle. Maquet était assurément pour quelque chose dans ce changement de calibre. Ayant étudié, puis enseigné la littérature et l'histoire, il avait un acquis solide. Non seulement il était capable de répondre à des questions ponctuelles, de vérifier une date ou un lieu – toutes choses pour quoi Dumas pouvait consulter des dictionnaires et de savants amis comme Paul Lacroix –, mais il pouvait amasser autour d'un scénario trop sec des détails propres à lui conférer saveur, épaisseur, vie, dont un dramaturge ne soupçonnait pas l'utilité, ni même l'existence. Il possédait des livres, s'orientait sans peine dans les bibliothèques, savait où et comment chercher. Il fut donc beaucoup plus qu'un simple documentaliste et joua dans la collecte des matériaux un rôle considérable.

---

* Ce portrait date de 1847, époque où leurs relations étaient encore idylliques.

Il intervint aussi, comme catalyseur, dans le processus créateur. C'est un fait, Dumas a peu d'imagination. Il est fasciné par ceux qui l'ont vive et poétique, ainsi Nodier et surtout Nerval, « l'homme aux contes », chez qui sont si poreuses les frontières entre le songe et la vie réelle. Il est inquiété par ceux qui comme Sue l'ont morbide, peuplée de cauchemars. De véritables rêves, il en a peu, lui, il dort à volonté d'un sommeil de plomb, rythmé, si l'on en croit son fils, par des ronflements sonores. Il lui faut pour inventer un point d'appui, un tremplin. Comme l'a noté avec raison Claude Schopp, il a l'imagination non pas créatrice, mais combinatoire.

Mais pour qu'elle fonctionne, il a besoin de parler. Il est de ceux qui, lorsqu'ils lisent un livre, en commentent à voix haute les beautés et les faiblesses et en zèbrent les marges de points d'exclamation ; de ceux qui, au théâtre, refont la pièce à la place de l'auteur au lieu d'y prendre agrément. Mais pour stimuler en lui l'inspiration, rien ne vaut les échanges verbaux. « Pendant que Goubaux racontait, explique-t-il à propos de *Richard Darlington*, mon esprit s'était accroché à tous les fils tendus par lui, et, comme un actif tisserand, en moins d'une heure, j'avais presque entièrement tissé mon canevas. » Ou bien c'est lui qui parle et qui crée en même temps. Rappelons-nous la genèse d'*Henri III et sa cour*, né dans une voiture qui le ramenait de la chasse, en compagnie d'amis qui n'y connaissaient rien : « Je leur racontai *Henri III* d'un bout à l'autre. *Henri III* était fait du moment où le plan était fait. Au reste, quand je travaille à une œuvre qui me préoccupe, c'est un besoin pour moi de raconter :

en racontant, j'invente ; et, à la fin de quelqu'un de ces récits, il se trouve, un beau matin, que la pièce est achevée[39]. » Quand il n'a personne à qui parler, il se parle à lui-même, comme dans la diligence du Havre où il refond *Christine*[40]. Et plus tard son valet de chambre dit l'avoir entendu rire tout seul, en écrivant, dans son bureau.

Le partage du travail au théâtre, entre intervenants multiples, lui convenait tout particulièrement. Le passage au roman n'a évidemment pas modifié ses habitudes mentales. Mais il se trouve isolé. Maquet lui fournit ce qui lui manque, un interlocuteur. Il a besoin de se tester. Rappelons-nous, pour le théâtre, les lectures partielles devant un auditoire amical, avant la lecture officielle devant le comité de la Comédie-Française. Il acceptait les remarques, lorsqu'il les jugeait pertinentes, il se pliait aux « corrections » suggérées ou même exigées. C'est un écrivain extraverti. Il n'écrit pas pour lui-même, pour épancher son cœur ou pour se faire plaisir, mais en vue de séduire. Pas seulement par obligation, afin de gagner sa vie. Par tempérament, il est expansif, chaleureux, il veut qu'on l'aime, que ses lecteurs l'aiment, comme l'ont aimé ses spectateurs. Il est donc attentif aux premières réactions de Maquet, qui anticipent celles des lecteurs à venir.

La genèse du *Comte de Monte-Cristo*, telle qu'il la raconte dans une de ses *Causeries*, est instructive. Au départ, la lecture d'une anecdote « idiote », intitulée « Le diamant et la vengeance ». « Mais au fond de cette huître, il y avait une perle ; perle informe, perle brute, perle sans valeur aucune, et qui attendait son lapidaire. » Il oublie que les perles ne se taillent pas, mais le sens de la métaphore est clair. Sur cette donnée initiale, il construit le schéma suivant : un seigneur très riche, habitant Rome et se nommant le comte de Monte-Cristo, rendrait un grand service à un jeune voyageur français et, en échange, le prierait de lui servir de guide quand il ferait à Paris une visite dont le vrai motif serait la vengeance. « Le comte devait découvrir des ennemis cachés qui, dans sa jeunesse, l'avaient fait condamner à une captivité de dix ans. Sa fortune lui fournirait les moyens de sa vengeance. »

Dumas avait déjà commencé à jeter sur le papier la quête des coupables lorsqu'il en discuta avec Maquet : « Je crois, me dit-il, que vous passez par-dessus la période la plus intéressante de la vie de votre héros, c'est-à-dire par-dessus ses amours avec la Catalane, par-dessus la trahison de Danglars et de Fernand, et par-dessus les dix années de prison avec l'abbé Faria. » Cette observation si pertinente préva-lut sur son idée première. Lorsqu'il revit Maquet le lendemain, « l'ouvrage était coupé en trois parties dis-tinctes : Marseille, Rome, Paris. Le même soir, nous fîmes ensemble le plan des cinq premiers chapitres. [...] Le reste était à peu près débrouillé. Maquet croyait m'avoir rendu simplement un service d'ami. Je tins à ce qu'il eût fait œuvre de collaborateur »[41].

Le travail de rédaction, qu'ils mènent en commun, repose sur un dialogue permanent. Mais un dialogue, on oublie parfois de le dire, dont Dumas se réserve la direction. Ses méthodes de travail sont bien connues. Au départ, des discussions préalables pour fixer la

ligne générale du récit, son armature. Il tenait à savoir
où il allait, la rigueur de construction était pour lui
fondamentale. Il avait toujours conçu ses drames en
fonction du dénouement, à partir d'un conflit servant
de « pivot » autour duquel faire tourner les péripéties.
Il ne commençait à écrire que lorsqu'il en avait arrêté
le découpage en actes et en scènes. Il ne procède pas
autrement pour ses romans – à cette réserve près que
la présence de plusieurs intrigues parallèles ou successives entraîne forcément des dénouements partiels, et
qu'il n'est pas possible de maîtriser à l'avance, sur le
long terme, l'ensemble des éléments mis en œuvre. Il
divise donc l'action en tranches successives, toujours
susceptibles d'évoluer.

Tous ses romans ont donné lieu à des plans très
détaillés, dont beaucoup sont parvenus jusqu'à nous.
Ils sont publiés en annexe dans certaines éditions[42].
Ils ne sont pas datés. Difficile de dire s'ils ont été
conçus d'un seul jet, mais la chose est peu probable.
Car on voit reparaître comme un leitmotiv dans les
billets qu'il adresse à son collaborateur l'invitation
à une rencontre pour faire « une bonne botte de
plan ». Les données écrites dont nous disposons ne
sont que la partie émergée d'un énorme ensemble,
issu d'échanges verbaux. Pourquoi Dumas aurait-il
renoncé à ses habitudes ? La tâche de Maquet consis-
tait alors à transcrire des scènes mimées par lui, à
mettre au net ses récits préalables, en y ajoutant de
son cru le cas échéant.

Après avoir arrêté le plan d'un épisode, ils se mettaient au travail chacun de son côté. En principe ils se
répartissaient les tâches selon leurs compétences res-

pectives. À Maquet incombait la charge fastidieuse de préparer les exposés généraux, historiques et politiques notamment, et de réunir les informations de détail sur les événements – lieux, dates, participants. À Dumas, les dialogues, les affrontements, les scènes, tout ce qui relevait du théâtre. Mais il se produisit très vite des interférences. Maquet fut bientôt chargé de rédiger, sur plan, une première mouture pour laquelle il disposait d'une large liberté d'invention : « Piochez, piochez. » « Cherchez », tout ce que vous trouverez sera bienvenu. Mais rien de tout cela n'était définitif. Le soin de réunir en un texte cohérent les éléments issus des deux plumes distinctes revenait ensuite à Dumas. Il était essentiel que Maquet tînt le rythme, faute de quoi Dumas se trouvait en panne, dans l'impossibilité d'enchaîner. D'où l'envoi de billets impérieux réclamant « de la copie ».

Leur attelage connaissait des secousses. Un roman, à la différence d'un drame, n'est pas la transcription d'un canevas tracé à l'avance. S'il s'enrichit sans cesse au cours de la rédaction, il peut aussi s'égarer. Confrontations et mises au point étaient indispensables. « Que va-t-il arriver de Maurevel et de De Mouy ? demandait Dumas à propos de *La Reine Margot*. J'ai besoin de le savoir pour ne pas marcher tout à fait en aveugle. Quel parti tirez-vous du créancier de Coconas ? Faisons-le féroce : ne le faisons pas vil. » Ou, un peu plus loin : « Cela va très bien : mais je ne vois pas l'affaire de la clef, du billet que Marguerite envoyait à Mme de Sauves. Je n'ose marcher. L'avez-vous oubliée ou la gardez-vous pour un autre endroit ? »[43]. En cas d'hésitation, rien ne valait une rencontre : « Je crois qu'une causerie, à l'heure du dîner, ne ferait pas de mal. Voulez-vous venir dîner avec moi ? » Au menu, trois scènes de *Monte-Cristo*.

Mais ces échanges n'impliquaient pas que les deux collaborateurs fussent sur un pied d'égalité. Les billets que nous connaissons proviennent presque tous de Dumas. Ils témoignent certes d'une extrême confiance en Maquet, mais le ton est d'un maître d'œuvre s'adressant à un exécutant : des encouragements, des conseils, des questions. Tout ce qui sort de la plume de Maquet passe entre les mains de Dumas, qui relit, juge, développe ou abrège selon les cas, corrige, met du liant entre les parties et donne du relief à l'expression. Il exerce sur le texte un contrôle minutieux et c'est lui seul qui est en relation avec les journaux*. Sauf accident rarissime, aucun feuilleton, même dans les périodes de grande hâte, ne leur est livré sans avoir reçu son aval. Qu'il lui arrive de lire trop rapidement, qu'il laisse échapper quelques bévues sur tant et tant de pages publiées n'a rien d'étonnant. Mais il n'est pas sérieux d'en faire état pour affirmer qu'il se contentait de prendre à son compte, telle quelle, la version de Maquet.

Le rôle de celui-ci dans l'attelage invite à réflexion. En matière d'écriture, il y a plusieurs sortes de « nègres ». Ne parlons pas de ceux qui écrivent de bout en bout des livres que des vedettes du spectacle ou de la politique se contentent de signer. Ceux-

---

* Sauf en 1848-1849, lorsque Dumas est absorbé par ses activités politiques. Voir plus loin, chapitre 13.

là pourraient à bon droit se dire auteurs. Aucun d'entre eux n'aurait convenu à Dumas. Les siens sont des collaborateurs. Il en a d'occasionnels, pour des textes requérant une bonne connaissance de l'italien par exemple. Le cas de Maquet est exceptionnel par sa durée et par l'ampleur du travail accompli en commun. Mais contrairement aux conclusions qu'on en tire d'ordinaire à son crédit, ce n'est pas un bon signe. En général – quelques exemples contemporains le prouvent – les collaborateurs doués limitent leur intervention à un ou deux ouvrages avant de s'évader et de construire leur œuvre propre. Les plus ternes, au contraire, s'installent docilement dans leur servitude et s'y engluent.

Dumas était célèbre. Maquet, jeune inconnu sans moyens de se faire connaître, se laissa d'autant plus aisément domestiquer que son employeur, chaleureux, généreux, le traitait en ami et l'associait à sa vie. Ils se voyaient ou s'écrivaient quasiment chaque jour. Il fut invité à ses fêtes et s'y fit des relations, il eut accès aux théâtres, côté loges et côté coulisses, il l'accompagna lors de son voyage officiel en Espagne et en Algérie. La confiance dont l'honorait le grand homme était flatteuse et gratifiante et éveillait en lui des espoirs. Comment aurait-il pu s'opposer à ses exigences ? Leur association ayant pris sa vitesse de croisière, il lui fut de plus en plus difficile de s'affirmer. C'est seulement peu à peu, avec le temps et l'alourdissement progressif de la tâche, que lui vint, trop tard, la conscience de sa dépendance.

Il a tenu sept ans, à plein régime, parce qu'il manquait de personnalité. Pour le type de travail qu'accomplissait Dumas, mieux valait, comme base de départ, un premier jet solidement documenté, mais neutre, qu'un texte portant la marque de son auteur. Maquet acceptait de lui fournir de la matière première à remodeler. Au fil des années, il a fini, à force de travailler avec lui, par s'imprégner de sa façon de penser et d'écrire – une forme de mimétisme que connaissent bien tous ceux qui ont longuement étudié un grand écrivain. Il était sur des rails, suivait la voie tracée. Il calquait spontanément sa prose sur l'attente de son patron. Son premier jet se mit à ressembler de plus en plus à ce qu'aurait fait celui-ci. Et ses partisans ont beau jeu de citer divers exemples – à vrai dire toujours les mêmes et en petit nombre – de coïncidence quasi miraculeuse entre des passages rédigés isolément par l'un et par l'autre. Pourquoi faire grand bruit d'une livraison de Dumas égarée entre Saint-Germain et Paris et remplacée en catastrophe par un texte de Maquet, qui se révéla identique à l'original retrouvé, à part une trentaine de mots sur 500 lignes[44]? L'anecdote ne prouve nullement que Maquet soit l'égal de Dumas comme écrivain, mais tout simplement que celui-ci, pris par le temps, avait apporté peu de modifications au premier jet de son acolyte, lequel, pour remplacer le texte perdu, s'était contenté de se recopier. Cette manière de procéder était parfaitement conforme à leurs habitudes. Pourquoi Dumas aurait-il corrigé Maquet quand ses productions lui convenaient? Et pourquoi n'y aurait-il pas des moments où, dans l'urgence, il aurait omis de corriger des sottises?

Dumas est pleinement l'auteur de ses grands romans, parce qu'il tient fermement les deux bouts de la chaîne, conception première et révision finale, et qu'il contrôle de près les étapes intermédiaires. Et parce que le climat, le ton, le style, aisément reconnaissables, portent sa marque. Charles Samaran a retrouvé à la Bibliothèque nationale et publié à la suite de son édition des fragments du texte de Maquet pour *Les Trois Mousquetaires*[45]. Ils débutent avec le siège de La Rochelle et se prolongent, coupés par de nombreuses lacunes, jusqu'à la fin. La première impression, lorsqu'on les lit, est de proximité. L'essentiel y est, on reconnaît, inchangés, des bribes de description, des fragments de dialogue. Mais à côté du texte définitif, celui de Maquet est diffus et plat. Une confrontation attentive montre vite pourquoi. Dumas supprime le bavardage, développe l'essentiel. Il accentue les lignes directrices, ajoute des détails concrets, déplace des éléments, en modifie d'autres*. Et les révélations successives des juges improvisés d'Armentières sont dosées avec un sens de la gradation et du suspens qui manquait cruellement à son adjoint. La confrontation des deux textes est sans appel**.

Dumas reconnaissait de bonne grâce qu'il ne travaillait pas seul, rappelant que ce fut le cas de tous les grands peintres d'autrefois, patrons d'ateliers. Il évoque les relations entre Raphaël et Jules Romain : « Après avoir donné le dessin de ses travaux, dessin

---

* Au chapitre LVII, par exemple, Milady s'inflige à dessein une blessure légère avec le couteau que Maquet se contentait de lui faire brandir.
** Le livre de Gustave Simon, *Histoire d'une collaboration. Alexandre Dumas et Auguste Maquet*, 1919, d'une partialité systématique en faveur de ce dernier, est aujourd'hui dépassé.

où le grand peintre avait versé toute sa poésie et toute sa vigueur, l'élève n'avait plus qu'à suivre la route tracée et qui servait à l'exécution de l'œuvre. [...] Tout ce charme de couleurs et de ton que Jules donnait à ce qu'il faisait, il le devait à Raphaël, et une fois l'œuvre terminée, le pinceau du maître n'avait besoin que de repasser une fois sur celui de l'élève pour compléter l'idée. » Rien ne tranche sur l'ordinaire, ni dans la vie de Jules Romain, ni dans ses tableaux. Verdict : « Il avait assez de talent pour servir à Raphaël, mais pas assez de génie pour le remplacer[46]. » Dumas disait aussi en riant qu'il avait des collaborateurs comme Napoléon avait des généraux. Bref, il revendiquait l'entière paternité de ses romans. Et la postérité lui a donné raison : qui lit encore aujourd'hui les romans signés Maquet ?

Mais si l'on doit légitimement limiter la part de Maquet dans la rédaction des grands romans, il ne faut pas pour autant minimiser l'impact de sa présence. Sans lui, il est probable que Dumas les aurait écrits autres, ou en aurait écrit moins. Au moment où celui-ci hésitait à passer à la forme narrative longue, il lui a prouvé que la reconversion était possible. En lui fournissant l'indispensable documentation, il lui a donné le courage de se lancer dans des entreprises de longue haleine. En débattant avec lui du contenu de ses œuvres, il l'a aidé à le préciser. Tout au long du parcours, à travers des échanges constants, il a stimulé sa veine créatrice. L'écriture solitaire est éprouvante. Lorsque s'offraient des sollicitations extérieures – récits de voyages ou articles de journaux –, il l'a maintenu au travail, non de façon délibérée, mais simplement parce que l'effort de l'un appelait l'effort de l'autre.

D'autre part, Maquet l'a sans doute aidé, indirectement, à infléchir sa manière de lire l'histoire. Longtemps elle ne l'avait intéressé que comme pourvoyeuse de sujets dramatiques, comme cadre où insérer le jeu de passions intemporelles. Ses *scènes historiques* l'avaient contraint à accorder quelque attention à ce cadre. Il commença d'évoluer. Tout jeune, il avait admiré et imité Walter Scott, mais il le jugeait ennuyeux. Il se mit à apprécier, *a posteriori*, la vérité de sa peinture des mœurs[47]. En 1840, la lecture des *Récits des temps mérovingiens* d'Augustin Thierry lui fit découvrir que l'histoire, tout en épousant de près ses sources, peut être aussi captivante qu'un roman. Ses voyages aidant, il constata sur le terrain la diversité des manières de penser, de sentir, de vivre. Il se passionna peu à peu pour la spécificité des lieux et des temps, pour les mentalités propres à chaque époque.

Pour répondre à son appétit d'informations, il disposait de Maquet. Veut-on un exemple ? Il s'estimait paré sur le XVIe siècle, ayant beaucoup pratiqué, du temps d'*Henri III*, les chroniques de L'Estoile et les pamphlets de d'Aubigné. Mais le XVIIe restait pour lui *terra* quasi *incognita*. Aussi avait-il accepté la commande d'un ouvrage de vulgarisation en trente fascicules, *Louis XIV et son siècle*, qui lui servirait à deux usages : d'abord lui fournir sous forme maniable la somme de ce qu'il fallait savoir sur ce règne, puis, par la publication, le poser comme un historien à part entière. Contre-exemple : le Moyen Âge est absent des grands romans. Dumas s'y était pourtant aventuré

hardiment pour son théâtre et ses scènes historiques
et il figure dans ses projets ultérieurs. S'il y renonce
à titre provisoire, puis définitif, ne serait-ce pas parce
que Maquet, se sachant incompétent, aurait déclaré
forfait ?

Il n'est donc pas excessif de dire que jamais Dumas
n'aurait pu réaliser la pléthore de chefs-d'œuvre des
années 1844-1850 sans la présence à ses côtés d'un
collaborateur à tout faire efficace et discret. Ce n'est
pas là un apport insignifiant.

TROISIÈME PARTIE

L'état de grâce

CHAPITRE 10

Les années fabuleuses

Le triomphe des *Mystères de Paris* a suscité parmi les directeurs de journaux une intense émulation. Qui n'a pas son feuilletoniste ? Après quelques allers et retours entre la Toscane et Paris, Dumas comprend qu'il y a une place à prendre et de l'argent à gagner, qui permettrait de mettre fin à son exil florentin. Au début de l'été 1843, il se réinstalle en France et s'attelle à un feuilleton historique d'ample dimension. Son coup d'essai est un coup de maître. Ses *Trois Mousquetaires* font grimper les ventes du *Siècle*, gonflées par la vente au numéro dans la rue, qui s'est ajoutée depuis peu aux traditionnels abonnements. Tous les directeurs de journaux rêvent de se l'attacher. Il est en mesure de choisir et de poser ses conditions.

Alors, il se lance à corps perdu à la conquête de ce nouveau territoire. Pour mieux mettre les bouchées doubles, il se partage : entre les journaux, et entre les romans ! Il n'a jamais su dire non, ni aux amis, ni aux solliciteurs, ni aux femmes. Comment rejetterait-il des offres dont le montant enfle au rythme des succès ? Il s'est brouillé avec Buloz, qui lui avait ouvert les portes de la *Revue des Deux Mondes* et qui dirige en outre la Comédie-Française et ses annexes. Il lui faut des quotidiens : le feuilleton exige une cadence de parution serrée. Il prend ses aises, il occupe désormais le « rez-de-chaussée » des pages une et deux, ce qui permet d'une part de ne pas débiter les romans en tranches trop maigres, d'autre part de faire des tirages partiels recto verso, pour obtenir des fascicules vendus à part. Quatre journaux convertis à ce mode de présentation – *La Presse, Le Siècle, Le Constitutionnel* et le *Journal des Débats* – accueillent le plus gros de sa production.

Il aime les défis, les records, les prouesses. Il vise à l'impossible. Il s'y obstine, il s'y entête, « mi par orgueil, mi par amour de l'art ». Il parvient à accomplir l'inimaginable. Il souscrit plus de contrats qu'aucun écrivain normalement constitué n'envisagerait d'honorer. Et il les honore. En l'espace de sept ans – 1844-1850 –, il produit, outre un bon nombre d'autres écrits, toutes les grandes œuvres qui assureront sa renommée posthume : les deux blocs respectivement consacrés à la Renaissance et au XVIIᵉ siècle, ainsi que quatre des cinq romans sur la Révolution, à quoi il faut ajouter *Monte-Cristo*, qui assure la jointure avec l'époque contemporaine. On y trouve non seulement la quantité, mais la qualité.

Il y a plus extraordinaire encore. Comme l'on sait qu'il n'a d'avance sur la publication que pour les tout premiers – et encore, ce n'est pas certain –, on doit se rendre à l'évidence : il en mène la rédaction non pas successivement, mais de front. Pour mesurer l'ampleur du tour de force, rien ne vaut un tableau récapitulatif des dates de parution dans les différents journaux[1]*.

Les Trois Mousquetaires	14.03.44 à 11.07.44	*Le Siècle*
Le Comte de Monte-Cristo	28.08.44 à 15.01.46	*Journal des Débats*
La Reine Margot	25.12.44 à 05.04.45	*La Presse*
Vingt Ans après	21.01.45 à 28.06.45	*Le Siècle*
Le Chevalier de Maison-Rouge	21.05.45 à 12.01.46	*Démocratie pacifique*
La Dame de Monsoreau	27.08.45 à 12.02.46	*Le Constitutionnel*
Joseph Balsamo	31.05.46 à 06.06.46 et 03.09.47 à 22.01.48	*La Presse*
Les Quarante-Cinq	13.05.47 à 20.10.47	*Le Constitutionnel*
Le Vicomte de Bragelonne	20.10.47 à 12.01.50	*Le Siècle*
Le Collier de la Reine	29.12.48 à 28.01.50	*La Presse*
Ange Pitou (interrompu)	17.12.50 à 26.01.51	*La Presse*

---

   * Après la chute de la monarchie de Juillet, Dumas terminera le cycle révolutionnaire avec *La Comtesse de Charny* et entamera la publication de ses *Mémoires*.

On constate que les romans se chevauchent et que certains en englobent d'autres. Qu'on imagine ce qu'il faut de force et de souplesse à la fois pour cloisonner les différents domaines, pour changer de siècle d'un roman à l'autre et, à l'intérieur de chaque roman, pour entrecroiser sans s'y perdre des intrigues distinctes. La principale qualité de Dumas, qui avait assuré sa supériorité au théâtre, est cette aptitude à discerner les faits essentiels et à les ordonner en une suite cohérente. Il procède de même pour chaque roman. C'est parce qu'il en garde présentes en tête les lignes de force qu'il parvient à retomber sur ses traces après chaque inter-ruption. Ordre, clarté, mémoire : il a l'esprit logique, quasi scientifique.

Dans ses relations avec les gens, il est « un homme tout de première impression », se plaît-il à répéter[2], ses sympathies, ses enthousiasmes sont immédiats, ses désamours également. Du désordre de sa vie pri-vée, ne concluons pas cependant à une défaillance de la volonté. Quand il tient à quelque chose, il est prêt à tous les efforts. Et la seule chose à laquelle il tienne vraiment est sa carrière d'écrivain. On ne s'étonnera donc pas qu'il s'inflige, dès lors qu'il a décidé de faire prime dans le roman-feuilleton, un rythme de travail effréné, qui lui inspire une comparaison ferroviaire inattendue : « Heureux celui à qui la Providence fait un doux repos […] et permet de se reposer sur des lauriers. […] Quand arrive son dernier jour et sa dernière nuit, il a vécu sa vie et dans sa vie. Moi j'aurai passé à travers la mienne, entraîné par la locomotive effrénée du tra-vail[3]… » Nostalgie toute passagère. Que deviendrait-il, s'il était réduit à l'oisiveté ? Car son travail est sa vie. Le prétendu jouisseur s'impose une ascèse.

Écrire un roman exige beaucoup plus de temps qu'un drame. Il s'organise en conséquence. Il fait le vide autour de lui, liquide provisoirement les maîtresses et définitivement l'épouse, quitte Paris au printemps de 1844 pour se réfugier à Saint-Germain-en-Laye. C'est là que naîtront presque tous les grands romans. Il y trouve la tranquillité qui lui manquait, sans souffrir de l'éloignement, puisque la récente ligne de chemin de fer assure avec la capitale des liaisons rapides. Dans les périodes de surchauffe, il aura une domesticité spécialement chargée de porter à la gare le courrier destiné à son collaborateur ou aux journaux et d'y recueillir les réponses. Il se plaît tellement dans la région qu'il achète un par un des terrains, afin d'y construire le petit château qu'il baptisera Monte-Cristo. En attendant, il loue d'abord un pavillon dit Henri IV, puis la vaste villa Médicis, qu'il occupe l'hiver, mais qu'il abandonne l'été à ses hôtes au profit d'un « petit pavillon à verres de couleur » situé au fond du jardin. Un peu plus tard, lorsque son château personnel sera bâti, il s'isolera de même dans un petit « pavillon gothique », entouré d'une pièce d'eau et où l'on accède par un pont. Au rez-de-chaussée, une pièce unique avec plafond d'azur semé d'étoiles, une seule table et deux chaises. Au-dessus, une cellule confortable, où il peut dormir le cas échéant, et une terrasse d'observation.

Dès le matin, il endosse une tenue fonctionnelle, pantalon et chemise adaptés à la saison, pas de veste. Il s'attable à son bureau : plumes d'oie, encre brun-noir, papier bleuté, non ligné, de très grand format

(44 × 28 cm), fourni par un admirateur lillois. Il prend
son rythme, rapide, continu, sans à-coups. Son écriture
est ronde, régulière, bien lisible, presque calligraphiée –
pour faciliter la tâche aux typographes et éviter la cor-
vée de correction d'épreuves. Très peu de ratures. Peu
ou pas de ponctuation : il l'a éliminée pour gagner du
temps ! En artisan avisé, il fait ses calculs. Un quart
d'heure pour une page de 40 lignes et de 50 lettres à la
ligne, 2 000 lettres environ : « Bon jour, mauvais jour,
j'écris quelque chose comme 24 000 lettres dans les
vingt-quatre heures. » Mais il est assurément capable,
dans les moments de grande urgence, d'en faire bien
davantage.

D'ordinaire, il travaillait toute la journée jusqu'au
dîner, avec une brève pause à midi. Il était rare en
revanche qu'il s'y remît le soir, et toujours pour peu
de temps. Ses nuits, excellentes, lui permettaient de
compenser l'intense effort fourni durant douze à quatorze heures. Parfois un accès de fièvre l'obligeait à
s'aliter. Il en était quitte avec deux ou trois jours de
diète et de sommeil. Il pouvait à la rigueur s'interrompre pour accueillir un visiteur, discuter de tout
autre chose et reprendre son récit là où il l'avait laissé,
sans que le fil en fût rompu. Il était capable, au besoin,
d'écrire au milieu des allées et venues et du brouhaha.
Mais il n'aurait jamais tenu s'il n'avait eu la sagesse
de se procurer, partout où il passait, un refuge où se
couper du monde et où vivre une vie parallèle en
compagnie de ses personnages.

Dumas ne perd pas pour autant le sens des réalités
quand il s'agit de défendre ses intérêts. Ses relations

avec les propriétaires de journaux prendraient, si l'on avait le temps de s'y attarder, les dimensions d'un véritable feuilleton à rebondissements. La lutte entre journaux est féroce, les insultes volent bas, la politique fait monter le ton, on en vient parfois aux mains et les querelles se vident sur le pré, à l'épée ou au pistolet. Carrel, directeur du *National*, y avait laissé sa peau quelques années plus tôt. C'est au tour de Dujarrier, rédacteur à *La Presse*, de payer son tribut à la rage des duels qui sévit alors. Étonnez-vous qu'on en trouve tant dans les *Mousquetaires* !

Dumas répugne d'abord à aliéner sa liberté en se liant durablement à l'un ou à l'autre, quitte à gagner un peu moins dans l'immédiat. En mars 1845, il finit cependant par céder aux instances conjointes de Girardin et du docteur Véron, qui lui proposent un contrat mirobolant. Il s'engage à fournir d'une part à *La Presse*, de l'autre au *Constitutionnel*, neuf volumes à 3 500 francs pièce, sans compter les retombées annexes provenant des cabinets de lecture et des éditions à l'étranger. Un pactole en perspective. Attention : le volume est une unité de compte purement virtuelle, qui sert à apprécier l'ampleur du feuilleton à venir. Elle n'a rien à voir avec les volumes réels qu'occupera ensuite le roman en librairie et dont le nombre peut varier beaucoup selon les éditeurs. Les contrats de presse portent sur le nombre de volumes prévus. Si un roman dépasse ce nombre, il sera publié jusqu'au bout, mais l'auteur – sauf révision consentie – ne touchera pas un sou de plus. Les versements seront faits en espèces, mais au fur et à mesure des livraisons effectives.

La règle du jeu est donc claire, mais chacun a des arrière-pensées. Dumas a obtenu de poursuivre les publications entamées auprès d'autres journaux : cette clause couvre à ses yeux non seulement cinq volumes de *Monte-Cristo*, mais la suite des *Mousquetaires* – rien moins que *Vingt Ans après* et *Le Vicomte de Bragelonne* ! Autant dire que Girardin et Véron n'ont pas le monopole qu'ils espéraient. De leur côté, ils ergotent sur le calibrage. Un volume fait en principe 6 000 lignes. « J'écris sur des pages très grandes, explique Dumas, et 135 pages de mon écriture font 6 000 lignes[4]*. » Certes. Mais tout dépend de la longueur des lignes. Là où Dumas table sur cinquante caractères (sans les espaces !), ils en exigent soixante et lorsqu'ils s'aperçoivent que les dialogues multiplient abusivement les interjections, ils prétendent tenir pour moitié les lignes incomplètes. On n'avait pas alors les outils statistiques dont nous disposons, mais on savait compter, et Dumas mieux que quiconque.

D'autre part les directeurs de journaux souhaitent, comme il est normal, se voir livrés par volumes, afin de disposer d'un peu d'avance pour répartir la matière entre les numéros successifs. Mais Dumas, submergé, prend très vite du retard. Rattrapé par la publication, il lui arrive de fournir au jour le jour. Quelquefois, le feuilleton parvient à destination à 7 heures du soir, pour paraître le lendemain. Inutile de dire que le moindre contretemps tourne au désastre, contraignant le journal à trouver un bouche-trou et à fournir des

---

* Le calcul ici invoqué équivaut, à peu de chose près, à celui cité plus haut.

excuses. Plus les années passent, plus le programme à remplir est chargé et plus Dumas bombarde Maquet de billets fiévreux réclamant « de la copie » et invitant à un « coup de collier » supplémentaire. De ses ruptures de contrat répétées, il sortira des procès qu'il perdra, comme il se doit.

Le sort des uns et des autres repose entre les mains de maîtres tyranniques, les lecteurs, invisibles, mais capables de faire entendre haut et fort leur mécontentement, en écrivant d'abord, puis en omettant de se réabonner. L'objectif est donc de leur plaire, et la règle est double : ne pas ennuyer, ne pas choquer.

Dumas sait, en bon dramaturge, que la longueur n'implique pas l'ennui : « Il n'y a pas de pièces longues, il n'y a pas de pièces courtes ; il y a des pièces amusantes et des pièces ennuyeuses[5]. » Il en va de même pour des romans, qu'ils aient deux ou dix volumes. La consigne donnée à Maquet est de faire la chasse aux longueurs, au pluriel. Mais l'essentiel se joue dans les tout premiers chapitres, pour accrocher le lecteur, le plonger aussitôt dans le feu de l'action en lui épargnant les préambules. Cette pratique, qui nous paraît élémentaire, allait alors à contre-courant des méthodes en usage chez les romanciers soucieux de peinture d'histoire et de mœurs. Dumas prétendait l'avoir tirée, par réaction, de l'étude des romans de Walter Scott. Mais il trouvait chez Balzac, avec la minutieuse mise en place préalable du décor et des personnages, l'exemple même de tout ce qu'il déconseillait. Et la sanction du public était venue à point pour lui donner raison. En décembre 1844, à l'approche des renouvellements d'abonnements, Girardin interrompit la publication des *Paysans* et les remplaça – offense impardonnable – par *La Reine Margot*. On comprend que Chateaubriand se soit opposé formellement à livrer ses *Mémoires d'outre-tombe* à la moulinette du feuilleton. Mais à peine avait-il rendu l'âme, que ses ayants droit le trahirent et l'on vit son grand œuvre alterner dans *La Presse* avec *Le Collier de la Reine*.

L'interdiction d'ennuyer a des effets indirects sur le vaste projet naguère caressé par Dumas dans *Gaule et France*. Il n'en subsiste que la volonté de couvrir sinon tout le passé de notre pays, du moins ses quatre siècles les plus récents. Mais les synthèses politico-philosophiques sont exclues. De même que les portraits, les exposés historiques, réduits au strict minimum, sont placés « en situation », en étroite liaison avec l'action. Le souci d'instruire est sacrifié à celui de plaire. À travers les aventures de leurs personnages, *Les Trois Mousquetaires* seront bien porteurs d'un enseignement, mais pas de celui qui était prévu au programme dix ans plus tôt.

L'interdiction de choquer, elle, exige de la part de Dumas une lourde reconversion. Ses drames se complaisaient, on l'a vu, dans les situations que la morale réprouve, avec un goût affiché pour la violence et l'excès, et ils se pimentaient volontiers d'allusions politiques transparentes. Or les lecteurs de base de ses feuilletons, gens de petite et moyenne bourgeoisie, sont très à cheval sur les convenances et ils se distribuent, en gros, sur un éventail politique allant du centre droit au centre gauche, avec un solide attachement à l'ordre établi. La censure externe des pouvoirs publics se double donc d'une censure interne, le directeur de journal se faisant le porte-parole des abonnés pour imposer à l'auteur un conformisme du meilleur ton et se chargeant lui-même d'édulcorer le texte si celui-ci résistait.

Pas de scènes osées, pas de situations scabreuses. Le résultat du travail opéré par le patron du *Siècle* pour éliminer toute allusion sexuelle de la plaisante rencontre entre Athos et Mme de Chevreuse, d'où naîtra le jeune Bragelonne, est d'une absurdité d'autant plus désopilante qu'il est impossible d'en faire disparaître l'essentiel[6]. Mêmes ennuis avec Émile de Girardin, dont Dumas raille la pudibonderie quasi féminine, sans parvenir à sauver le baiser incestueux du duc d'Alençon à sa sœur Margot. Quel moyen de lutter contre pareille tyrannie? Dumas se résigne à l'auto-censure, pour ne pas s'exposer à ce charcutage. Il faut le lire de près, et bien connaître l'histoire, pour repérer dans *Le Vicomte de Bragelonne* l'homosexualité du frère de Louis XIV. Pas question, non plus, de militantisme. En politique comme en matière de mœurs, Dumas s'est résigné à ne pas tenter le diable.

Est-ce la raison pour laquelle il mise sur un autre tableau, la veine comique? Il sait depuis pas mal de temps déjà que le romantisme flamboyant d'*Antony* est passé de mode, et il en a lui-même perdu le goût. Pour faire pleurer le lecteur, il n'est pas sûr d'être aussi bien doué que son rival des *Mystères de Paris*. Décidément, le pathétique ne le tente plus. Avec la venue de l'âge, il se sent croître un penchant pour le rire, dont il est le premier surpris : « À cette époque [1831], je n'avais pas encore découvert en moi deux autres qualités […] qui dérivent l'une de l'autre : la gaîté, la verve amusante. […] Moi, j'ai la gaieté persistante, la gaieté qui se fait jour, non pas à travers la douleur […], mais à travers les tracas, les chagrins matériels, et même les dangers secondaires. […] À cette époque de ma jeunesse, je ne me connaissais ni cette verve ni cette gaieté. […] D'ailleurs, à cette époque, j'aurais reconnu cette merveilleuse qualité que je l'eusse renfermée au fond de moi-même, et cachée avec terreur à tous les yeux[7]. » C'est de cette forme de gaieté très particulière qu'il dote avec prodigalité ses mousquetaires et même, à un moindre degré, sa pétulante reine Margot. C'est elle qui court aux lisières des pages les plus sombres, en un contrepoint souriant.

Une ascension aussi vertigineuse ne pouvait qu'exciter la jalousie. Un jeune confrère besogneux, Jean-Baptiste Jacquot, dont Dumas avait naguère écondui les offres de service, se chargea de porter l'estocade. Il dénonça en vain à la Société des gens de lettres « des procédés ne laissant plus aux autres auteurs la possibilité de gagner leur vie ». Il demanda à Girardin de fermer *La Presse* au « honteux mercantilisme d'Alexandre Dumas » et de l'ouvrir « aux jeunes de talent ». Girardin répondit qu'il respectait les vœux des lecteurs. Il lança alors, en 1845, sous le pseudonyme d'Eugène de Mirecourt, un pamphlet venimeux intitulé *Fabrique de romans : Maison Alexandre Dumas et compagnie*, qui, non content de lui supposer une vaste équipe rédactionnelle clandestine, s'en prenait à sa personne en termes raciaux.

Le 17 février, Dumas prononça devant le Conseil des gens de lettres un plaidoyer d'une remarquable rigueur. « Y a-t-il abus dans la réunion de deux personnes s'associant pour produire, réunion établie en vertu de conventions particulières et qui ont constamment agréé et agréent encore aux deux associés ? Maintenant, cette question posée, l'association a-t-elle nui à quelqu'un ou à quelque chose ? » À mes confrères ? continue-t-il. Non, car ils étaient libres d'en faire autant. Et d'invoquer le cas des auteurs dramatiques, « auxquels on n'a jamais contesté le droit d'association avouée ou occulte ». Si chargée qu'elle fût, la liste des travaux produits en commun ou séparément leur laissait encore du temps de reste. Pas de mystère donc, mais « le décompte de ce que peuvent produire deux hommes qui, soit isolément, soit en collaboration, ont pris l'habitude de travailler douze à quatorze heures par jour »[8].

Ses arguments étaient irréfutables, même si, comme Balzac, on enrageait en secret de le voir monopoliser le lectorat grâce à des pratiques relevant de techniques industrielles et commerciales. De plus, le caractère injurieux du pamphlet lui permit de porter plainte contre Mirecourt, qui écopa de quinze jours de prison.

Les auteurs du pamphlet s'étaient posés en défenseurs du pauvre collaborateur exploité, l'invitant à revendiquer la paternité des *Trois Mousquetaires*. Maquet semble avoir hésité. Il chargea un de ses amis de demander à Dumas que les romans rédigés en commun fussent désormais signés de leurs deux noms. Celui-ci refusa, tenu par les contrats qui le liaient aux journaux, en soulignant que la double signature, faisant baisser les prix, leur nuirait à tous deux. Mais, comme il avait reconnu publiquement, lors du procès, que Maquet l'avait aidé, il jugea prudent de lui racheter sa part de droits sur les œuvres concernées, moyennant 200 francs par volume publié.

Maquet ne faisait pas le poids face à Dumas. Il dut se contenter de ce dédommagement financier et il lui fallut donner acte de son abandon de propriété. Il lui adressa une lettre d'apparence chaleureuse, mais lourde d'arrière-pensées :

« Cher ami, Notre collaboration s'est toujours passée de chiffres et de contrats. Une bonne amitié, une parole loyale nous suffisaient si bien que nous avons écrit un demi-million de lignes sur les affaires d'autrui sans penser jamais à écrire un mot des nôtres. Mais un jour vous avez rompu ce silence ; c'était pour nous laver des calomnies basses et ineptes, c'était pour me faire le plus grand honneur que je puisse espérer ; c'était pour déclarer que j'avais écrit avec vous plusieurs ouvrages ; votre plume, cher ami, en a trop dit ; libre à vous de me faire illustre, non de me renter deux fois. Ne m'avez-vous pas désintéressé quant aux livres que nous avons faits ensemble ? Si je n'ai pas de contrat de vous, vous n'avez pas de reçus de moi ; or, supposez que je meure, cher ami, un héritier farouche ne peut-il venir, votre déclaration à la main, réclamer ce que vous m'avez déjà donné ? L'encre, voyez-vous, veut de l'encre, vous me forcez à noircir du papier. Je déclare renoncer, à partir de ce jour, à tous droits de propriété et de réimpression sur les ouvrages suivants que nous avons écrits ensemble, savoir : *Le Chevalier d'Harmental* ; *Sylvandire* ; *Les Trois Mousquetaires* ; *Vingt Ans après*, suite des *Mousquetaires* ; *Le Comte de Monte-Cristo* ; *La Guerre des femmes* ; *La Reine Margot* ; *Le Chevalier de Maison-Rouge*, me tenant une fois pour toutes très et dûment indemnisé par vous d'après nos conventions verbales. Gardez cette lettre si vous pouvez, cher ami, pour la montrer à l'héritier farouche, et dites bien que, de mon vivant, je me tenais fort heureux et fort honoré d'être le collaborateur et l'ami du plus brillant des romanciers français. Qu'il fasse comme moi[9]. »

Le « plus brillant des romanciers français », au milieu de son triomphe, ne cessait pourtant de se voir sous les traits d'un dramaturge. Chassé par Buloz des salles prestigieuses, il avait cru trouver refuge au Théâtre de la Renaissance, créé tout exprès pour le drame en 1836, qui sombra au bout de trois ans faute de public et de répertoire. Il n'en continua pas moins à écrire pour la scène. Mais le théâtre devint une activité subsidiaire, filiale de ses romans. Faute de mieux, il se rabattit sur l'Ambigu-Comique, à partir du 27 octobre 1845, pour *Les Mousquetaires*, drame en cinq actes et douze tableaux, précédé de *L'Auberge de Béthune*, qui exploitait le dénouement de *Vingt Ans après*. Cent cinquante représentations, qui remplissaient les caisses d'autrui ! Que n'avait-il un théâtre à lui !

Disposant désormais, grâce au roman, d'importants moyens financiers, il décide de réaliser ce rêve longtemps caressé. À défaut de l'amitié que lui portait le défunt duc d'Orléans, héritier du trône, il a la protection du cinquième fils de Louis-Philippe, le duc de Montpensier. Il obtient grâce à lui le privilège nécessaire, mais le roi s'oppose à y voir figurer le nom du prince : ce sera donc le « Théâtre-Historique ». Pour la circonstance, Dumas a fait valoir son ascendance nobiliaire, il a signé sa demande Davy de La Pailletterie.

Tout va très vite. Il achète boulevard du Temple – à l'endroit où se trouve notre actuelle place de la République – l'hôtel Foullon et l'estaminet voisin, les fait démolir et y fait édifier une salle de deux mille places dotée d'une vaste scène. Moins d'une année suffit pour l'ensemble de l'opération. La gérance a été confiée à une société, mais Dumas se réserve « la surveillance littéraire et morale des œuvres jouées » – autrement dit le choix des programmes – et pour chaque représentation, même si la pièce n'est pas de lui, 100 francs de « billets d'auteur », dont quarante vont à Maquet. Maître chez lui, il échappe enfin à la dictature des patrons de salle. Il est libre. Mieux encore, il est à même d'imposer aux autres auteurs sa propre dictature.

Cet outil tout neuf lui permet de confirmer sa double suprématie. Lors de l'inauguration, le 20 février 1847, *La Reine Margot* est ovationnée par un public ravi de retrouver sur scène l'héroïne qui l'a séduit en feuilleton. Un va-et-vient s'instaure bientôt entre roman et théâtre, chacun recueillant les retombées du succès de l'autre. Il est loin le temps où il avait dû convertir en romans des drames refusés. Désormais il convertit en drames des romans triomphants. À peine en a-t-il terminé un qu'il en tire une mouture pour la scène. *Le Chevalier de Maison-Rouge*, qui retrace en cinq actes et douze tableaux à grand spectacle une conspiration avortée visant à faire évader Marie-Antoinette du Temple, assortie d'une histoire d'amour tragique, tient l'affiche d'août à décembre, pour cent trente représentations.

Mis en chantier avant même le Théâtre-Historique, le château de Monte-Cristo, à Marly-le-Roi, fut terminé peu après, en dépit des difficultés. Sa construction, sur un terrain glaiseux, était par elle-même un défi à la nature. « Vous creuserez jusqu'au tuf, a-t-il rétorqué à l'architecte. – Cela coûtera très cher. – Je l'espère bien », trancha-t-il, superbe. Il ne s'agit pas d'une maison fonctionnelle, agréable à habiter, et moins encore d'un lieu de travail : comme on l'a dit, il se réfugie pour écrire dans un pavillon isolé. Monte-Cristo est un théâtre où célébrer sa gloire. Les visiteurs y lisent sur les murs l'itinéraire qui a conduit le maître des lieux au pinacle. Des médaillons, allant d'Homère et des tragiques grecs jusqu'à Byron et Victor Hugo, évoquent le cortège de grands hommes qui l'ont précédé. C'est un décor pour fêtes royales, un palais de contes de fées, aux portes généreusement ouvertes. Les parasites s'y incrustent, la domesticité y est pléthorique. Hélas ! à la différence du Théâtre-Historique, il coûte très cher et ne rapporte rien.

Déjà le ver est dans le fruit. Dumas gagne des sommes faramineuses, mais il vit à crédit, continuant d'hypothéquer ses revenus à venir pour apurer des dettes anciennes. Qu'un grain de sable se glisse dans le mécanisme et tout s'écroulera.

Heureusement, les *Mousquetaires* auront échappé, de justesse, au désastre. Après avoir accompagné Dumas tout au long de l'itinéraire qui l'a conduit à son chef-d'œuvre, il est temps de faire une pause pour se pencher sur le résultat, en analysant comment sont bâtis les trois volets de la trilogie.

CHAPITRE 11

Les Trois Mousquetaires

Dumas inaugure, avec *Les Trois Mousquetaires*, la série des grands romans historiques qui ont assuré sa célébrité. Bien que tard venus dans un genre déjà largement exploité, ils passent pour en être le modèle le plus achevé. Ils en revêtent ostensiblement l'apparence, de même que leurs deux suites. Ils sont ancrés dans un XVIIᵉ siècle balisé de dates, lesté de références à des événements connus, et l'on y voit défiler des acteurs portant des noms célèbres. Ce socle robuste permet à Dumas de se démarquer des fictions présumées trompeuses : son récit à lui se veut vrai. Est-il décidé à faire œuvre d'historien pour de bon, se bornant à donner à la documentation tirée des chroniques la forme plus attrayante d'un roman ?

Lors de ses débuts au théâtre, il en usait de façon bien plus désinvolte quand il demandait à l'histoire de lui fournir « un clou pour accrocher son tableau », un décor pour le choc des passions affrontées. Certes il la connaît mieux désormais et en goûte la saveur propre. Mais vise-t-il prioritairement à la faire revivre pour l'instruction de ses lecteurs ? Non, bien sûr, puisqu'il adopte la formule mixte. Aux personnages réels, tirés des chroniques, il en juxtapose d'autres, fictifs, qui mènent en parallèle leurs propres aventures. Comment les rôles sont-ils répartis entre eux ? Les trois romans sont traversés de tensions, de plus en plus perceptibles quand on passe de l'un à l'autre. Le romancier et l'historien ne marchent pas toujours du même pas, il leur arrive même de tirer à hue et à dia. Il suffira d'examiner ici la place respective de l'histoire et de la fiction pour savoir laquelle des deux l'emporte chez lui sur l'autre.

Dumas répugnait à livrer ses secrets de fabrication, il prétendait n'en pas avoir. Il était doué en effet d'une extrême facilité, aiguisée par l'entraînement intensif. *Les Trois Mousquetaires* semblent couler de source. Tout indique que l'instinct, plus que la réflexion, commanda la rédaction de ce récit soulevé de bout en bout par un élan inspiré. En revanche, il affichait volontiers ses sources – ou du moins certaines d'entre elles – comme garantie de véracité. On n'a donc pas de peine à y discerner la présence de deux germes initiaux, de provenance distincte.

Dès la Préface, il nous apprend que la donnée première lui fut offerte fortuitement : « Il y a un an à peu près, qu'en faisant à la Bibliothèque royale des recherches pour mon histoire de Louis XIV, je tombai par hasard sur les *Mémoires de M. d'Artagnan*, imprimés – comme la plus grande partie des ouvrages de cette époque, où les auteurs tenaient à dire la vérité sans aller faire un tour plus ou moins long à la Bastille – à Amsterdam chez Pierre Rouge. Le titre me séduisit : je les emportai chez moi, avec la permission de M. le conservateur, bien entendu, et je les dévorai. » La date est très approximative, le lieu inexact. Ce n'est pas à Paris qu'il découvrit ce livre, mais à Marseille, où il se trouvait de passage le 21 juin 1843. Il était lié d'amitié avec les deux frères Méry, qui dirigeaient la Bibliothèque de la ville. Il leur demanda de quoi meubler utilement son temps durant le trajet qui le ramènerait dans la capitale. Il emporta donc, en même temps qu'un *Tableau de la vie de Richelieu, de Colbert et de Mazarin* sans nom d'auteur, quatre petits volumes in-12 intitulés *Mémoires de M. d'Artagnan*. Ce mensonge véniel, visant à paraître plus sérieux, plus savant, n'aurait jamais été décelé s'il n'avait omis de restituer ses emprunts : la trace des lettres de réclamation envoyées en vain ont été retrouvées dans les archives de la Bibliothèque de Marseille !

Bien que présentés comme un récit véridique, les prétendus *Mémoires de d'Artagnan* ne sont qu'un roman sorti en 1700 de la plume féconde d'un professionnel du genre, Courtilz de Sandras. Dumas a-t-il subodoré le subterfuge ? C'est probable, puisque lui-même y a recours, sur le mode parodique, dans sa Préface aux *Trois Mousquetaires*, lorsqu'il prétend n'être que l'éditeur d'un manuscrit inconnu, découvert au terme de patientes investigations, et portant la signature du comte de La Fère – autrement dit l'aîné des quatre compères, Athos. Une fiction vite abandonnée, puisque Dumas se substitue aussitôt à lui comme narrateur exclusif. Peu lui importe l'authenticité d'un texte oublié dont le principal mérite est de se prêter à une libre réécriture.

Les pseudo-*Mémoires* de d'Artagnan lui fournissent un cadre, des personnages, des anecdotes, un embryon d'intrigue amoureuse. Le cadre, c'est la fin du règne de Louis XIII et les premières années de la régence d'Anne d'Autriche. L'ambitieux cadet de Gascogne, beau parleur et fine lame, en quête de bonnes fortunes et de fortune tout court, arrive à Paris peu avant le siège d'Arras, auquel il prend part en 1640. Ses aventures se terminent abruptement avec la paix de Rueil, qui met un terme en avril 1649 à la Fronde parlementaire. Autour de lui ses trois amis n'occupent qu'une place modeste. En arrière-plan vont et viennent quelques figures historiques connues, Louis XIII, Richelieu, des grands seigneurs et des maréchaux, Tréville, capitaine des mousquetaires du roi, et son beau-frère Des Essarts. Mais en dépit de son titre, Courtilz ne cherche pas, comme les véritables mémorialistes, à apporter sur l'histoire des informations inédites. Celle-ci n'est pour lui qu'une mine d'anecdotes destinées à étoffer un récit où les aventures de son héros, bretteur infatigable et séducteur impénitent, risquaient la monotonie. Trichant avec la chronologie, il le rajeunit de cinq à six ans au moins et il déracine du réel Athos, Porthos et Aramis – de vrais mousquetaires qui figurent avec ces patronymes sur les états de leur régiment –, en faisant d'eux trois frères.

À eux quatre ou isolément, ils sont les acteurs de péripéties diverses, rivalités, duels, affaires d'honneur et d'amour, campagnes militaires : tout ce qui fait le quotidien de militaires turbulents. Une aventure périlleuse tranche sur les bonnes fortunes ordinaires.

D'Artagnan rencontre une Anglaise, Miledi***, qui le provoque, l'humilie, le repousse, et qu'il finit par posséder sous le nom d'un autre – le comte de Wardes –, grâce à la complicité d'une soubrette séduite. Dans l'euphorie du désir satisfait, il croit pouvoir se faire pardonner sa supercherie, il avoue, mais déclenche la fureur de la dame, qui lui fait infliger deux mois de prison, puis lui envoie des sbires chargés de l'assassiner. Cependant, les choses tournent court et l'on n'entend plus parler d'elle.

Face à ce récit redondant, mal construit, inabouti, Dumas, rhabilleur patenté d'ébauches maladroites, est à son affaire. Il y discerne les éléments d'un drame à rebondissements : la vengeance est un thème inépuisable. Mais il estime nécessaire d'y mêler l'histoire, seule capable à ses yeux de conférer au roman ses lettres de noblesse*. Or l'arrière-plan historique qu'il trouve chez Courtilz est fait de fragments discontinus, d'intérêt inégal, où les personnages ne jouent, au mieux, qu'un rôle passif. Il se met donc en quête d'un épisode réel qui soit à la fois dramatique par lui-même et propre à servir de cadre aux prouesses de ses héros.

Il dispose pour la période concernée d'une masse d'anecdotes réunies pour la grande compilation sur le XVIIᵉ siècle qu'il est en train de terminer. Il s'est longuement étendu sur les relations orageuses entre

---

* *Le Comte de Monte-Cristo*, dont la publication suit de peu celle des *Trois Mousquetaires*, est certes le récit d'une vengeance privée, mais sur fond d'histoire contemporaine.

Louis XIII et Anne d'Autriche. À la suite des mémorialistes du temps, il a fait une place de choix à l'idylle
romanesque entre la reine délaissée par son glacial
époux et le très séduisant ambassadeur d'Angleterre,
George Villiers, duc de Buckingham. Le bref tête-
à-tête des deux intéressés, organisé dans un jardin
d'Amiens par l'intrigante duchesse de Chevreuse,
avait fait scandale : « Ils se trouvèrent seuls ; le duc
de Buckingham était hardi et entreprenant ; l'occasion
était favorable, et il essaya d'en profiter avec si peu
de respect, que la reine fut contrainte d'appeler ses
femmes et de leur laisser voir une partie du trouble
et du désordre où elle était[10]. » Par un « emportement
que l'amour seul peut rendre excusable », il revint
deux jours plus tard, se jeta à ses pieds en larmes, eut
tout juste le temps d'implorer son pardon avant d'être
expulsé par sa dame d'honneur. Les contemporains
avaient beaucoup jasé et fantasmé sur cette affaire.
La jalousie du roi, celle de Richelieu, qui aurait cour-
tisé en vain la jeune femme, la fureur du bel Anglais
désormais interdit de séjour en France, passaient pour
guider les décisions politiques : c'est pour les beaux
yeux d'Anne d'Autriche, disait-on, que les deux pays
s'affrontaient autour des malheureux huguenots, assié-
gés dans La Rochelle. Les efforts de Buckingham pour
revenir en force furent vains et la cité rebelle ne vit
jamais venir les secours promis. En 1628, il périt sous
le poignard d'un fanatique, laissant au cœur d'Anne
d'Autriche un souvenir doux-amer que le temps ne
parvint pas à éteindre.

   On ne sait au juste quand se place l'épisode des
ferrets de diamants sur lequel roule l'intrigue des

Mousquetaires. Anne d'Autriche aurait donné à
Buckingham une parure de rubans terminés par douze
pointes en diamants, qu'elle tenait de son époux. Lors
d'un bal où il les portait, une ancienne maîtresse en
aurait subrepticement coupé deux, afin de les envoyer
à Richelieu pour compromettre la reine. Le duc aurait
alors suspendu les communications maritimes entre
l'Angleterre et la France, le temps de faire remplacer
à l'identique les ferrets manquants. Romanesque à souhait, l'anecdote est-elle vraie ? fausse ? Un seul contemporain la rapporte, mais c'est La Rochefoucauld, dans
ses *Mémoires*[11]. Dumas n'en demande pas davantage.
La critique des sources est le cadet de ses soucis. Il a
d'ailleurs la caution d'un historien, J.-F. Barrière, qui
en a fourni, dans l'annotation des *Mémoires* de Louis-
Henri de Brienne, une version dérivée plus dévelop-
pée[12]. Il a repris cette version, en l'amplifiant, dans
Louis XIV et son siècle. Le roman ne nécessite, pour
corser le suspens, que quelques coups de pouce : le
piège tendu par le roi, la terreur de la reine à l'idée
qu'elle ne pourra pas arborer au jour dit la parure
incriminée, puis son triomphe lors du ballet de la
Merlaison* sont imaginaires.

Les amours inaccomplies d'Anne d'Autriche et de
Buckingham, exploitées dans leur totalité, offraient
ample matière pour un roman. Or Dumas n'en exploite
qu'un mince épisode. Pourtant il aurait pu, s'il avait
voulu, intégrer à son récit la rencontre d'Amiens qui a
lieu le 11 mai 1625, peu après l'arrivée de d'Artagnan
à Paris. Recule-t-il parce que l'affaire est trop connue ?

---

* Un vrai ballet fut donné sous ce nom, mais en 1635.

Peut-être. Cependant, il n'hésitera pas, six mois plus tard, à raconter la Saint-Barthélemy dans *La Reine Margot*. La vraie raison est sans doute d'ordre technique. Dans un roman bien construit, comme dans un drame, les intrigues secondaires doivent être subordonnées à la principale. Il y faut un centre, un point de vue dominant. Entre les aventures des mousquetaires, et celles des princes, Dumas a clairement choisi : il nous raconte l'histoire de d'Artagnan et de ses amis. Celle de la reine et du bel Anglais n'est là que pour fournir matière à leurs exploits. Une fois sauvée des foudres de son époux, la reine disparaît de la scène. Et si Buckingham revient au premier plan par la suite, c'est parce que sa vie est l'enjeu d'une lutte entre Richelieu et les quatre héros autour de qui tourne le récit.

Comment Dumas eut-il l'idée d'associer deux ensembles aussi disparates ? On peut supposer – mais ce n'est qu'une hypothèse – qu'elle lui fut inspirée par la présence dans chacun d'eux d'une Anglaise maléfique : la Milady de Courtilz pouvait aisément ne faire qu'un avec la comtesse de Carlisle, soupçonnée d'avoir coupé les ferrets. Restait à les fusionner, ce à quoi Dumas excelle. Les pseudo-*Mémoires* de d'Artagnan peuvent servir de contre-exemple. Ils comportent eux aussi deux sortes d'éléments : les aventures du héros et les événements historiques concomitants. Mais Courtilz se contente de les juxtaposer, en alternance. D'Artagnan est, au mieux, témoin de certains épisodes connus, mais la conjuration de Cinq-Mars par exemple, ou les exploits militaires du duc d'Enghien font l'objet de développements autonomes.

Dumas, lui, a trouvé le secret d'entretisser les deux séries de données.

L'histoire, en effet, ne dit pas tout, elle comporte toujours de nombreux blancs à combler. Dumas en profite pour glisser ses mousquetaires dans les interstices des récits officiels. Ils y occupent les emplois non distribués. Certes, les ferrets ont été récupérés. Mais qui assura la liaison entre Paris et Londres, qui fut l'artisan du miracle ? On ne sait. Donc ce sera d'Artagnan, aidé de ses amis. Certes un jeune officier puritain nommé John Felton a assassiné Buckingham. Seul. Mais on peut supposer qu'un mauvais génie a armé secrètement sa main. Milady, après avoir joué dans le vol des ferrets le rôle réel de la vraie lady Carliste, jouera dans l'assassinat de Buckingham le rôle parfaitement imaginaire d'instigatrice. Ainsi se tissent entre le réel et la fiction des liens subtils, qui contribuent à la cohérence et à la crédibilité de l'ensemble. Les éléments historiques apportent leur caution aux aventures romanesques qui se développent autour d'eux. Et inversement les éléments romanesques donnent au lecteur l'impression d'être admis dans les secrets de cour. Roman et histoire se donnent la main.

La fusion de ces divers éléments dans une structure dramatique solidement charpentée est une incontestable réussite. Préparées de longue main, les péripéties s'enchaînent sans dérapage. Dumas n'oublie pas qu'il a été un des meilleurs dramaturges de sa génération, capable comme personne de ficeler une intrigue. Rien de plus concerté que le déroulement de l'action qui, de rebondissements en coups de théâtre, s'achemine vers le dénouement. Après une exposition en règle, un titre nous prévient que « L'intrigue se noue ». Des groupes de chapitres, aisément discernables, répartissent la matière romanesque en épisodes autonomes, reliés entre eux par des fils solides. Pas de temps morts : les moments creux sont escamotés. Les articulations fortement soulignées laissent apercevoir la ligne générale, très nette, caractérisée par une tension croissante, jusqu'à la fin.

Il n'empêche que le tissu serré obtenu à partir des deux séries de sources n'est pas homogène. Un œil exercé peut y déceler les sutures, qui ont pour rançon de multiples trucages. Il se trouve, par exemple, que les deux noyaux constitutifs ne se rapportent pas à la même période. Ne pouvant se dispenser – mousquetaires obligent – d'évoquer une vaste opération militaire, il avait le choix, pour ancrer son roman dans l'histoire, entre le siège d'Arras et celui de La Rochelle. L'hésitation n'était pas permise, dès l'instant que Buckingham et la reine y jouaient un rôle majeur : ce sera donc La Rochelle. Des dates très précises viennent baliser le récit et en délimiter l'extension. L'essentiel de l'action se circonscrit entre le milieu de 1626 et la fin de 1628*. Pour mêler son héros, ainsi que ses compagnons, aux événements bien connus dont il rend compte en démarquant de près les mémorialistes contemporains – La Rochefoucauld, Bassompierre, Richelieu lui-même –, Dumas les vieillit de huit ans environ. Qui s'en apercevra, en dehors des fouineurs d'archives ? Le texte conserve sa cohérence.

---

* En dépit de l'arrivée prématurée de d'Artagnan le premier lundi d'avril 1625, l'action ne s'engage véritablement qu'un an plus tard.

Mais pour décrire le climat qui régnait alors à la cour, Dumas s'inspire de Courtilz, qui évoque une période sensiblement postérieure, et il complète son information auprès de Brienne et de Tallemant des Réaux, peu soucieux de dater leurs anecdotes. Il en résulte une série d'erreurs, dont voici quelques exemples. En 1625-1628, la France n'est pas encore en guerre avec l'Espagne, Richelieu est déjà cardinal, mais pas encore duc, il passe toujours pour une créature de la reine mère et ne jouit pas de la confiance de Louis XIII, qui ne lui sera acquise qu'après la prise de La Rochelle. Nulle compétition ne l'oppose encore au roi par mousquetaires et gardes interposés. Ce n'est que vers 1640 que Louis XIII s'irrita de l'ascendant exercé sur lui par son ministre, et se dit parfois désireux d'en être débarrassé, au besoin par la violence ; et c'est tout à fait à la fin du règne, au temps de la faveur de Cinq-Mars, que Richelieu put craindre d'être tué par Tréville sur ordre de son maître. Dans ce dernier cas, Dumas triche très consciemment sur le calendrier : il a besoin de cet antagonisme comme ressort de l'action. Dans d'autres cas, s'agissant notamment des figurants qu'il cueille à droite ou à gauche pour meubler son récit, il a négligé de faire les raccords – si tant est qu'il se soit posé la question !

Cependant, les multiples distorsions relevées par les érudits entre la chronologie des *Trois Mousquetaires* et celle de l'histoire ne discréditent pas la vision d'ensemble fournie sur la période. Bien qu'il triche avec les faits et les dates, sa perception globale de l'histoire est juste. Il doit à ses recherches pour *Louis XIV et son siècle* une familiarité avec l'air du temps, une imprégnation. Son XVIIᵉ siècle est plausible. Sur la société, les mœurs, les mentalités, les modes de vie, il est l'écho fidèle des mémorialistes. L'image qu'il donne des relations entre Louis XIII et Richelieu est en avance de dix ans, elle n'est pas fausse. Il contracte la durée, redistribue les éléments, sépare l'essentiel de l'accessoire, au détriment, bien sûr, des fluctuations et des nuances. « Miroir de concentration, point d'optique », selon la formule proposée par Hugo pour le drame, le roman historique devient entre ses mains le condensé d'une époque. Ses portraits brossés à gros traits, mais pas caricaturaux, offrent des images d'Épinal assez proches, somme toute, de celles que proposent les historiens de son temps : une vision de Louis XIII, d'Anne d'Autriche, de Richelieu, fixés tels qu'en eux-mêmes a choisi de les voir l'historiographie romantique.

Dumas se vantera plus tard d'avoir, par ses romans, « appris à la France autant d'histoire qu'aucun historien » – une histoire évidemment remise en cause, aux yeux de la postérité, par les progrès de la recherche et le renouvellement des points de vue. S'il s'en était tenu là, son œuvre serait irrémédiablement démodée. C'est parce qu'ils transcendent l'histoire que ses *Mousquetaires* poursuivent depuis près de deux siècles leur tour du monde triomphal.

Le roman de Courtilz a fait à Dumas un présent inestimable, il lui a offert d'Artagnan, un personnage riche de possibles, démultiplié de surcroît en la personne de ses trois amis. Des personnages, toute son œuvre en regorge, dira-t-on. Certes, mais ils sont au service de l'action dont ils sont partie prenante. Il a toujours lu l'histoire en dramaturge, en quête de situations conflictuelles, émouvantes ou terrifiantes. Dans ses romans comme dans ses drames, il prend ces situations aussi près que possible du dénouement. Ses personnages, cantonnés dans le rôle qu'ils ont à y jouer, ont peu de passé et pas d'avenir. Leur psychologie est moins sommaire qu'on ne le dit généralement, mais ils présentent un défaut majeur, ils sont donnés une fois pour toutes, ils n'ont pas le temps d'évoluer, ce qui les prive d'épaisseur. Et, sous un costume ancien, on reconnaît trop souvent en eux, comme dans *La Dame de Monsoreau* par exemple, les stéréotypes du mélodrame – femme adultère entre amant et mari jaloux. Bref, ils sont inséparables de l'événement qui les met en scène et dont le dénouement, même s'il ne les tue pas, en épuise les virtualités romanesques : que faire de Marguerite de Valois après qu'elle a reçu des mains du bourreau la tête du malheureux La Mole ? Les ressources d'émotions fortes qu'elle recelait sont épuisées. Elle est irrécupérable.

La plupart des personnages historiques de premier plan font de médiocres héros de roman. Au prix de quelques simplifications, il n'est pas malaisé d'isoler dans leur vie des conflits dramatiques, comme celui qui oppose Catherine de Médicis à Henri IV dans *La Reine Margot*, mais on peut difficilement romancer en feuilleton leur existence entière. Certes les événements historiques ont le mérite de proposer à un narrateur des situations fortes et néanmoins croyables, puisqu'elles sont vraies. Mais ils offrent aux manipulations une résistance d'autant plus grande qu'ils sont

plus familiers au lecteur. L'invention romanesque
trouve ses limites dans la connaissance que celui-ci
est supposé avoir des faits. Les relations respectives
de Louis XIII, d'Anne d'Autriche et de Richelieu sont,
comme l'issue du siège de La Rochelle, des données
intangibles. Et chacun sait bien, d'entrée de jeu, que
les quatre amis ne pourront soustraire Buckingham au
poignard de son assassin. En revanche il est licite de
jouer de tous les éléments qui peuvent être modifiés
sans nuire à la crédibilité de l'ensemble. Le seul critère
pertinent est la bonne vieille notion de vraisemblance
chère aux classiques : Corneille n'en usait pas autrement avec les sujets qu'il empruntait aux Anciens.
Mais comme cette notion très subjective varie au fil
du temps, l'histoire romancée s'expose à un discrédit
d'autant plus grand que le regard sur l'époque concernée aura évolué davantage.

Le romancier jouit en revanche d'une merveilleuse
liberté avec les personnages imaginaires, à qui il peut
imposer sa volonté. À vrai dire, il n'est pas indispensable qu'ils soient tout à fait imaginaires, au contraire.
Une discrète inscription dans l'histoire les rend plus
crédibles, à une condition : qu'on en sache le moins
possible sur eux. Leur obscurité relative fait leur
prix. Aussi convient-il de les nommer semi-fictifs,
en les classant dans la même catégorie que les pures
fictions. C'était le cas de d'Artagnan et de ses amis,
dont la biographie se résumait à peu de chose lorsque
Dumas les emprunta à Courtilz. Le premier, mousquetaire d'origine gasconne, passa au service de Mazarin
pendant la Fronde, eut ensuite pour mission d'arrêter

et de conduire à Pignerol le surintendant Fouquet et fut tué au siège de Maastricht en 1674. Plusieurs érudits modernes ont reconstitué, à coups de recherches d'archives, sa « vraie » vie, sans discréditer pour autant l'image qu'en a donnée le romancier[13].

Quant à Athos, Porthos et Aramis, tous trois béarnais, ils figuraient sous ces noms, à l'orthographe près, dans les états de service du régiment – que Dumas n'avait évidemment pas consultés. Ces patronymes pittoresques et sonores deviennent chez lui les surnoms de personnages qu'il invente de toutes pièces. Il en était si content qu'il donna d'abord pour titre à son roman leurs trois noms accolés. L'annonce de la parution valut au *Siècle* des protestations qui inquiétèrent le responsable : « Quelques abonnés croient que c'est l'histoire des trois Parques* […] qui promet de n'être pas folâtre. Je vous proposerai le titre beaucoup moins ambitieux, mais beaucoup plus populaire, des *Trois Mousquetaires*. » « Je suis d'autant plus de votre avis, répondit plaisamment Dumas, que comme ils sont quatre, le titre sera absurde, ce qui promet au roman le plus grand succès »[14].

Tous quatre sont issus d'un même moule, celui du mousquetaire, courageux, querelleur, indomptable, prêt à se faire tuer pour le service du roi. Ils en constituent chacun un avatar distinct. Quelques qualités spécifiques, distribuées de manière complémentaire, viennent les différencier : chez Porthos, la force physique pure, chez Athos, l'extrême pro-

---

* Les contemporains de Dumas connaissaient encore les noms des trois déesses de la Mort, Atropos, Clotho et Lachésis !

bité morale, chez d'Artagnan l'intelligence, sous sa forme la plus concrète, appliquée à l'action. Seul Aramis, équivoque et secret, échappe aux catégories tranchées : il n'est mousquetaire que par intérim, en attendant d'être d'Église. Chacun des membres de cette équipe dispose d'un inséparable valet convenant à son humeur : Grimaud, fidèle entre les fidèles, réduit à un quasi-mutisme par son taciturne patron, Athos ; l'industrieux Planchet, qu'un certain goût du risque rapproche de d'Artagnan ; Mousqueton, qui, faute d'égaler la combativité de Porthos, partage son appétit de luxe ; Bazin enfin, pilier de sacristie, qui s'efforce en vain de soustraire Aramis aux tentations de ce monde.

Leurs rôles étant ainsi distribués, ces personnages se prêtent à des variations, des parallélismes, des reprises. Lancés dans l'action, ils permettent au romancier, non seulement de quadrupler les péripéties, mais de doter chacune d'elles d'un contrepoint comique. Lors de l'expédition à Londres en quête des ferrets, trois des quatre amis sont retenus dans les auberges d'étape par divers obstacles et d'Artagnan, parvenu seul à destination, les y trouve à son retour en compagnie de leurs valets. D'où un double effet : la répétition, prévisible, de la séparation, puis des retrouvailles, crée chez le lecteur une attente, dont la satisfaction est remise au prochain numéro ; mais sa surprise reste à chaque fois entière, tant la nature des obstacles est variée et la situation des captifs imprévue et pittoresque. Le procédé n'est pas neuf. On le rencontre notamment dans les contes. Dumas peut l'étoffer et l'affiner parce que le cadre et les personnages ont chez lui une autre consistance. De l'épisode ci-dessus, il ne tire pas moins de cinq chapitres[15].

Mais d'Artagnan ne joue pas seulement sa partie dans le quatuor, parmi les autres. C'est sur lui que s'ouvre et que se clôt le roman. Il y occupe une place à part, si importante qu'il aurait dû s'en approprier le titre, puisque l'histoire racontée est la sienne. Le récit le cueille au sortir de son Béarn familial, jeune blanc-bec partant à la conquête du vaste monde, et l'accompagne au long de l'itinéraire qui fait de lui un homme. C'est par lui que la double intrigue se noue, lorsqu'il poursuit de ses assiduités Mme Bonacieux d'abord, puis Milady. C'est lui qui mène le jeu, dans les aventures périlleuses où il embarque ses amis. Il conquiert de haute lutte la casaque de mousquetaire ardemment désirée avant que le dénouement ne lui apporte, inespéré, le brevet de lieutenant dans son régiment. Contrairement à ses trois compères, il change beaucoup en l'espace de deux ans. Au travers des épreuves, il évolue, il se forme, il mûrit. Dumas évite l'analyse psychologique qui immobilise son objet, mais par petites touches, à travers ses réactions *in situ*, il dresse de lui un portrait en acte, riche et nuancé, qui respire la vie.

La clef de ce traitement de faveur est donnée dès le premier chapitre. Il s'identifie à d'Artagnan. L'arrivée du jeune Béarnais à Paris lui rappelle la sienne, en un même mois d'avril, quasiment deux siècles plus tard. Tous deux avaient quitté leur famille munis d'un modeste viatique financier, d'une masse de conseils et recommandations et d'une lettre destinée à les introduire auprès d'un éventuel protecteur. Ils abordaient la grande ville avec même ambition, même candeur et mêmes illusions. Cette empathie immédiate, qui unit Dumas à son personnage, ne fait que croître à mesure que le récit se développe, car les procédés de narration mis en œuvre viennent la renforcer. Les pseudo-*Mémoires de d'Artagnan* étaient rédigés, comme il se doit, à la première personne. Tout était donc vu, en principe, par les yeux du héros. Dumas, lui, recourt à la forme impersonnelle, qui lui donne plus de latitude. Il se permet ainsi de suivre Buckingham et Mme Bonacieux dans les couloirs du Louvre ou de partager la captivité de Milady en Angleterre. Il ne se prive pas d'intervenir en son nom personnel, pour raccorder des chapitres que le découpage en feuilleton avait éloignés : dans ce cas, il dit *nous*. Mais son récit épouse, autant que faire se peut, la découverte du monde par d'Artagnan et oblige le lecteur à partager son point de vue. Or la curiosité est le péché mignon de notre Gascon, qui observe, s'étonne, réfléchit. En marge de l'action, il mène donc une enquête permanente sur les faits et gestes des uns et des autres – y compris ses trois amis. Comme il pose des questions autour de lui et s'en pose parfois à lui-même, ces enquêtes prennent souvent la forme de dialogues d'une extrême vivacité.

Il arrive enfin à Dumas de déléguer à son héros favori une partie de ses prérogatives de narrateur. Lorsqu'il faut prendre une décision importante, au lieu d'expliquer lui-même les données de la situation, il réunit les quatre amis pour en discuter et c'est d'Artagnan qui mène le débat, pèse le pour et le contre et finit par faire prévaloir sa solution. Auteur et personnage parlent alors d'une même voix, imposant au lecteur leur vision commune.

Aucun autre personnage ne remplit chez Dumas pareille fonction, de façon aussi prolongée. Il n'a jamais mis chez aucun autant de lui-même. On ne s'étonnera donc pas que *Les Trois Mousquetaires* fassent éclater le cadre temporel dans lequel les enferme l'histoire. La plongée dans le passé n'y est pas innocente. C'est du présent de l'auteur qu'ils nous parlent en filigrane, et du monde idéal qui hante ses rêves. Dumas ne croit plus au triomphe des idées libérales pour lesquelles il a fait le coup de feu en 1830. Il ne reconnaît plus, en Louis-Philippe, le duc d'Orléans dont il se croyait l'ami. La monarchie de Juillet consacre le règne de la bourgeoisie qu'il abhorre. Le précepte du jour – « Enrichissez-vous » – l'exaspère d'autant plus qu'il voudrait bien s'enrichir et peine à y parvenir : il n'est pas doué pour la gestion de patrimoine. Le temps n'est plus où l'on pouvait se tailler gloire et fortune sur les champs de bataille. Les jeunes provinciaux pauvres qui débarquaient à Paris gonflés d'ambition et de rêve – Julien Sorel, Eugène de Rastignac, Lucien de Rubempré – ont affronté un monde impitoyable, s'y sont brûlés ou ont triomphé au prix de leur âme. Illusions perdues. Dumas, incorrigible optimiste, préfère se réfugier dans un XVIIᵉ siècle conçu comme l'exacte antithèse de ce présent décevant.

On n'est jamais seul dans *Les Trois Mousquetaires*. Il y a d'abord le régiment, formé de grands enfants sur lesquels veille paternellement leur capitaine, Tréville.

Comme naguère auprès de Napoléon, l'armée joue un rôle d'encadrement, de soutien et aussi de creuset où se forgent les personnalités. À l'isolement de l'individu livré à lui-même dans la société mercantile, elle oppose l'appartenance à un corps dont les membres sont solidaires. Elle est aussi le lieu d'une compétition permanente, mais juste, qui offre au mérite les moyens de s'affirmer. L'avenir est ouvert aux meilleurs. Des gentilshommes, bien entendu : nous sommes sous l'Ancien Régime. Mais la noblesse impose plus de devoirs qu'elle ne donne de droits. Et elle n'implique à l'égard des roturiers aucun mépris de principe. Seule compte la fidélité à soi-même et à ceux que l'on a choisi de servir. Dumas se plaît à évoquer cet univers idéal, où l'on méprisait l'arrivisme et l'hypocrisie, où l'on respectait la parole donnée, où l'on risquait sa vie joyeusement pour la défense du point d'honneur ou pour le service du roi, où l'amitié était sacrée, où l'on pouvait boire, jouer, croiser l'épée, courtiser les dames, vivre dangereusement, mais fièrement, avec panache.

Et puis, à l'intérieur du régiment, il y a le petit groupe des quatre amis. Ils ne sont pas frères par le sang, comme chez Courtilz, mais par le cœur. « Un pour tous, tous pour un » : ils ne feront pas mentir leur devise, empruntée – souvenir de voyage ? – à la Confédération helvétique. Derrière l'anonymat que préservent leurs pseudonymes, on perçoit des disparités d'ordre social : Athos est un grand seigneur, Porthos un petit hobereau qui rêve d'une vie bourgeoise, Aramis un de ces cadets de grande famille hésitant entre l'armée et l'Église, sans renoncer pour autant à

l'amour des duchesses. Seul parmi eux l'aîné, Athos,
la trentaine accomplie, porte le poids d'un passé mystérieux, qui est un des ressorts de l'action. Les deux
autres – vingt-quatre ou vingt-cinq ans – ont les passions et les ambitions de leur âge. Le plus jeune,
d'Artagnan, est donné pour un enfant, mais un enfant
prodige. Il n'a pas l'âpre lucidité d'Athos, ni la force
surhumaine du géant Porthos, ni l'inquiétante séduction d'Aramis. Mais il possède un peu de tout cela.
Et surtout il rayonne d'intelligence, une intelligence
concrète, en prise sur le réel et qu'il met au service des
causes vers lesquelles l'incline sa générosité native. Il
est « la forte tête » de l'équipe, et l'on comprend que
Buckingham ait pu s'étonner « que tant de prudence,
de courage et de dévouement s'alliât avec un visage
qui n'indiquait pas encore vingt ans[16] ».

Les leçons de M. d'Artagnan père étaient un peu
sommaires. Les aventures de son fils font figure de
rites de passage, d'épreuves initiatiques. N'entre pas
aux mousquetaires qui veut, il faut faire ses preuves.
Notre héros patiente longtemps avant d'obtenir, à
coups d'exploits, la prestigieuse casaque. Il lui fallait
aussi apprendre l'usage du monde, se policer, se polir.
Quelques déconvenues enseignent au garçon trop
curieux les vertus de la discrétion. Et sa finesse naturelle lui fait sentir très vite que le respect de l'autre
et de ses secrets, si dérisoires qu'ils soient, est un des
fondements de l'amitié.

Dissemblables, mais fraternels, ils sont jeunes –
sauf Athos –, ils sont généreux, ils sont insouciants,
allègres, irrévérencieux, insolents. Ils supportent gaie-
ment leur impécuniosité chronique. Jamais ils ne thé-

saurisent : quand un peu d'argent leur tombe du ciel, ils le partagent, le mangent et le boivent en commun. Ils sont prêts à jouer sur un coup de dés ou d'épée leur cheval – et celui de leurs amis –, leur bourse ou leur vie. En riant.

Ils ne sont pas parfaits pour autant, ils ont des travers – sauf Athos, qui n'a guère de faiblesse que pour le vin où il tente de noyer son désespoir. Les autres n'hésitent pas à puiser dans la bourse de leurs maîtresses, Aramis avec élégance, Porthos avec goujaterie : chose tout à fait admise à l'époque, nous dit Dumas, qui regrette visiblement qu'il n'en soit plus de même. D'Artagnan a le « génie de l'intrigue » – attention : le mot n'est pas péjoratif ici ! Il épie indiscrètement la femme qu'il aime, guette aux fenêtres, écoute aux portes et aux planchers, subtilise à Wardes son sauf-conduit pour Londres, s'approprie des lettres qui ne lui sont pas destinées et en écrit de fausses, exploite cyniquement la passion que lui porte Ketty et se glisse sous le nom de son rival dans le lit de Milady. Autant d'indélicatesses excusées par l'importance des enjeux et par la perversité de l'ennemi à combattre.

Car Dumas a compris que de tels héros ne sauraient se satisfaire, comme chez Courtilz, de traîner de cabaret en alcôve et de ferrailler à tout-va. « Quatre hommes dévoués les uns aux autres depuis la bourse jusqu'à la vie, quatre hommes se soutenant toujours, ne reculant jamais, exécutant isolément ou ensemble les résolutions prises en commun » sont une « force unique quatre fois multipliée », un « levier » propre à « soulever le monde »[17]. À quelles entreprises appliquer ce levier ? La première relève des impératifs chevaleresques traditionnels : défendre une faible femme en proie à de puissants ennemis – en l'occurrence Anne d'Autriche persécutée par Richelieu. Amour et politique : on reste ici dans le domaine du romanesque. Mais le personnage de Milady prend au fil des pages un relief de plus en plus inquiétant, et, une fois son identité découverte, elle se révèle satanique. La lutte qui l'oppose à nos héros devient alors un combat du Bien contre le Mal, un duel gigantesque auquel la mort de la femme monstrueuse ne mettra pas fin, puisqu'elle revivra en son fils, dans *Vingt Ans après*.

Un roman qui se veut populaire échappe difficilement au manichéisme. Celui des *Trois Mousquetaires* reste tempéré. Il y a les bons et les méchants, certes. Mais, à la différence de ce qui se passe chez Eugène Sue, les bons ne se croient pas obligés d'être bêtes et ne tendent pas complaisamment le cou pour se faire égorger. Face aux démons que sont Milady et, dans une moindre mesure, Rochefort, nos quatre héros sont tout, sauf des anges. Courage, sang-froid, lucidité. Ils se battent. Et ils gagnent. Pas sans souffrances de la chair et du cœur. Ils laissent des morts au long du chemin. Mais ils sortent intacts, tous quatre, des pires dangers. Une justice immanente distribue à bon escient récompenses et châtiments. La morale est sauve.

Il y a plus. La société leur rend justice. Oh ! certes, ils ne font pas fortune, financièrement parlant. Mais leur valeur est reconnue, celle de d'Artagnan notamment, pour qui le dénouement est une consécration. Il a bravé Richelieu et l'a emporté. Deux fois : une première fois en rapportant les ferrets, une seconde fois en conduisant à la mort Milady, avec la caution involontaire du ministre. La menace de la prison, de l'échafaud, plane un instant sur lui. Mais non ! Coup de théâtre : Richelieu lui rend hommage et lui accorde une promotion. C'est pour Dumas un moyen de concilier son admiration pour un des plus grands hommes d'État français avec le rôle de méchant qu'il lui a fait endosser pour les besoins de l'intrigue. De proposer aussi une remise en cause des hiérarchies. Les hommes en vue ne sont pas toujours ceux qui font l'événement : mousquetaires et suivantes peuvent tenir entre leurs mains la destinée des rois. Dans l'ombre des puissants, les humbles sont artisans secrets de l'histoire. Par la bouche de Richelieu, le dernier chapitre leur en donne acte.

L'univers sorti de son imagination enchante visiblement Dumas. Il a feint de se plier, au tout début, à l'une des règles d'or du roman historique, en commençant par une date, à vrai dire un peu farcesque, le 1er lundi d'avril ! Mais dès le second paragraphe, le ton est donné : « En ce temps-là… » Il s'agit d'une fiction. Et il est là, visible meneur de jeu, entremêlant le récit de commentaires souriants, interpellant le lecteur, assoiffé de séduire un auditoire imaginaire. Un maître conteur à la verve jaillissante.

Les Trois Mousquetaires comportent tous les éléments d'un drame, aussi noir que ceux qui triomphaient sur scène quinze ans plus tôt. Mais ce drame est en partie neutralisé par le traitement qui en est fait. Les deux héros de l'idylle princière, Buckingham et la reine, ne sont que des comparses. Quant au pauvre Felton victime de la comédie diabolique que lui joue Milady, il paraît moins pitoyable que ridicule à travers les commentaires ironiques de lord de Winter. Les protagonistes, eux, ne se bornent pas à vivre les péripéties majeures : ils passent le plus clair de leur temps à se débattre dans le quotidien. Et ce quotidien est évoqué sur le mode plaisant.

Sur les quatre personnages principaux, deux relèvent de la comédie, Porthos et, dans une moindre mesure, Aramis. Le seul qui s'apparente au registre tragique, Athos, refuse de s'y complaire et se réfugie dans un détachement flegmatique. Quant à d'Artagnan, il déborde de vie, d'ardeur, d'esprit, d'ingéniosité, de sens pratique – toutes qualités roboratives, incitant à l'optimisme. Si l'on se souvient que chacun est flanqué d'un valet bien typé et façonné à l'humeur de son maître, dont il constitue un doublet comique, on comprendra que la tonalité dominante du récit soit humoristique.

Un seul ennemi, l'ennui, qui comme chacun sait, naquit un jour de l'uniformité. Les descriptions, d'ampleur limitée, restent fonctionnelles, mais les portraits souvent tournent à la caricature – sauf pour les femmes, vues avec les yeux de l'amour. Rien ne doit casser le rythme, ralentir le tempo. L'intrigue court, s'emballe, à grand renfort de rebondissements semés de surprises. Les dialogues, d'autant plus nombreux que Dumas dramaturge y est passé maître, s'attardent parfois en questions et réponses – parce que les feuilletons étaient payés à la ligne. Mais ils sont le plus souvent porteurs d'action : répliques en forme de duels, insolences, mots d'esprit. Il leur arrive de s'épanouir en scènes de comédie, dignes de Molière.

Dumas, omniprésent, tire ostensiblement toutes les ficelles, jetant un regard amusé sur cette « époque chevaleresque et galante », où rien n'est impossible aux cœurs vaillants, où l'on réchappe des coups d'épée et de mousquet, où un baume magique guérit les blessures en vingt-quatre heures, où l'argent tombe du ciel à point nommé, où le hasard complaisant rassemble au dénouement tous les acteurs dispersés du drame, où Richelieu est capable de pardonner : le genre d'époque où se meuvent fables et légendes.

Alors, que pèse sa désinvolture à l'égard des inadvertances dont fourmille un récit qu'il ne se donne pas la peine de corriger lors de l'édition en librairie ? Il importe peu que le pseudonyme de la duchesse de Chevreuse soit Aglaé ou Marie Michon, que d'Artagnan soit reçu deux fois dans la compagnie des mousquetaires, que changent le lieu du rendez-vous donné par Mme Bonacieux et celui du couvent qui lui sert d'abri, que varient l'origine du saphir d'Athos ou la date du papier remis par Richelieu à Milady. Le récit ne prétend pas au réalisme, ni même à la stricte cohérence interne, il va son grand chemin, « à franc étrier », à bride abattue, il nous entraîne dans un tourbillon d'aventures échevelées, rebondissantes, où nous oscillons entre la surprise et l'attente comblée. Quant à y croire, Dumas ne nous en demande pas tant. Il nous invite à entrer avec lui dans le jeu, le temps de la lecture, sans bouder notre plaisir.

Un plaisir qu'il a bien l'intention de renouveler. Ses personnages ne sont pas prisonniers des aventures

qu'il leur a forgées et qui n'épuisent pas leurs capacités d'action. La tragédie finale ne les brise pas. Ils sont
jeunes, ils sont forts, l'avenir leur reste ouvert. Certes,
au terme du récit, trois d'entre eux quittent l'armée
pour une vie plus rangée, conforme à leurs désirs : ils
font une fin, comme on dit. Mais d'Artagnan, monté
en grade, libre de tous liens affectifs ou sociaux,
demeure prêt, disponible pour d'autres exploits. Il
saura, au besoin, arracher ses amis à la retraite où ils
s'ennuient. Dumas a déjà dans ses cartons les plans
d'une, voire de deux suites, pour lesquelles il a posé
au passage des pierres d'attente.

CHAPITRE 12

Vingt Ans après

À l'évidence, d'Artagnan constituait pour un romancier une valeur sûre, digne d'être exploitée : on n'abandonne pas au bord du chemin un héros de vingt-deux ans ! D'autant qu'il n'est pas homme à mourir d'un amour perdu : « Vous êtes jeune, vous, lui a dit Athos en le quittant, vos souvenirs amers ont le temps de se changer en doux souvenirs* ! » En fait, tout indique que Dumas n'avait pas attendu d'avoir terminé *Les Trois Mousquetaires* pour mettre en chantier une suite. Encouragé par un succès immédiat, il convainquit sans peine le directeur du *Siècle* que ses quatre gaillards représentaient une mine d'or et lui brossa le plan de *Vingt Ans après*. Une longue éclipse pour les personnages, une brève relâche pour les lecteurs : six mois tout juste séparent la publication des deux romans**. De l'un à l'autre, un jeu d'annonces et de rappels aiguisant la curiosité ou rafraîchissant la

---

* C'est la dernière phrase des *Trois Mousquetaires*.

** *Les Trois Mousquetaires* paraissent du 14 mars au 11 juillet 1844, *Vingt Ans après* du 21 janvier au 28 juin 1845.

mémoire défaillante, témoigne qu'ils furent conçus et construits ensemble, comme un tout.

Pourquoi s'en tenir à deux, d'ailleurs ? Lorsqu'il entreprend de remettre ses mousquetaires en selle à vingt ans de distance, Dumas songe déjà à une autre suite, qu'il prépare en posant des jalons au cours de son récit. Et plus tard, lorsque *Le Siècle*, en date du 2 août 1845, abandonne d'Artagnan monté en grade et disponible pour de nouvelles aventures, il promet à ses lecteurs, pour bientôt, la « troisième partie de la trilogie », intitulée *Dix Ans plus tard, ou le Vicomte de Bragelonne*. Conçue dans le même esprit et d'une ampleur analogue, elle « paraît appelée à continuer l'immense succès des deux premières ».

C'est bien d'une trilogie qu'il s'agit, au sens le plus étroit et le plus strict. Le terme vient du grec, il désignait à Athènes le groupe de trois tragédies que chaque dramaturge proposait à ses concitoyens lors de la compétition annuelle accompagnant la fête des Grandes Dionysies. L'idéal était, bien sûr, qu'elles enchaînent trois épisodes d'une seule et même histoire. Mais les légendes suffisamment riches étaient si rares qu'il fallut bien s'accommoder de sujets distincts. Seule, parmi les textes qui nous sont parvenus, l'*Orestie* d'Eschyle, consacrée aux Atrides, est une trilogie dite *liée*, présentant une cohérence interne entre ses trois éléments. Les autres ne sont que des pièces juxtaposées à l'occasion du concours.

Ce détour par la Grèce éclaire l'œuvre de Dumas. Le terme de trilogie, qu'on applique indifféremment au cycle Renaissance et aux *Mousquetaires*, occulte la différence fondamentale qui les sépare. Les trois romans consacrés au XVIᵉ siècle se succèdent par ordre chronologique, mais ils ne s'enchaînent pas. Certes, ils sont conçus sur la lancée de *La Reine Margot*. Ils ont en commun une même visée historique : *La Dame de Monsoreau* est « destinée à peindre les mœurs du règne d'Henri III, comme *La Reine Margot* était destinée à peindre celles du règne de Charles IX* », en attendant le règne d'Henri IV déjà programmé. Mais ils sont centrés sur des événements historiques bien délimités – massacre de la Saint-Barthélemy et mort de Charles IX, duel des mignons d'Henri III, mort de François d'Alençon. D'un point de vue romanesque, *La Reine Margot* n'a rien à voir avec les autres et, dans les deux suivants, la réapparition épisodique de certains personnages ne compense pas le caractère disparate d'intrigues tirées des anciennes chroniques, où l'imagination créatrice ne peut se déployer que dans les marges. Dumas y est prisonnier de l'histoire. Dans *Les Quarante-Cinq*, il a si fort conscience de s'y engluer, qu'il renonce au *Ravaillac* prévu et abandonne la partie.

Les *Mousquetaires* en revanche sont une vraie « trilogie liée », parce qu'ils épousent dans son déroulement l'existence de personnages doués d'autonomie. Deux interruptions – l'une de vingt ans, l'autre de dix – en suspendent le cours, mais sans en briser la continuité, parce que les raccords sont faits à chaque nouveau départ. La prise en compte du temps écoulé dans l'intervalle leur confère l'épaisseur qui manque aux

---

* Annonce de la publication dans *Le Constitutionnel* du 25 août 1845.

protagonistes de drames trop rapidement dénoués. L'intérêt qu'on leur porte en est décuplé, au détriment des personnages historiques, à qui était réservé d'ordinaire le premier plan. Leurs aventures personnelles tendent donc à se substituer à l'histoire comme moteur de l'action. Il en résulte, de l'histoire au roman, un renversement des rôles, qui ne va pas sans implications sociales. C'est, en matière de roman historique, une véritable révolution.

Dumas en a-t-il aussitôt mesuré le prix ? *La Reine Margot*, dont la rédaction s'intercale entre *Les Trois Mousquetaires* et *Vingt Ans après*, relève encore de la formule mise au point dans ses premiers essais narratifs, c'est-à-dire l'histoire romancée, sans personnages fictifs. La forme mixte adoptée dans les *Mousquetaires* est évidemment plus prometteuse. Mais elle suppose le maintien d'un juste équilibre entre histoire et fiction. Pour son coup d'essai, Dumas était bien tombé : l'amour de Buckingham pour Anne d'Autriche, avec ses conséquences politiques, lui fournissait des données simples et déjà teintées de romanesque. La suite le confronte à des éléments d'une complexité accrue, plus difficiles à manipuler. La maîtrise de l'histoire est pour le romancier l'enjeu des deux autres volets de la trilogie.

Les « suites » sont d'autant plus délicates à écrire que le récit initial a été plus réussi. Dumas était tenu de rester fidèle à la forme choisie : mêlés à des personnages réels, ses héros jouent, dans des événements authentiques, un rôle secret, ignoré de l'histoire – et pour cause ! –, tout en menant en parallèle leurs propres aventures, fictives. Il lui faut trouver une période proche de la précédente, fournissant des péripéties dramatiques et permettant en outre d'assurer une continuité dans la destinée personnelle des protagonistes. L'histoire est bonne fille : elle lui offre, avec les années 1648-1649, tous les ingrédients nécessaires. Le « grand » cardinal a été remplacé par un autre, avec lequel nos mousquetaires entrent également en conflit. La Fronde et la révolution d'Angleterre les promènent de part et d'autre de la Manche, comme naguère l'affaire des ferrets de diamant. Au siège de La Rochelle fait pendant la bataille de Lens, à l'assassinat de Buckingham l'exécution de Charles Ier. Courtilz avait montré la voie : son d'Artagnan était envoyé à Londres par Mazarin à deux reprises, d'abord afin de sonder Cromwell sur le sort réservé au roi, puis pour jeter les bases d'une alliance avec lui. Dumas n'a qu'à emboîter le pas, quitte à dévier la trajectoire de son héros.

Pour ce qui est de la fiction, il n'a pas à chercher bien loin : le décalage de vingt ans lui permet, selon un procédé vieux comme le monde, de substituer à Milady morte son fils Mordaunt, héritier de sa haine, qui sera l'agent de Cromwell comme elle l'avait été de Richelieu, et mêlera comme elle ses activités politiques et la poursuite de sa vengeance. Une structure analogue sous un habillage différent : de quoi piquer la curiosité du lecteur sans déranger ses habitudes ! La formule fera recette : elle est à la base de la plupart des « séries » romanesques ou cinématographiques.

Paradoxalement, ce sont les protagonistes qui réservent au narrateur les difficultés majeures. Il est

moins libre de les faire agir à sa guise, entraînés qu'ils
sont par la vitesse acquise, prisonniers du passé qu'il
leur a inventé. Il a eu l'imprudence de les disperser
dans l'Épilogue des *Trois Mousquetaires* : chacun
s'est rangé, dans une voie qui, sous l'angle du romanesque, a tout d'une voie de garage. Il lui faut donc
les regrouper, arracher Athos à sa gentilhommière
tourangelle, Porthos à ses grasses terres picardes,
Aramis à son couvent, Planchet à sa confiserie de la
rue des Lombards ; Mousqueton à ses douillettes fonctions d'intendant, Bazin à la sacristie de Notre-Dame.
Le seul dont la disponibilité soit totale est le silencieux
Grimaud, incarnation de la fidélité domestique.

C'est à d'Artagnan, vieilli sous le harnois, qu'il
incombe de renouer les fils rompus. Sa longue quête
des compagnons de jadis correspond, dans *Vingt Ans
après*, à la rencontre qui ouvrait *Les Trois Mousquetaires* ; mais elle n'en a pas le rythme endiablé. Elle
se double d'une prudente enquête, à laquelle les interrogations de d'Artagnan associent adroitement le
lecteur. Que sont-ils devenus ? Ont-ils changé ? Et,
une fois retrouvés, sont-ils bien ce qu'ils paraissent
être ? Des faux-fuyants, des réticences créent un climat tendu, très éloigné de la chaleureuse camaraderie
d'autrefois. C'est moins séduisant, mais plus profond
et plus vrai. La Fronde est là, divisant les familles,
séparant les amis, dans un tournoiement d'intrigues
entrecroisées. Heureusement tout s'arrange lors du
voyage d'Angleterre où nos quatre héros, d'abord
opposés – deux d'entre eux sont envoyés par Mazarin
à Cromwell, les deux autres sont chargés par la reine
d'Angleterre de sauver son époux –, se retrouvent

unis pour la défense du malheureux souverain, puis pour leur propre survie face aux machinations de Mordaunt.

Dumas n'avait plus qu'à cheviller solidement l'un à l'autre les deux romans : divers rappels adroitement placés dans le second rafraîchissent les souvenirs laissés par le premier ou invitent à le lire – il vient tout juste de sortir en librairie ! – ceux qui l'avaient manqué en feuilleton. Prévoyant, il pose des jalons en vue d'une nouvelle suite : le fils naturel d'Athos et de Mme de Chevreuse, le jeune vicomte de Bragelonne, sera le héros du roman suivant, dont ses amours enfantines avec Louise de La Vallière préparent l'un des ressorts. Assurément, du travail bien fait.

L'histoire, particulièrement riche en événements pour la période concernée, s'impose en force dans *Vingt Ans après* pour trois raisons. D'abord, il se trouve que les mousquetaires interviennent personnellement d'abord dans la Fronde, qui est d'une complication inextricable, puis dans la guerre civile anglaise, qui ne l'est pas moins. L'une et l'autre appellent donc des explications. Ensuite, Dumas dispose d'une documentation surabondante, surtout du côté français : il croule sous les mémoires où les vaincus, écartés des affaires, ont déversé leur rancœur contre la Régente et son ministre honni, Mazarin. Enfin les événements racontés éveillent des échos chez les hommes de la première moitié du XIXe siècle.

Les sources de *Vingt Ans après* sont de deux ordres : directes ou indirectes. Dumas avait indifféremment recours aux textes du XVIIe siècle ou aux ouvrages des historiens de son temps. Outre les *Mémoires* de d'Artagnan et ceux, également apocryphes, de *M.L.C.D.R.*, du même Courtilz, dont il a tiré le personnage de Rochefort, il avait à sa disposition deux grandes collections récentes regroupant les principaux mémoires, authentiques, du temps de Louis XIII et de la régence. Celle de Petitot (1820-1829) avait été suivie très vite par celle de Michaud et Poujoulat (1836-1839), plus maniable et plus sûre. Il avait pu consulter des publications isolées, comme les *Mémoires* d'Henri de Loménie, dit le jeune Brienne, que J.-F. Barrière avait accompagnés, en 1828, d'un précieux *Essai sur les mœurs et les usages du xviiᵉ siècle*. Dans les *Historiettes* de Tallemant des Réaux, il pouvait puiser, avec prudence, car ses lecteurs étaient plus pudibonds que leurs ancêtres, quelques détails plaisants. Il pouvait, pour évoquer les relations entre Anne d'Autriche et Mazarin, s'inspirer des *Lettres* du cardinal à la reine, que Ravenel avait publiées en 1836.

Il connaissait sans doute la grande *Histoire de France* d'Henri Martin (1834-1836) et avait probablement lu le *Précis d'Histoire de France avant la Révolution*, de Michelet (4ᵉ édition, 1842). Sur la Fronde, il a pu consulter l'*Histoire* de Jean-Baptiste Mailly (1772), celle de Saint-Aulaire (1827), ou celle d'Anaïs Bazin (1842). Mais il est peu probable qu'il se soit aventuré dans les arides *Registres de l'Hôtel de Ville* ou dans le maquis des recueils de mazarinades et de chansons. Il faut se résigner à l'incertitude, sachant seulement qu'il n'avait que l'embarras du choix. Il est évident, en revanche, qu'il a beaucoup pratiqué le dictionnaire de *Biographie universelle* de

Michaud, qui offrait une masse d'informations aisément accessibles, puisque classées par ordre alphabétique.

Quant aux événements d'Angleterre, ils n'avaient
pas cessé, depuis l'injouable *Cromwell* de Hugo,
d'inspirer dramaturges et compositeurs*. La documentation de Dumas fut certainement de seconde main,
tirée pour l'essentiel de Guizot, dont l'*Histoire de la
révolution d'Angleterre* était accompagnée d'une collection de mémoires et de documents : parmi eux, le
compte rendu du procès de Charles Ier, qui alimente
en anecdotes et en mots historiques le chapitre correspondant du roman.

Rien n'est plus stimulant que la recherche des
emprunts. Dans *Vingt Ans après*, l'amateur de décou-
vertes est à son affaire. Dumas – ou Maquet – usait
beaucoup des ciseaux et de la colle : on n'a pas fini de
relever des lambeaux greffés. Abondance de sources
peut nuire. Le risque est de s'y noyer. Reste donc à
voir l'usage qu'en fait Dumas. Que demande-t-il aux
ouvrages qu'il démarque ? Des portraits, des anecdotes,
de menues particularités qui donnent chair et couleur
au récit : les duels célèbres, comme celui d'Henri de
Guise et de Coligny, la crue de la Seine qui faisait de
Paris, en février 1649, une nouvelle Venise, le goût
des déguisements et des promenades incognito, tant
chez Mazarin que chez le coadjuteur, l'évocation du

---

* Dumas lui-même avait écrit un drame en cinq actes et en
prose, *Cromwell et Charles Ier*, qui fut joué à la Porte-Saint-Martin
le 21 mai 1835.

petit peuple dans sa vie de tous les jours, cabarets, boutiques, demeures privées, relais de poste. Il fait un sort à des indications significatives, comme les draps du jeune Louis XIV, que la ladrerie du cardinal interdisait de changer plus d'une fois l'an (cela vient de La Porte), ou la voix de fausset de la reine en colère (cela vient de Retz). Certaines anecdotes, dix fois contées, sont pour ainsi dire tombées dans le domaine public. Comment savoir, par exemple, si provient de Retz ou de Michelet la scène qui montre la jeune Henriette d'Angleterre tenue de garder le lit au mois de janvier, faute d'un fagot pour chauffer sa chambre[18] ?

Il est plus amusant de voir Dumas déplacer les éléments empruntés ou les combiner entre eux. La captivité et l'évasion du duc de Beaufort, par exemple, doivent beaucoup à celles du cardinal de Retz. L'idée de faire disparaître le bourreau de Londres pour empêcher l'exécution du roi est née de la conjonction de deux données historiques : le souvenir du stratagème utilisé – en vain – pour Chalais à Nantes en 1626, et une note du *Procès de Charles Ier* rapportant qu'un inconnu, d'après certains témoignages, avait été substitué, à White-Hall, au bourreau en titre.

Une anecdote attestée comporte-t-elle un personnage anonyme ? Elle est prête à accueillir un héros fictif. Ainsi est né le vicomte de Bragelonne, d'une note des *Historiettes* contant comment la duchesse de Chevreuse, en fuite sous des habits masculins, fut hébergée un soir par un brave curé qui partagea son lit avec elle, sans cesser de la prendre pour un jeune cavalier[19]. Substituez un mousquetaire au curé, ajoutez-y la franche gaillardise de sa partenaire de rencontre, que mentionnent d'autres anecdotes, et vous avez neuf mois après un charmant petit garçon, autour duquel il n'y a plus qu'à broder une classique histoire de reconnaissance.

Lorsque les documents lui font défaut, ou lorsqu'ils le dérangent, Dumas ne se gêne pas pour tricher, si la chose est possible sans nuire à la crédibilité. D'Artagnan, on le savait, servit Mazarin pendant la Fronde. Mais qui se souvenait que la Compagnie des mousquetaires avait été dissoute en 1646 et ne fut rétablie qu'en 1657 ? Notre héros conserve donc sa prestigieuse casaque, il reste mousquetaire, pour l'éternité. Face à un personnage authentique dont la vie, agitée et complexe, accepte les enjolivures, Dumas en profite : s'il prête à Mme de Chevreuse quelques pérégrinations et quelques amants de plus, qui s'en apercevra ? Mais il résiste à la tentation d'identifier lord de Winter à Montrose, le plus fidèle défenseur de Charles Ier. Leurs destinées, longtemps parallèles, divergent au dénouement : impossible de faire périr sous le poignard de Mordaunt le héros décapité à Édimbourg en martyr de la cause royale. La fiction prévalut donc.

Inutile de s'obstiner à identifier les figurants occasionnels qui portent un nom attesté dans l'histoire. Dumas se contentait de les cueillir au hasard de ses lectures. Dans le cas contraire, il invente à volonté soldats, suivantes, laquais, aubergistes, matelots. L'essentiel est de multiplier les précisions onomastiques, vraies ou fausses, qui donnent corps à l'illusion. C'est dans les menus détails, comme il est normal, que les occasions d'erreur sont le plus fréquentes, quand on n'est pas soutenu par des documents. Dumas ignore que les maisons de Paris ne furent numérotées qu'en 1729, ou que certaines rues ne reçurent que plus tard le nom qu'il leur attribue. Bévues mineures, qui ont l'avantage d'aider les lecteurs parisiens à retrouver sur le terrain les itinéraires de leurs héros favoris. Peu importe. Grâce aux détails concrets, il donne à son récit une couleur historique riche et convaincante.

Mais l'histoire ne se borne pas à lui fournir des anecdotes. Elle a pour lui un intérêt propre qui le conduit, paradoxalement, à lui être infidèle pour mieux la servir : il la recompose.

Assurément certaines données majeures sont intangibles. Les principales péripéties de la Fronde parlementaire sont trop connues de ses contemporains pour qu'il y touche. Et chacun sait bien, dès le début de l'aventure anglaise, que les quatre amis ne sauveront pas Charles Ier de l'échafaud. Les personnages d'Anne d'Autriche, de Mazarin, de Charles Ier vivent dans *Vingt Ans après* des épisodes avérés de leur histoire et leur image reste conforme, quoique simplifiée, à celle qu'en a retenue la tradition. Mais Dumas modifie profondément la présentation des faits. Peu importent ici les multiples coups de pouce à la chronologie, les tricheries sur l'âge de d'Artagnan, de la princesse Henriette et de Louise de La Vallière, ou les modifications d'horaire dans l'évasion de Beaufort – simples facilités que s'accorde le narrateur. C'est le déroulement des événements majeurs eux-mêmes qui fait l'objet d'une reconstruction concertée.

Dans le cas des affaires d'Angleterre, le procédé est aisément repérable : Dumas se contente de condenser, rassemblant dans les quelques semaines où les héros y séjournent des faits qui se sont étalés sur plus de deux ans, réduisant à une seule plusieurs batailles ou plusieurs négociations, supprimant les allées et venues, précipitant le rythme du procès. Le récit y gagne en clarté et en force dramatique. Les tergiversations de Charles Ier, sa mauvaise foi notoire restent dans l'ombre : il fait figure de pure victime.

Les affaires de France appellent un traitement plus subtil. Pas question de développer l'action tout au long des quatre années que dura la Fronde, au milieu d'un inextricable imbroglio d'intrigues et de volte-face. Dumas choisit de s'en tenir à l'affrontement assez simple entre la reine et Paris. Son récit commence le 12 janvier 1648, pour se terminer avec la paix de Rueil et les accords de Saint-Germain à la mi-avril de 1649. Il jalonne ce laps de temps d'événements historiques marquants, bien datés : les premiers mouvements populaires (janvier 1648), l'évasion du duc de Beaufort (31 mai), la bataille de Lens (20 août) et la journée des Barricades (26-27 août), la fuite de la reine (nuit du 5 au 6 janvier 1649), qui entraîne le siège de la capitale. L'action quitte alors la France pour l'Angleterre jusqu'à l'exécution de Charles Ier, le 30 janvier. Après cette parenthèse, nous retrouvons Paris en guerre au début de février. Tout se termine par la signature de la paix et un *Te Deum*, le 15 avril 1649, auquel Dumas fait assister le roi et la cour, bien qu'ils n'aient regagné la ville, en réalité, que le 18 août.

Entre ces points fixes s'intercalent, précipitées ou distendues, les aventures des héros, permettant d'escamoter les événements historiques intermédiaires. Pourquoi raconter que la reine quitta Paris une première fois, en septembre 1648, puisque ce fut une sortie manquée ? Simplicité, clarté, rapidité : une telle schématisation est efficace.

Mais il y a plus. La brève période évoquée par Dumas est celle où s'opposent la cour et le Parlement de Paris, soutenu par le peuple. Les grands seigneurs ne sont pas alors le moteur de l'agitation. Certains d'entre eux tentent après coup de s'y associer, lors du siège de Paris, et d'en tirer profit. Mais il s'en trouve dans les deux camps. Certes Beaufort parade dans son rôle de « roi des Halles » et Mme de Longueville joue les héroïnes à l'Hôtel de Ville. Mais il n'existe pas alors – et pour cause – de « parti des princes », puisque Condé sert la Régente. Le ralliement autour de son nom aura lieu plus tard, en 1650-1652, après son emprisonnement. Quant à Mme de Chevreuse, elle est en exil à Bruxelles : elle ne reviendra qu'après la paix de Rueil, c'est-à-dire à la fin du roman !

Respecter l'histoire à la lettre, c'eût été amputer la Fronde de certaines de ses dimensions les plus connues : le sursaut de l'aristocratie contre la montée de l'absolutisme, l'enchevêtrement d'intrigues politiques et sentimentales, la guerre en dentelles sur fond d'amours princières. Dumas choisit de réunir, en une synthèse audacieuse, toutes ses composantes : le Parlement – qu'il réduit à la portion congrue parce que ses débats suintent l'ennui –, le peuple et les princes. Il dissimule les flottements chronologiques, gomme les changements de parti et de tactique, réduit les personnages à des espèces d'images d'Épinal : le rusé et cupide Mazarin, et la reine subjuguée par lui, Condé, le grand capitaine, l'ambitieux coadjuteur, le vieux conseiller Broussel, chéri du peuple, et la duchesse de Chevreuse, éternelle comploteuse à qui les années n'ont rien ôté de sa séduction. Les silhouettes sont dessinées d'un trait vigoureux et le climat est bien celui que l'on respire chez les mémorialistes. Cette reconstruction imposée par les impératifs de la narration aboutit à une stylisation très parlante : infidèle à la lettre, Dumas ne trahit pas l'esprit du temps.

Omniprésente comme moteur de l'action, l'histoire, dans *Vingt Ans après*, pèse aussi sur les personnages. Les protagonistes ont changé, ils ont perdu une part de leur indifférenciation première. Aux noms de guerre des mousquetaires en rupture avec leurs origines ont succédé des noms sociaux, marquant l'appartenance à une classe ou à un ordre : un grand seigneur, le comte de La Fère ; une sorte de bourgeois gentilhomme moliéresque, le sieur Porthos du Vallon de Bracieux de Pierrefonds, qui rêve d'un titre de baron ; un abbé ambitieux et secret, aimé des duchesses. D'Artagnan n'est resté ce qu'il était qu'en apparence : car il désespère désormais d'échapper à son état de cadet sans fortune. La Fronde les répartit deux contre deux, dans des camps politiquement et socialement opposés. Dès l'instant qu'ils ne défendent plus la même cause, il faut bien expliquer pourquoi : seul le climat de l'époque peut rendre compte de leur fraternité défaite et si péniblement reconquise.

L'évocation de ce climat autorise de très brillants excursus. On voit se glisser, entre deux péripéties, des tableaux, des « scènes historiques », inutiles au déroulement de l'action, mais qui en éclairent l'arrière-plan. Était-il indispensable de choisir, pour un bref entretien entre Athos et Aramis, la chambre de Scarron où s'entassent, au mépris de toute chronologie, les figures dominantes de vingt-cinq ans de vie littéraire passée, présente et à venir ? La découverte du monde par le jeune vicomte sert de prétexte au romancier, qui se mue ici en un très brillant peintre de mœurs. Un chapitre nouveau – « Le bonhomme Broussel » –, qui ne figure ni dans *Le Siècle*, ni dans l'édition Baudry, apparaît soudain dans la première édition belge de 1845 et dans l'édition de Fellens et Dufour en 1846. Addition ou réparation d'un oubli ? On ne sait. Mais cette scène de comédie en marge de l'action est une satire féroce des grands seigneurs démagogues. Et les derniers chapitres, très ironiques, sur les pourparlers de Saint-Germain, sonnent comme une condamnation de la Fronde.

Était-il possible de conserver, en racontant au public de 1845 un soulèvement populaire, la même indifférence que devant le siège de La Rochelle ? Les guerres de religion sont loin, la Révolution de 1789 toute proche. Aux barricades de 1648 s'en superposent d'autres, dans l'esprit de Dumas et de ses lecteurs. N'oublions pas qu'il avait arpenté le pavé, fusil à l'épaule, en 1830, et s'était associé aux manifestations qui suivirent les funérailles du général Lamarque en 1832. Ses évocations de la foule en furie sont plus proches de Victor Hugo que du cardinal de Retz. Mais le désenchantement a prévalu. Ce qui transparaît dans son récit, au bout du compte, ce n'est pas l'idéologie révolutionnaire, mais le scepticisme : ceux qui se sont battus, dans un camp ou dans l'autre, murmure d'Artagnan, ont tiré pour autrui les marrons du feu. La chose est vraie en 1845 comme elle l'était en 1649.

Quant au procès et à l'exécution de Charles Ier, comment n'auraient-ils pas évoqué dans toutes les mémoires le souvenir encore brûlant – et controversé – de ceux de Louis XVI ? Le sujet restait délicat, même sous la monarchie de Juillet. Dumas s'en tire en simplifiant à l'extrême la révolution anglaise. Il passe sous silence les abus de pouvoir et les mensonges de Charles Ier et fait de lui la pure victime d'un Cromwell diabolisé. Le « salut à la majesté tombée » s'adresse à la personne du roi et non à sa politique.

Le lecteur de *Vingt Ans après* se trouve donc convié à une réflexion sur l'histoire, qui faisait défaut aux *Trois Mousquetaires*. Il y perçoit aussi une interrogation sous-jacente sur le roman de cape et d'épée, ses thèmes et ses valeurs : ce qui allait de soi y devient problématique.

Pas de roman de cape et d'épée sans morale : une morale simple, claire, indiscutable. Les héros sont les meilleurs. À eux quatre, ils en valent cent. À cœurs vaillants, rien d'impossible – ou presque… Les vertus héroïques, inégalement distribuées entre eux, suffisent à les diversifier. Tous sont intrépides. Mais en d'Artagnan, l'esprit vaut le bras ; il possède, en plus du courage, l'intelligence et la capacité d'invention : à

lui le rôle de meneur de jeu. À ses côtés Porthos, le bon
géant : beaucoup de muscles, mais de cervelle, peu. Il
tord comme fétus les barreaux des prisons et renverse
les murailles. Pourquoi ne voir en lui que le portrait
du père de Dumas ou du grand-père de Maquet ? Il
a de plus prestigieux ancêtres : il descend d'Hercule,
d'Ajax, de Samson, tout comme son compagnon est
l'arrière-neveu d'Ulysse. Ils forment une paire d'amis
indéfiniment réincarnés en d'innombrables avatars :
ne sont-ils pas aujourd'hui Astérix le Gaulois et son
fidèle Obélix ?

L'équivoque et fuyant Aramis échappe à cette combinatoire des types éternels. Les caractéristiques sociologiques l'emportent chez lui. À lui seul seront accordés
le succès, le pouvoir à la fin du *Vicomte de Bragelonne*.
Athos y échappe lui aussi, par la qualité de l'âme. Sur
l'esprit et le bras, chez lui, le cœur l'emporte et le retient
souvent au bord de l'action. Incarnation de l'honneur
aristocratique dans ce qu'il a de plus intransigeant et
de plus haut, il a aussi d'autres aspirations, d'ordre
spirituel : il rêve de justice et de pureté. Hélas ! il est
le seul, dès avant le début des *Trois Mousquetaires*, à
avoir un passé. Et quel passé ! De ses épreuves, il est
sorti différent, et comme étranger à ce monde. La mort
de Milady l'en eût éloigné à jamais si sa paternité soudain découverte ne fût venue donner un sens à sa vie.
Mais il n'y tient que par ce fil – ce fils. C'est lui qui
donne au combat contre les méchants, ressort obligé
du roman d'aventures, sa dimension symbolique.

Face à nos quatre amis, en effet, il y a des méchants.
Pas beaucoup. L'univers de Dumas n'est pas noir,
même si certains de ses personnages le sont. Mais

ceux qui le sont, le sont bien. En fait, le pluriel est ici de trop : Rochefort réconcilié, Milady morte, il n'y en a plus qu'un dans *Vingt Ans après*, Mordaunt, auprès de qui pâliraient les « vilains » les plus endurcis du théâtre élisabéthain, les traîtres les plus ignobles du mélodrame. C'est un monstre d'une redoutable stature, qui contamine ceux qui l'approchent. Le mot noir ne lui convient d'ailleurs guère : le noir reste une couleur chaude, et Mordaunt est glauque et glacé. Plutôt qu'un tigre, un serpent venimeux, dont la vue fait frissonner, un de ces reptiles hideux promis à l'épée des chevaliers légendaires. Par Athos et par lui, *Vingt Ans après* quitte le terrain du pur récit d'aventures pour céder un instant à l'attrait du surnaturel.

Pas tout de suite. Comme le premier volet de la trilogie, le second fourmille d'épisodes mouvementés, prétextes à coups d'épée bien assenés ou à ruses bien ourdies. On crève beaucoup de chevaux, on rosse beaucoup de laquais, on se déguise. Rivières, fossés, murs et remparts sont des obstacles dont on se joue. On se bat, on se jette à l'eau, on sauve des vies, on en supprime – des figurants, toujours. On gagne, on perd. On court, on se sépare, on se retrouve, pour le meilleur et, plus rarement, pour le pire.

Le monde est petit et le hasard complaisant. De rencontres inopinées en avertissements opportuns, les coups de théâtre s'accumulent, soigneusement disposés pour tenir en haleine un lecteur impatient du prochain numéro. Le procédé, pour apparent qu'il soit, n'en est pas moins efficace. Mais l'allégresse qui présidait à l'évasion du duc de Beaufort, par exemple, cède peu à peu le pas à l'amertume. La mort de Charles Ier est pour nos héros un échec grave. Et le combat contre Mordaunt, qui lui fait suite, est tout autre chose qu'une péripétie : il met en question les notions mêmes de bien et de mal.

Déjà la mort de Milady donnait au dénouement des *Mousquetaires* un goût de cendres. La légitimité n'en était pourtant pas discutée : un tribunal, une sentence acquise par un vote, une décapitation dans les formes, par la main du bourreau. La justice était passée – la « justice de Dieu », avait proclamé l'exécuteur. Athos sait bien que c'est là un mensonge. Une vengeance privée, même si elle mime la procédure criminelle légale, n'est assimilable ni à la justice des hommes, ni, à plus forte raison, à celle de Dieu. Une malédiction poursuit donc dans *Vingt Ans après* les six juges improvisés de Béthune. Mordaunt est pour eux bien plus qu'un ennemi : l'instrument du destin. Les rencontres prennent valeur de signes. C'est la fatalité qui conduit au chevet du bourreau moribond, dévoré de remords et réclamant la confession, cette figure de la damnation qu'est le fils de Milady. La seconde victime est son oncle, lord de Winter. Pour interrompre la série, il faudrait écraser le serpent. Mais Athos s'y refuse : on ne peut effacer un crime par un crime.

Laisser périr les mousquetaires et triompher le monstre ? C'eût été contraire à toutes les règles du genre. La solution trouvée par Dumas a le double mérite de combler l'amateur d'aventures insolites, tout en se chargeant d'une signification symbolique. À un Mordaunt dont la traîtrise et la haine n'ont plus rien d'humain est opposé Athos, mis en péril par sa générosité même, mais dont la pureté est une cuirasse magique, dans un duel sous-marin qui nous dérobe ce que les yeux charnels ne doivent point voir : le combat du démon et de l'archange, arbitré par Dieu lui-même, ou par le destin.

Fatalité. Lutte, mais aussi solidarité mystérieuse du Bien et du Mal, consubstantiels à l'ordre même de la création. Ce n'est pas par hasard qu'Athos le juste a été l'époux de Milady. C'est pour l'enfant lumineux, le jeune Bragelonne, qu'il consent à tuer le fils de ténèbres né de la perfide. Mais il n'est pas délivré du mal. Et l'enfant n'est pas sauvé : il mourra dans sa fleur, et Athos ne lui survivra pas. La justice ni le bonheur ne sont de ce monde. La clef de notre destin est ailleurs. Un ailleurs dont le roman de Dumas, si critique à l'égard de l'Église institutionnelle, se garde bien de préciser les traits. Le lecteur familier de la littérature romantique se sent en pays connu. Sous la surface lisse et apparemment sans mystère du récit de cape et d'épée, ce sont les grands mythes hugoliens qu'il voit affleurer.

Affleurer seulement, et par intermittence. Dumas n'est pas Hugo. Il ne se meut pas à l'aise sur ces hauteurs et le sublime n'est pas son fait. Y croit-il lui-même, ou se contente-t-il d'exploiter une thématique attrayante ? Ce n'est pas là que l'écrivain est le meilleur en tout cas. Il admire Athos, mais c'est d'Artagnan qu'il aime et en qui il se reconnaît. Au chercheur d'absolu, il préfère le pragmatique plein de ressource et sagacité, honnête mais désormais sans illusions, qui, les pieds rivés au sol et les yeux grands ouverts, hésite entre l'émotion et le rire. C'est le subtil Gascon aux mille ruses qui donne le ton et le

tempo d'un récit organisé autour de sa personne. En
do majeur, et allegretto.

On ne s'attardera pas ici sur les mérites de Dumas
écrivain. Ils sont ceux mêmes qui ont assuré le succès
des *Trois Mousquetaires*. Son expérience de dramaturge n'est pas pour rien dans la vivacité des cadences.
La matière est distribuée en une suite d'épisodes discontinus, traités comme des scènes de théâtre, et qui,
tout en préparant la suite, apportent au lecteur la satisfaction d'un dénouement partiel. Quand il voudra,
pour la rentrée de 1845, en tirer une pièce*, il lui suffira d'isoler un groupe de séquences – en l'occurrence
l'aventure d'Angleterre ; le découpage est tout prêt.
À la fois une et multiple, l'action ainsi conçue crée,
épuise et recrée sans cesse sa propre dynamique.

Des descriptions réduites au strict minimum. C'est
tant mieux, elles sont plates. Peu d'analyse psychologique. Le récit s'en tient généralement à ce que font
ou à ce que voient les personnages. Lorsqu'il épouse
le cours de leurs pensées, il ne s'écarte qu'à peine de
sa trajectoire, car c'est à l'action passée ou à venir
qu'ils pensent. Leurs émotions, simples et fortes, sont
en prise directe sur le vécu.

Le texte est constitué, pour moitié au moins, de
dialogues. Des dialogues serrés, qui répugnent aux
longs développements et aux tirades. Un monologue
intérieur, de-ci de-là, vient donner un tour plus animé

---

* *Les Mousquetaires*, drame en cinq actes et treize tableaux,
dont un prologue, joué pour la première fois à l'Ambigu-Comique
le 27 octobre 1845, sous le double nom de Dumas et Maquet.

à des informations rétrospectives : ainsi Mazarin apostrophe-t-il en lui-même ses ennemis dans le chapitre initial, à valeur d'exposition. Charles Ier a droit, pour ses dernières recommandations à son fils, à trois ou quatre phrases, mais la harangue qu'il adressa au peuple sur l'échafaud est résumée en trois mots.

Conçu par un homme de théâtre exercé, ce dialogue cherche moins le naturel que l'éclat. Il est jalonné de mots qui font mouche. D'Artagnan, méridional à la parole facile, est également homme d'esprit : c'en est assez pour que Dumas lui délègue une part de son humour. De lui, une sorte de grâce s'étend aux autres personnages : même le balourd Porthos fait, à son propre insu, des bons mots. Dans *Vingt Ans après*, plus encore que dans *Les Trois Mousquetaires*, personnages et événements historiques sont traités sur le mode parodique. Des textes d'époque lui montraient la voie : la Fronde avait fait immédiatement l'objet, dans la littérature satirique, d'une transposition bouffonne ; libelles et chansons moquaient crûment les puissants du jour, Mazarin, mais aussi les princes, le coadjuteur et les belles dames pour qui amour rimait avec politique. Les mémoires du temps sont tout pétris d'irrévérence. Dumas n'a pas eu à forcer son talent pour peindre sous un jour ridicule ces ambitieux intrigants. Seules les exigences romanesques le contraignent d'épargner la duchesse de Chevreuse, dont il a fait la mère du jeune Bragelonne. Mais pour les autres, il n'est pas tendre. Le duc de Beaufort – qui, il est vrai, y montrait des dispositions naturelles – devient entre ses mains une extraordinaire figure burlesque.

D'un roman à l'autre, les héros ont vieilli, la tonalité a changé. *Les Trois Mousquetaires* étaient plus vifs, plus exubérants, plus enlevés – plus romanesques aussi. *Vingt Ans après* manque de figures féminines. Anne d'Autriche est moins attachante. La duchesse de Chevreuse ne remplace pas la tendre et touchante Constance Bonacieux. Les éléments historiques sont plus étoffés, la peinture de la société plus poussée. La réflexion morale s'est approfondie, échappant aux conventions du manichéisme. Les personnages ont mûri et beaucoup appris : ils ont fait l'expérience de la paternité – pour trois d'entre eux par personne interposée ; ils ont tâté de l'ingratitude et de l'injustice ; Athos est sorti marqué de sa double descente aux Enfers, sous l'échafaud avec Charles Ier et sous les flots de la Manche avec Mordaunt.

Mais, en dépit de cet enrichissement, la structure narrative y est semblable à ce qu'elle était dans *Les Trois Mousquetaires*. L'histoire n'empiète pas sur la fiction. Bien que les événements extérieurs occupent une place accrue, les aventures privées des quatre amis aux prises avec Mordaunt font plus que les contrebalancer. C'est sur eux que se focalise l'intérêt du lecteur, pas sur les acteurs de la Fronde réduits à l'état de figurants, ni même sur Charles Ier, condamné d'avance. Le romancier ne perd à aucun moment la maîtrise de la matière historique qu'il brasse.

Cette structure pourra-t-elle être maintenue dans le troisième volet de la trilogie ? Des héros vieillis, désenchantés, n'ayant plus grand-chose à apprendre, pourront-ils transmettre au jeune Bragelonne le flambeau qui tend à s'échapper de leurs mains? L'histoire se laissera-t-elle encore confiner au magasin des accessoires? Autant de difficultés auxquelles Dumas semble n'avoir pas songé lorsqu'il annonce, porté par le succès, le troisième tome de la trilogie.

CHAPITRE 13

Le Vicomte de Bragelonne

En 1845, c'est chose faite : Dumas a supplanté Eugène Sue comme maître du roman-feuilleton. Au premier semestre, on ne compte quasiment pas de jour sans qu'on en trouve un de lui, dans un journal ou un autre. Il y en a souvent deux, et quelquefois trois*. Sa collaboration avec Maquet est bien rodée, le travail marche vite. À la fin de l'été, il s'apprête à entamer, sur sa lancée, *Le Vicomte de Bragelonne*, dont il a déjà en tête les grandes lignes. Cinq ou six mois devraient suffire pour en boucler la publication. La date initiale n'est pas encore arrêtée, mais on la présume proche, puisque le contrat est signé. Il est prévu six volumes, un peu moins que pour *Les Trois Mousquetaires* et *Vingt Ans après*, qui en comportent huit et neuf. Bref, tout est prêt, l'entreprise est d'ampleur raisonnable, elle est sur les rails, elle devrait marcher toute seule. À moins que quelques grains de sable ne viennent enrayer le mécanisme ou faire dévier sa trajectoire. Or il y en aura de deux espèces, les uns imputables à Dumas lui-même, les autres extérieurs, qui feront du

---

* Voir le tableau figurant au début du chapitre 10, page 149.

Vicomte de Bragelonne un roman profondément différent de ses aînés.

Dumas a réussi sa mutation, le romancier a pris le pas sur le dramaturge. Cette reconversion lui apporte gloire et fortune. Comment résisterait-il au vertige qui s'empare de lui? Trois ans durant, il vit un vrai conte de fées, oubliant que le carrosse doré peut redevenir citrouille. Ne nous étonnons pas que le rythme de son travail en souffre parfois. Le miracle est qu'il ait continué de travailler.

La pompe à finances fonctionne à plein rendement. Bien qu'il réserve à l'écriture narrative sa veine créatrice, il n'a pas pour autant renoncé au théâtre, qui lui fournit des revenus accessoires et dont les coulisses regorgent d'actrices en mal d'engagement, prêtes à lui tomber dans les bras. En adaptant pour la scène ses propres romans, débités en tranches, il gagne sur tous les tableaux, invitant les lecteurs à devenir spectateurs et réciproquement, puis tirant du passage en librairie des textes dramatiques une nouvelle source de recettes. Le Théâtre-Historique le soustrait bientôt à la tyrannie des directeurs de salles. Derrière un prête-nom, il en est le directeur en titre et l'administrateur – maître de choisir les programmes et d'encaisser les bénéfices. Il est difficile d'apprécier les revenus qu'il tire de l'ensemble, mais on peut s'en faire une idée. En épluchant ses contrats, Claude Schopp a fait le calcul pour le premier semestre de 1847, qui constitue, il est vrai, un pic : il aurait touché en six mois près de 180 000 francs[20] – plus du double de son revenu annuel moyen en 1840 et cent cinquante fois plus que son salaire annuel de naguère dans les bureaux du duc d'Orléans ! Même amputée des rémunérations versées à Maquet, une telle somme est proprement astronomique.

Le voici libre. Il a toujours aimé s'entourer d'amis, mais les artistes qu'il recevait à la bonne franquette dans des locaux de fortune au temps d'*Antony* se sont dispersés et parfois embourgeoisés. Longtemps boudé par la bonne société, que rebutaient ses origines et son mode de vie, il prend sa revanche. Son succès fait sauter les barrières. À la villa Médicis, puis dans son château de Monte-Cristo, il trouve un cadre à la mesure de son nouveau statut. Il y tient table ou même maison ouverte, hébergeant sans compter nombre de parasites attirés par sa générosité légendaire, qui forment autour de lui une sorte de cour. Il ne lui déplaît pas d'en mettre plein la vue aux visiteurs occasionnels. Nouveau riche, parvenu ? Oui, certes, il l'est, mais dans des proportions si colossales qu'elles font taire les quolibets. Et les habitants de Saint-Germain-en-Laye sont si fiers de leur grand homme qu'ils lui confèrent le grade, électif, de colonel dans la Garde nationale* de leur ville.

Sa notoriété semble en passe de lui ouvrir la voie des honneurs. Il s'en était cru exclu par la mort de l'héritier du trône, mais en 1846 se prépare à Madrid un double mariage : celui de la toute jeune reine

---

* Milice bourgeoise traditionnellement chargée du maintien de l'ordre. Il y fut élu en 1846.

d'Espagne, Isabelle, âgée de onze ans, avec un de ses cousins, et celui de sa sœur Louise, huit ans, avec le plus jeune fils du roi, le duc de Montpensier, en qui il a trouvé un nouvel admirateur. Il parvient à se faire agréger à l'importante délégation française qui doit assister à la cérémonie, à la condition de prolonger son voyage par la visite de l'Algérie, désormais pacifiée et dont le gouvernement compte faire une colonie de peuplement. Un magnifique pays, que le ministre souhaite « populariser » ! « Que Dumas écrive deux ou trois volumes sur lui, suggère-t-on ; sur trois millions de lecteurs, peut-être donnera-t-il à cinquante ou soixante mille le goût de l'Algérie[21]. »

Départ le 3 octobre : le mariage est pour le 10. La dotation est pingre. Dumas qui, flanqué de son fils, de Maquet et de quelques amis, tient à jouer les grands seigneurs, hypothèque ses revenus à venir. Calepin en poche, il rentabilise le voyage par un récit – *De Paris à Cadix* – où le tourisme tient plus de place que les fastes matrimoniaux. Pour l'Algérie en revanche, son ordre de mission lui vaut une corvette, *Le Veloce*, qui le promène de Cadix à Tanger, puis à Alger et jusqu'à Tunis, avec réceptions et visites de monuments, jusqu'à ce que Bugeaud, pressé de récupérer son navire de guerre, le réexpédie en France sur un bateau de ligne. L'histoire ne dit pas si l'investissement fut rentable pour la colonisation.

Il débarque à Toulon dans les premiers jours de janvier 1847, regagne Paris en hâte pour préparer l'inauguration triomphale du Théâtre-Historique. Il nage dans l'euphorie. Le 25 juillet 1847, au lendemain de son quarante-cinquième anniversaire, le Tout-Paris artistique et littéraire se presse lors de la vaste fête qui réunit six cents invités, pour pendre la crémaillère, dans son château de Monte-Cristo. A-t-il oublié qu'il ne dispose pas, comme son héros, du trésor de l'abbé Faria ? Sa fortune est en grande partie fonction de sa production romanesque – laquelle semble au point mort.

Le gérant du *Siècle*, Louis Perrée, le rappelle à l'ordre : deux ans ont passé depuis que *Le Vicomte de Bragelonne* a été annoncé et il n'en a pas encore reçu une ligne. À la fin août, Dumas promet de s'y mettre et il y met Maquet. Bientôt, le journal peut affirmer qu'il a en mains le début du manuscrit. La première livraison a lieu enfin le 20 octobre. Dès lors commence une course contre la montre entre la rédaction et la publication, d'autant que les deux compères mènent d'autres romans de front. « Par grâce, de la copie – nous voilà rejoints par *La Presse*, écrit Dumas à Maquet vers la mi-novembre. Ne pouvons-nous tous les jours faire 35 pages de *Balsamo* et 35 de *Bragelonne*[22]* ? » Le directeur du *Siècle*, resté les mains vides, invoque chez l'auteur « des raisons de santé sans gravité » pour justifier une interruption d'une semaine**. Il y en aura, hélas, plusieurs autres.

Travailler ainsi le couteau sur la gorge ne va pas sans inconvénients. Outre que cette méthode incite à tirer à la ligne, elle exige une régularité de vie et une disponibilité parfaites. Cahin-caha, Dumas tient le rythme pendant deux mois encore. Vers la fin de février 1848, il achève sur le chapitre LXXX, où est

* *La Presse* est le journal qui publie *Balsamo*.
** Du 9 au 16 décembre, à la fin de l'actuel chapitre XXVII.

annoncé le départ de Louise de La Vallière pour Paris, la rédaction du cinquième volume, dont la publication remplira tout le mois de mars. L'idylle du roi et de la jeune fille n'étant pas encore entamée, il est clair que la suite du roman excédera les six volumes prévus. Mais la parution de cette suite est brusquement suspendue. Elle ne reprendra que le 28 septembre. C'est que l'histoire présente, en train de se faire, a fait irruption dans la vie de Dumas et l'a bouleversée. Un séisme politique brutal vient de mettre à bas le régime de Louis-Philippe.

De joutes oratoires à la Chambre des députés en polémiques par voie de presse et en campagnes de banquets patriotiques, on la sentait bien venir, cette explosion, qui en trois jours – 22, 23 et 24 février 1848 – balaya la dynastie d'Orléans et engendra une république minée de contradictions, avant de déboucher sur le Second Empire. Hélas ! Dumas n'avait rien prévu de tel. Dans le cadre d'une monarchie constitutionnelle, il réclamait, comme beaucoup, une libéralisation du régime et il prônait l'amélioration des conditions de vie des classes populaires, sans s'interroger sur ses modalités. Il assista au contraire à la décomposition de la monarchie de Juillet, dont il avait salué sans déplaisir la naissance et sur qui il avait misé plus qu'il ne voulait le reconnaître.

Les événements ont sur lui des répercussions directes. Qu'il ait arpenté le terrain pendant les trois journées décisives n'eût pas tiré à conséquence sur son travail s'il ne s'était aventuré ensuite dans le combat politique et la compétition électorale. Mettant sa plume au service de ses idées, il lance en mars 1848 un mensuel, *Le Mois*, « outil pédagogique destiné à l'instruction politique des masses », qui parviendra tant bien que mal à survivre deux ans et, le 20 mai, un quotidien, *La France nouvelle*, qui tiendra un mois et quatre jours ! Persuadé que sa popularité d'écrivain lui vaudra un succès dans les urnes, il se présente aux élections pour l'Assemblée constituante, avec des résultats pitoyables. Un premier échec ne le décourage pas. Obstiné, il profite de scrutins partiels pour tenter sa chance dans d'autres circonscriptions avant de se rendre à l'évidence : littérature et politique ne vont pas de pair. Quelques-unes de ses professions de foi nous sont parvenues. Destinées à plaire à un électorat majoritairement conservateur, elles ne brillent ni par le talent, ni par la clarté. Temps et argent perdus : c'est du gâchis. Comment pourrait-il attirer les suffrages, alors que les événements mettent à mal les convictions politiques qu'il croyait siennes ?

Débordé, il assiste, d'abord incrédule puis affolé, au conflit qui oppose l'Assemblée légalement élue à l'insurrection, orchestrée par les socialistes, des milliers d'ouvriers parisiens réduits au chômage. Trois jours de guerre civile féroce, écrasée dans le sang, expliquent qu'il se soit rallié faute de mieux, pour la présidence de la République, à la candidature de Louis-Napoléon Bonaparte. Ancien carbonaro et auteur d'un ouvrage sur *L'Extinction du paupérisme*, celui-ci passait pour un homme de gauche. Mais après son élection triomphale en décembre 1848, on put constater très vite qu'il ne s'agissait pas exactement d'un démocrate.

Dumas sortit de ces deux années de troubles profondément ébranlé*. Il faut ajouter que ses affaires, pendant qu'il courait après les électeurs, ont subi de plein fouet la conséquence des troubles et de la récession qui s'ensuivit. Les théâtres furent les premiers touchés. Pas de représentations, pas de rentrées. La presse et la librairie ayant dû réduire leur tirage, il n'était pas question d'en obtenir un sou de plus, alors que se déchaînait la meute des créanciers. On comprend donc sans peine que ce troisième roman, dont la rédaction s'étire sur toute cette période, porte la trace matérielle de ces bouleversements dans sa composition, et que l'optimisme des précédents y soit supplanté par le désenchantement.

Le Vicomte de Bragelonne est construit au départ sur le même modèle que les deux premiers volets de la trilogie. Une tranche chronologique assez courte, mais marquée par des événements significatifs. Un double ancrage géographique – France et Angleterre. Deux catégories de personnages, les uns, historiques, jouant en arrière-plan un rôle proche de celui qu'ils ont tenu dans la réalité, les autres, fictifs ou semi-fictifs, en position de protagonistes, menant en parallèle une action au service des premiers et des aventures qui leur sont propres.

Le Vicomte de Bragelonne semble d'abord se plier à ce schéma. Dix ans ou onze ans plus tard, l'histoire présente à nouveau, en France comme en Angleterre,

---

* On reviendra plus loin, au chapitre 16, sur son évolution politique pendant la Seconde République.

un tournant décisif, accompagnant la relève des générations. À Londres, Charles II retrouve le trône de son père. À Paris, Louis XIV entame, après la mort de Mazarin, un long règne où il gouvernera sans partage. Les jalons posés dans *Vingt Ans après* prévoient deux centres d'intérêt seulement, la restauration anglaise et la rivalité entre le fils d'Athos et le jeune roi auprès de Louise de La Vallière[23]. Rien de comparable ni avec les turbulences dramatiques traversées naguère par les deux pays, ni avec le combat épique mené en privé par les héros contre les forces du mal incarnées. Le seul atout qu'apporte au narrateur l'entrée en scène de « cette belle jeunesse », c'est le retour des femmes et de l'amour qui avaient fait défaut à *Vingt Ans après*[24]. Cela suffira-t-il à donner du ressort à l'action ?

La documentation disponible sur Charles II est d'un maigre secours. *L'Histoire de la révolution d'Angleterre*, de Guizot, fournit à Dumas les éléments du récit rétrospectif qu'il place dans la bouche de son personnage. Mais la Restauration proprement dite est pauvre en péripéties puisqu'elle se fit sans combat. Le romancier est donc livré aux ressources de son imagination pour animer un événement peu dramatique. L'épisode, conté sur le ton alerte qu'on lui connaît, fourmille d'aventures surprenantes. Le lecteur ne boude pas son plaisir à voir Athos et d'Artagnan patauger à l'aveuglette dans les marais de Newcastle. Et les dialogues sont vifs. Mais l'enlèvement du général Monck a un petit air de déjà-vu : il rappelle la séquestration de Mazarin à la fin de *Vingt Ans après*. Et surtout cet enlèvement se révèle inutile, puisque Monck était d'ores et déjà décidé à rétablir le roi. Certes quelques-uns de nos héros feront le voyage d'Angleterre un peu plus tard. Mais dans un roman de cape et d'épée, un royaume pacifié ne peut être qu'un prétexte à des tableaux d'histoire.

En ce qui concerne la France, au contraire, l'information est surabondante et Dumas, qui vient de terminer *Louis XIV et son siècle*, la possède sur le bout du doigt. Sur les débuts du nouveau règne, les mémorialistes du temps sont intarissables. Une aubaine pour des rédacteurs en mal de copie, mais pas forcément un cadeau. Pour la mort de Mazarin, ils disposent de l'abbé de Choisy. Pour les débuts du jeune roi, Mme de La Fayette offre, dans son *Histoire de Madame Henriette*, une brillante chronique de l'été de 1661 à Fontainebleau, où la jeune cour vole de fête en fête et d'amours en amours. Pourquoi prendre la peine d'inventer ? Il suffit de broder dans leurs marges. Mais Dumas a vite compris que les intrigues sentimentales ne suffiraient pas à soutenir l'intérêt. Il introduit donc un personnage nouveau appelé à occuper le devant de la scène, le célébrissime surintendant Fouquet. Puis pour faire bonne mesure, il en convoque un autre, non moins illustre bien qu'anonyme, le mystérieux Masque de fer. Si avec cela les directeurs de journaux n'en ont pas pour leur argent, ils seront bien difficiles.

Ce ne sont donc pas deux romans, mais quatre que *Le Vicomte de Bragelonne* contient en substance. Emboîtés les uns dans les autres, ces quatre éléments n'offrent pas entre eux de cohérence, en dépit du soin que met Dumas à multiplier les renvois. Certes en bon dramaturge, il aime savoir où il va. Mais dans le cas de *Bragelonne*, le plan qui nous est parvenu – de la main de Maquet – donne l'impression d'accompagner la rédaction et non de la précéder[25]. Au lieu de converger, comme *Les Trois Mousquetaires* ou *Vingt Ans après*, vers un dénouement qui referme l'action sur elle-même, le roman vogue à l'aventure au gré des événements historiques qui lui servent de cadre. Il s'élargit et se déploie en éventail. Constitué d'intrigues juxtaposées qui ont chacune leur dénouement partiel, mais contiennent des pierres d'attente pour autre chose, il est susceptible de rebondir sans fin. Comment terminer un pareil récit? Visiblement, il n'était pas prévu de faire mourir les quatre amis. Athos, oui : sa mort est inscrite dans celle de son fils. Mais les autres? Passe encore pour Porthos. Mais on sait que Dumas voulait sauver d'Artagnan et a dû le sacrifier aux exigences des éditeurs. Quant à Aramis, indestructible, il prend un essor final à l'échelle du monde. Dans sa structure, *Bragelonne* relève moins du théâtre que les deux premiers volumes et tend davantage vers la grande fresque historique. Il brasse une matière plus riche et plus diverse. On ne s'étonnera donc pas qu'il se sente à l'étroit dans les limites initialement fixées.

Il est regrettable cependant que les circonstances aient empêché Dumas de conserver le plein contrôle des ébauches que lui fournissait Maquet. Or le partage des tâches est perturbé en 1848-1849 par ses défaillances, quand d'autres activités viennent l'accaparer. Quelle que soit la responsabilité de l'un ou de l'autre, une chose est sûre, le récit gonfle à vue d'œil, il s'étend, il s'étire, il se perd dans les chassés-croisés amoureux qui agitent la cour autour d'Henriette d'Angleterre.

Le roman finit, à l'arrivée, par occuper deux fois plus d'espace qu'il n'était prévu. Trop de matière, des sources trop aisées à démarquer ; l'absence de recul faute de temps, la trop rapide relecture ; la tentation d'allonger des textes payés à la ligne ; la lassitude enfin, lors de ces travaux forcés prolongés : voilà bien des raisons suffisant à expliquer que l'intérêt ne se maintienne pas continûment et que narrateur et lecteur sommeillent parfois de concert. Mais les splendides morceaux de bravoure qui ponctuent le voyage offrent à eux seuls une compensation.

Le démarquage des mémorialistes a aussi un autre effet secondaire dans *Le Vicomte de Bragelonne* : il renforce, au détriment de la fiction, la part de l'histoire. Non que Dumas soit davantage prisonnier de la chronologie. Bien qu'il feigne d'inscrire son récit dans un calendrier très précis et qu'il respecte les grandes dates, il use avec les éléments de moindre importance du mélange de fidélité et de désinvolture qui caractérise ses romans antérieurs. Il manipule les lieux et surtout les temps pour concentrer l'action et en éliminer les passages à vide : travail de dramaturge dont les premiers chapitres fournissent un échantillonnage complet. Quelle importance, puisque les faits sont exacts et que leur rôle dans l'action n'en est pas affecté ?

Pour évoquer les personnages historiques, il continue de respecter ce que le public est supposé savoir d'eux. Or malheureusement pour lui le public en sait beaucoup, depuis un quart de siècle qu'on lui débite son histoire en tranches sur la scène et dans les livres.

Impossible de montrer Mazarin autrement que sous les traits d'un valet de comédie pleutre, fourbe et rapace. Impossible de ne pas s'attendrir sur le sort atroce du Masque de fer, quelle que soit son identité. Impossible de ne pas plaindre Fouquet, victime des manigances du sinistre Colbert : les nymphes de Vaux ont plaidé sa cause par la plume de La Fontaine. Mais ils ne sont pas pour autant des fantoches à distribuer tout uniment entre bons et méchants : ce qu'ils ont fait parle pour eux et vient parfois contredire l'image qu'en a donnée le romancier. Bref, plus le narrateur colle à l'histoire, moins il est libre et plus il s'expose à des contradictions.

D'autre part, lorsque s'inverse le rapport entre fiction et histoire, lorsque les personnages réels envahissent la scène aux dépens de leurs homologues fictifs et se chargent de conduire l'action, tout l'équilibre du récit se trouve bouleversé. Dans *Les Trois Mousquetaires*, les personnages inventés sont centraux. C'est vers eux qu'est dirigée l'attention, c'est à leur sort qu'on s'intéresse, c'est par leurs yeux qu'on voit le reste du monde. On peut les aimer sans arrière-pensées, ils sont les meilleurs. Et ils gagnent. Pas d'ambiguïté : en ordre dispersé ou tous quatre réunis, ils sont les maîtres du jeu. Dans *Vingt Ans après* déjà, l'histoire s'immisce dans l'action, suspendant par intermittence l'attention qu'on leur porte. Mais la prééminence leur est vite rendue. Aucun personnage n'est capable de les supplanter dans l'esprit et le cœur du lecteur. *Bragelonne*, au contraire, après avoir débuté sur cette lancée, change d'angle de vue à la fin de l'épisode anglais. Pas le moindre mousquetaire, même caché

derrière une tenture, dans le chapitre sur la mort de
Mazarin ! Les quatre amis sont quasi absents de Fontainebleau, où le pauvre Raoul n'est que l'ombre de ce
qu'ils étaient. Les protagonistes sont désormais, pour
un bon bout de temps, le roi, la reine mère, Henriette
d'Angleterre et son époux le duc d'Orléans, avec la
foule de comparses gravitant autour d'eux. Voilà que
nos héros bien-aimés cessent de mener la danse. Ils
sont confinés au parterre, comme spectateurs, voire
relégués dans la coulisse d'une action qui se déroule
en dehors d'eux, à moins qu'ils ne jouent les utilités
au service des puissants ou qu'ils n'en soient les victimes. L'histoire, par l'entremise de ses grands acteurs,
a envahi le roman et le tire vers la chronique.

Dumas sait que ce glissement est mortel. Il s'efforce
désespérément de ramener le lecteur vers ses héros. Il
plaide coupable pour se faire pardonner une absence
prolongée de d'Artagnan ou de Porthos, et n'hésite pas
à intituler crânement un chapitre : « Où il semble à
l'auteur qu'il est temps d'en revenir au vicomte de
Bragelonne. » Mais à qui la faute, si l'intérêt s'est
détourné d'eux ? Les excuses, même présentées avec
esprit, ne suffisent pas à relancer un récit qui s'égare
dans les intrigues de cour et s'effiloche. La « belle
jeunesse » ne tient pas les promesses espérées. Même
la vie privée des héros est piégée par l'histoire : chacun sait bien que Louise de La Vallière n'épousera
pas Bragelonne. La paternité réussit mal à Athos : à
se faire trop tendre, il devient ennuyeux. Elle ne réussit pas non plus à son rejeton. Pâle reflet de son père,
le malheureux garçon, trop bien élevé, trop « comme
il faut » et totalement dépourvu de sens de l'humour,

ne dit et ne fait rien qui ne soit convenu, prévisible. Dumas a-t-il oublié que ce triste héros est aussi le fils de la pétulante Mme de Chevreuse, qui savait mener de front intrigues et amours ? Trop protégé par les quatre amis, il lui manque de s'être trempé le caractère à l'épreuve de la vie. Certes, il est bon escrimeur, comme l'exige son rang. Mais si peu mousquetaire ! Dans les relations humaines, sa candeur face au mensonge n'a d'égale que son apathie face à l'offense. Sorti d'un roman de chevalerie mâtiné de romantisme, il part vaincu d'avance, décidé à mourir. Il ne laisse que peu de regrets : « Que Raoul de Bragelonne aille se faire tuer, nous nous en moquons », dira crûment Paul Morand[26].

Les malheurs bien connus de Nicolas Fouquet offrent au romancier un épisode parallèle aux idylles de Fontainebleau, également tiré de l'histoire et inspiré, lui aussi, par les mémorialistes du temps – où tout suspens est donc exclu. Sa munificence et son mécénat, ses succès auprès des femmes, les fortifications de Belle-Île, la haine de Colbert et les exigences financières du roi, entraînant sa ruine, tout cela relève de la chronique. L'issue est connue d'avance : Fouquet, bouc émissaire, paiera pour tous les prévaricateurs qui se sont engraissés durant la guerre. Mais où sont passés nos héros favoris ? Trois d'entre eux, en marge de la cour, n'ont d'autre projet personnel que de survivre, de s'anoblir ou de s'enrichir. Il en reste un tout de même, Aramis, que Dumas fait reparaître à l'improviste, comme architecte de Belle-Île. Dans *Vingt Ans après*, il avait troqué son surnom et sa tenue de mousquetaire contre la robe noire et le

petit collet de l'abbé d'Herblay. Le revoici tout de vio-
let vêtu, en évêque de Vannes, plein d'onction et de
secrets, qui entame avec un d'Artagnan trop curieux
des dialogues à fleurets mouchetés prometteurs de
surprises. La suite laisse à penser qu'il n'est pas un
simple exécutant au service du surintendant. Mais nul
ne peut prévoir qu'il prépare un coup de théâtre d'une
hardiesse insensée. C'est à l'intérieur de l'histoire, au
cœur d'un de ses épisodes les plus célèbres, qu'il va
se glisser pour la subvertir et tenter d'en modifier le
cours. Dumas, rompant avec les faits attestés, entraîne
le lecteur dans un univers imaginaire saturé d'arché-
types légendaires, où les êtres, confrontés à des situations totalement invraisemblables, se haussent aux
dimensions de l'épopée.

Dumas ne s'embarque jamais dans le vide. Son imagination fonctionne à partir d'éléments préexistants,
qu'elle amplifie, remodèle et combine. On reconnaît
là le procédé, familier à la dramaturgie classique, de
la contamination entre diverses sources. La trouvaille
de génie, dans son cas, est de greffer sur l'histoire de
Fouquet celle du Masque de fer. Un personnage de
plus, est-ce sage ? Il y en a déjà tant que le lecteur s'y
perd. Oui, mais celui-là n'est pas n'importe qui. Il est
archicélèbre. Voué à un malheur insigne, il se prête
à des évocations pathétiques. Mystérieux à souhait,
il autorise toutes les manipulations. L'étrange captif
promené de prison en prison par un geôlier féroce
avait déjà nourri une abondante littérature, riche en
variantes, lorsqu'il fascina Dumas, occupé à rédiger
Louis XIV et son siècle. Non content de lui consacrer

un chapitre entier dans sa compilation historique, il y joignit une longue note répertoriant les quatorze hypothèses émises jusque-là sur son identité[27] ! Du coup, il n'a pour *Le Vicomte de Bragelonne* aucune recherche préliminaire à faire, il lui suffit de démarquer son texte antérieur. À un détail près cependant. Dans la première version, il penchait pour un fils aîné qu'Anne d'Autriche aurait eu secrètement de Mazarin – non sans achopper sur la question de la date. Dans le roman, il se rallie à une autre solution, celle d'un frère jumeau de Louis XIV – un vrai, en tous points semblable. Ni adultère de la reine, ni rupture dans la chaîne dynastique légitime : il ménage son lectorat, très à cheval sur les principes. Et il sait bien qu'il tient, avec le thème des jumeaux revendiquant un unique trône, un vaste répertoire d'effets dramatiques.

Reste à nouer l'intrigue qui unit le Masque de fer à Fouquet. À cette fin, il imagine une aventure inédite, où le fils caché serait substitué sur le trône à son frère, assurant par là le salut du surintendant. Pour faire passer cet ahurissant épisode, qui défie le sens commun, il dispose par miracle d'un lieu sur mesure. Qui dit Fouquet dit Vaux et songe à la fête éblouissante et tragique offerte au roi dans ce château déguisé pour un soir en décor de conte de fées. Nul cadre ne se prête mieux à abriter, dans le roman, l'interversion des deux rois, grâce à un mécanisme proprement théâtral, que Dumas, en bon praticien, a pu voir fonctionner *de visu*, mais qui rappelle aussi les mirifiques « machines » véhiculant dieux et démons dans l'opéra au temps de Lully. Ne cherchez pas son emplacement sur un plan : la chambre royale ne se trouvait pas sous

le dôme abritant le machiniste. Laissez-vous prendre
à la magie qui émane de ce château où tout était possible.

Le lecteur en est averti bien avant que d'Artagnan
ne le découvre : Aramis est le maître d'œuvre de cette
fantastique entreprise. Intelligent, habile, secret, il a
les capacités requises. Le voici aux commandes, dans
l'ombre du surintendant. Comment lui est venue cette
ambition nouvelle ? Travaille-t-il pour Fouquet ? Ou
plutôt se sert-il de lui pour la conquête du pouvoir ?
On ne sait, tant il cache en lui de profondeurs inexplo-
rées. Mais il apparaît vite que son action est entravée
par le manque de moyens – appuis politiques et ressources financières. Dumas le promeut donc général
des jésuites.

Avouons-le, cet avatar imprévu du personnage nous
surprend. Mais à sa date, il était dans l'air du temps.
Échappant à l'autorité du clergé français, puisque
directement liés au pape par un vœu d'obéissance absolue, les jésuites heurtaient les catholiques gallicans
presque autant que les libéraux anticléricaux comme
Michelet ou Edgar Quinet. L'opinion publique, très
hostile, leur attribuait des activités mystérieuses et
criminelles. Trois ans plus tôt, leurs sombres machinations avaient fourni les ressorts du *Juif errant*
d'Eugène Sue, nourrissant tous les fantasmes. Le
filon valait d'être exploité, au mépris de la vérité historique. Reproduisant la structure de certaines socié-
tés secrètes du XVIIe siècle comme la Compagnie du
Saint-Sacrement, mais infiniment plus puissante, la
Compagnie de Jésus selon Dumas a infiltré la société
civile. Elle inclut, à côté des prêtres dûment consacrés

et soumis à une stricte hiérarchie, un réseau d'affiliés laïcs qui leur doivent obéissance. De quoi faire d'Aramis une sorte de démiurge aux pouvoirs illimités, sur qui la mort même semble n'avoir pas de prise. Son entreprise échoue par la faute de Fouquet, complice involontaire, chez qui prévaut le sens de l'honneur. Le malheureux Philippe de France retrouve sa prison et son masque. Mais le lecteur a droit à un surcroît de suspens et de péripéties, avec le double coup de théâtre final : le sauvetage d'Aramis en fuite par le navire royal chargé de le capturer, puis son retour en force comme ambassadeur d'Espagne. Le personnage en acquiert une stature qui n'a pas d'équivalent dans le reste de la trilogie.

Comment Philippe aurait-il pu, sur la seule consultation de documents, imiter Louis XIV sans l'avoir jamais vu, au point de s'en rendre indiscernable ? Les esprits rationnels renâclent. Dumas s'en tire par la fuite en avant, en forçant la note. Tant qu'à malmener la vraisemblance, autant ne pas le faire à demi. Par un saut qualitatif, il prend soin de nous transporter dans un autre univers, celui des grandes légendes épiques. Sans rien perdre de leurs caractéristiques bien connues, les personnages font l'objet d'un agrandissement qui en modifie la nature. Les simples hommes qu'ils étaient se muent en héros – au sens antique du terme –, c'est-à-dire en créatures intermédiaires entre l'humanité et les dieux, inspirant à ceux qui les croisent une révérence sacrée. De leur part, tout devient croyable. Les situations auxquelles ils sont confrontés sont la réplique d'autres, très fameuses, qui leur communiquent une partie de leur aura. Elles

236 Dumas et les Mousquetaires

font de leur existence l'accomplissement d'un destin. Pour que le lecteur ne s'y trompe pas, Dumas se réfère explicitement à Homère ou à la Bible. Ainsi, le repas où Fouquet, ruiné, réunit ses amis avant de partir pour Nantes devient « la Cène ». Plus impressionnants encore, les chapitres où Aramis, avant de procéder à l'échange des rois, offre au jeune Philippe le choix entre la puissance et la gloire assorties de périls, ou une paisible existence de gentilhomme campagnard – un choix traditionnel, proposé naguère au jeune Achille au seuil de la guerre de Troie. Mais la référence est ici la scène de l'Évangile où Satan, « le Tentateur », fait en vain miroiter aux yeux du Christ, pour le dissuader de se sacrifier, tous « les royaumes et les puissances de la terre[28] ». Le jeune homme, lui, succombe, scellant ainsi son rejet dans les ténèbres du cachot.

Passe pour Fouquet, pour Aramis, et pour le Masque de fer. Mais il est un personnage qui semblait rebelle à toute héroïsation, le brave Porthos, réservé jusque-là aux emplois de comédie. C'est lui, pourtant qui bénéficie de la plus extraordinaire métamorphose, où le grandiose et le burlesque se répondent comme l'endroit et l'envers d'une même étoffe. D'exceptionnelle qu'elle était, sa force devient surhumaine et l'apparente à tous les géants de légende qui se jouent des murs, des serrures et des grilles ou expulsent les assaillants d'une simple pichenette. Sa candeur croît à proportion. Et Dumas en profite pour mettre au point un jeu verbal réjouissant. Comme Porthos ne comprend rien à l'entreprise où l'a entraîné Aramis, ses propos sont pour le lecteur averti un ramassis d'inadvertances, qui manquent à chaque fois de la faire capoter. D'où des quiproquos et des rétablissements acrobatiques. Mais il y a plus. On s'aperçoit vite en effet que, sur des prémisses erronées, il raisonne en réalité très droit. Et ses remarques naïves mettent en lumière les mensonges de ses interlocuteurs, de façon analogue à ce que les Britanniques nomment *nonsense*, où d'apparentes absurdités viennent dynamiter formules et idées toutes faites. Porthos, lui, ne voit pas ces mensonges, parce qu'il a en ses amis une foi absolue. Son cœur est à la mesure de l'amour qu'il leur porte. Il a l'innocence, la droiture et la pureté des héros d'épopée, qui n'ont pas eu commerce avec le mal. Frère lointain des Titans révoltés qui s'armèrent contre Zeus et furent enchaînés sous l'Etna, il participe comme eux de la matière brute, son poing est de pierre et son bras d'acier. Il meurt, invaincu, transfiguré, parce que son heure est venue, et les rochers de la grotte effondrée lui offrent le seul sépulcre à l'échelle de sa démesure.

Dumas désirait « donner à la mort de Porthos toute la grandeur possible[29] ». Il y a réussi : c'est le plus beau chapitre du roman, un morceau d'anthologie. Il a fait plus encore : il y a mis de l'amour. Son fils, venant le voir, le trouva triste, les yeux rouges. « Qu'est-ce que tu as ? – Un gros chagrin. Porthos est mort. Je viens de le tuer. Je n'ai pas pu m'empêcher de pleurer sur lui. Pauvre Porthos ! » Mais il partit aussitôt pour Villers-Cotterêt se consoler en compagnie d'amis vivants. Tout Dumas est là, dans cette fascination pour le grandiose, l'épique, et dans son attachement charnel à la vie. Il admire Porthos, il l'aime, il le pleure. Mais il ne s'attarde jamais longtemps sur ces cimes, dans l'air raréfié de l'épopée. Il se sent moins à l'aise encore dans l'élégie : les sublimes visions d'Athos l'inspirent moins. Il a hâte de regagner le concret, en compagnie de d'Artagnan. Et celui-là, il se refuse à le tuer. Il faudra un ultimatum du directeur du *Siècle* pour qu'il accepte que Maquet s'en charge. Comment attendre de lui qu'il sacrifie son *alter ego*, son vieux complice, celui qui d'un bout à l'autre du roman a été son porte-parole ?

Les auteurs de romans historiques à épisodes successifs prennent soin, lorsqu'ils sont prudents, de débiter l'histoire en segments assez brefs pour que le temps ait peu de prise sur leurs personnages. Dumas, lui, avec des intervalles de vingt ans, puis de dix, est obligé de les faire vieillir tandis que, autour d'eux, la France change à toute vitesse. Se coupant volontairement du monde, Athos s'affaiblit, mais n'évolue pas, il s'isole, puis s'éteint. Porthos, identique à lui-même, est propulsé dans un autre univers sans même s'apercevoir du changement. Aramis, lui, subit une mutation qui reste inexpliquée. Seul d'Artagnan vieillit normalement et subit de plein fouet le choc du temps qui s'écoule.

Ce choc est d'autant plus perceptible que la place du personnage dans l'ordonnance du récit est nouvelle. Si l'on met à part l'épisode anglais où il tient, comme dans les précédents volets de la trilogie, le rôle de meneur du jeu, il se trouve le plus souvent sur la touche, en position d'observateur ou d'enquêteur. Il regarde et il commente ce qu'il voit. Jamais il n'a si peu agi. Mais il se rattrape en paroles. Il devient bavard, raisonneur, prêcheur, voire rabâcheur. Tantôt il garde ses commentaires pour lui-même – mais le lecteur y a droit –, tantôt il les partage avec un interlocuteur ami, tantôt il s'en va faire la leçon au roi en personne. Ah! les temps ont bien changé, la France de 1660 n'est plus ce qu'elle était. Dès sa première rencontre avec lui, d'Artagnan se livre, sur un ton d'ironie amère, à une violente diatribe contre la dégénérescence du royaume depuis le temps de sa jeunesse. « Oh! ce fut un beau temps, Sire, semé de batailles, comme une épopée du Tasse et de l'Arioste! Les merveilles de ce temps-là, auxquelles le nôtre refuserait de croire, furent pour nous tous des banalités. Pendant cinq ans, je fus un héros[30]... » C'est la première d'une série de leçons à Louis XIV, que Dumas, défiant toute vraisemblance, transforme en professions de foi politique personnelles.

Certes, historiquement, le constat n'est pas faux : le retour de la paix et le rétablissement de l'autorité monarchique, joints à la relève des générations, ont modifié les mentalités et les mœurs. Révoltes et complots sont hors de saison. D'Artagnan est voué à faire antichambre dans l'appartement de son maître, en attendant son bon plaisir. Au mieux, il joue les espions ou les limiers à son service. L'« esprit mousquetaire » date. D'ailleurs, sur les quatre, trois ont déposé la casaque. Adieu l'aventure, adieu les hardis coups d'épée, les affrontements d'homme à homme. L'interdiction des duels est désormais effective. On ne peut se battre que hors du sol français, sur un banc de sable envahi par les vagues – « le terrain de Dieu » –, ou nuitamment, en déguisant l'épisode sous le masque d'une chasse au sanglier. La noblesse turbulente est domptée.

Mais ce que d'Artagnan dit de la France de 1660 ressemble beaucoup à ce que pense Dumas de celle de 1848. Rien d'étonnant à cela : délaissant les compilations historiques, il s'est immergé dans le passé proche, il rédige ses *Mémoires*. Il est tentant de faire le parallèle avec la France des années 1840, embourgeoisée, mais mal consolée de sa gloire perdue, nostalgique de l'épopée révolutionnaire ou napoléonienne. Tout au long de *Bragelonne* affleurent des références plus ou moins explicites au XIXe siècle. Il y a, en particulier, un personnage qui fait dissonance : Planchet. Sur les quatre valets, il est le seul à avoir opéré une reconversion. Par lui, l'époque de Louis-Philippe s'invite dans celle de Louis XIV. Installé à son compte dès *Vingt Ans après*, il a prospéré dans l'épicerie et anticipé sur les mots d'ordre mercantiles de la monarchie de Juillet. Son cas n'était pas exceptionnel au XVIIe siècle. Mais les relations qu'il noue avec son ancien maître, dont il constitue un double populaire, sont le fruit des mutations qui ont affecté par la suite la société française. En affaires, il traite d'égal à égal avec lui et il l'invite sans plus de façons à un séjour dans sa maison des champs.

Signe des temps nouveaux, l'argent, qui brillait par son absence dans les deux premiers tomes de la trilogie, fait ici un retour en force. Seul Athos conserve à son égard le mépris d'un grand seigneur, que des biens de famille mettent d'ailleurs à l'abri du besoin. Porthos en regorge et le gaspille à tous vents. Mais chez d'Artagnan, la joyeuse indifférence de jadis fait place à une attention vigilante. Tout en versant des larmes sur les temps héroïques disparus, il s'adapte. Il refuse désormais de travailler gratis et songe à assurer ses vieux jours. Il tient ses comptes. Propriétaire d'un cabaret sur la place de Grève, il s'en va percevoir ses loyers. Il assimile vite les subtilités du prêt à intérêt. En précurseur du capitalisme, il cherche les opérations aventurées mais fructueuses, et prend les capitaux où il les trouve, en l'occurrence chez Planchet. Avec une mise de 20 000 livres et un emprunt de même montant, il se fait fort de monter une expédition britannique qui lui rapportera 100 000 écus – des écus de 3 livres, ne l'oublions pas ! Si l'on ajoute que l'échéance est à un mois, faites le calcul, cela donne un intérêt vertigineux. Dumas s'amuse, évidemment, mais il rêve aussi et prête à son héros ses propres espoirs de manne financière.

Face à lui, Fouquet n'incarne qu'en apparence l'esprit de libéralité gratuite. Car sa tragédie est tout entière due à l'argent, dont il avait fait l'instrument de ses ambitions. Il l'a d'abord accumulé par des méthodes plus ou moins licites, puis il l'a dilapidé en dépenses de prestige pour se créer des réseaux de fidèles et se poser en candidat à la succession de Mazarin. En sa qualité de surintendant, il a pris l'engagement de fournir à Louis XIV des ressources à volonté. S'il accède à toutes ses demandes, c'est par obligation, non par générosité. Il sait bien que Colbert s'emploie à les multiplier, pour achever de le ruiner. Il ne donne Belle-Île au roi que pour éviter d'être inculpé de rébellion, sans pour autant désamorcer le piège où il est pris. Trop tard. Il n'a pas compris à temps que, politiquement, on avait changé d'époque.

Au cours du récit – et jusqu'à l'épilogue tardif – d'Artagnan ne paraît pas touché par la vieillesse. L'œil vif et la moustache encore noire, il fait corps avec son cheval, immuable, tel un centaure de la légende grecque. Mais il se sent vieux au plus profond de lui-même. Tout ce à quoi il croyait et tenait naguère est ébranlé. En premier lieu, l'amitié. « Tous pour un, un pour tous » : on se rappelle la devise des mousquetaires. Quand on en voyait un, les autres n'étaient jamais loin. Après le premier roman, la vie les avait dispersés. Dans *Vingt Ans après* d'Artagnan les retrouve et finit par les réunir dans un combat commun. Dans *Le Vicomte de Bragelonne*, ils restent séparés. Il se rencontrent, se croisent – trois au maximum, jamais quatre –, mais ils agissent isolément. Parfois leurs objectifs concordent, pour le rétablissement de Charles II par exemple. Mais l'un d'entre eux, Aramis, joue une partie qu'ignorent les autres. Il éveille très vite la curiosité de d'Artagnan qui – lointain précurseur de Sherlock Holmes – ne cesse de l'épier et de s'interroger sur ses agissements. Dès *Les Trois Mousquetaires* la sagacité de d'Artagnan s'exerçant sur les secrets d'Aramis avait servi à piquer la curiosité du lecteur. Mais il ne s'agissait alors que de secrets innocents. Dans *Bragelonne*, ils sont vitaux. L'enquête devient un des ressorts de l'action, comme si Dumas pressentait les ressources qu'offrira plus tard le roman policier – à cette réserve près qu'il nous livre la clef de l'énigme bien avant que son héros ne l'ait percée.

Dissimulation, suspicion, mensonges, dérobades. D'Artagnan mène avec le mystérieux évêque de Vannes des conversations biaisées qui ressemblent à des duels. Entre eux la confiance est morte. Comment l'amitié y survivrait-elle ? Bientôt, l'échange des jumeaux fait d'eux des adversaires déclarés et l'échec de la manœuvre condamne l'un à mener les poursuites contre l'autre. D'Artagnan s'en accommoderait peut-être si Porthos n'y était innocemment impliqué. La profonde et pure amitié qui lie le candide géant à chacun des deux adversaires leur vaut à l'un et à l'autre des débats de conscience et complique leur action, chargeant d'émotion tout l'épisode de Belle-Île. Mais, Aramis enfui, c'est la fin des mousquetaires. Dans la grotte de Locmaria est ensevelie avec Porthos la première des valeurs qui avaient régi leur vie, l'amitié. Aussitôt après disparaît avec Athos l'autre valeur majeure, le désintéressement absolu, et sur sa tombe, les larmes de La Vallière, déjà supplantée dans le cœur du roi, se chargent de dénoncer la vanité de l'amour.

Bragelonne est placé sous le signe du désenchantement. Tout comme les héros du fameux roman de Balzac, d'Artagnan a perdu ses illusions et le lecteur est invité à les perdre avec lui. Où sont les bons, où sont les méchants, dans le jeu mortel qui se livre à la cour autour d'Henriette ? L'amour est trompeur et détruit ceux qui s'y laissent prendre. Rien n'est simple, rien n'est univoque. La réalité a plusieurs faces et les êtres sont ambivalents. Tous les repères dont usaient les mousquetaires pour régler leur action vacillent.

D'Artagnan sert désormais à contrecœur un maître qu'il n'estime pas. Situation inconfortable. Pour y faire face, il se réfugie, sans joie, dans le strict respect des obligations de sa charge. Mais il n'échappe pas aux conflits de devoirs : poursuivre des coupables ou sauver ses amis – d'abord Fouquet, puis Aramis et Porthos ? Alors, il triche avec la consigne, en leur offrant les moyens de s'échapper. Mais pour décharger sa conscience, il s'en vante auprès du roi, qui, contre toute vraisemblance, encaisse la leçon.

Où sont le bien et le mal ? Plus grave encore : où est le vrai, où est le faux ? Au cœur du récit, dans la grande scène où se font face les deux rois, la perception du réel vacille. L'existence de jumeaux absolument semblables a toujours fasciné et inquiété parce qu'elle ébranle en chacun de nous le sentiment de son unicité. Quand un enjeu majeur les oppose, elle engendre des affrontements qui alimentent le répertoire tragique. Et s'ils sont intervertis, c'est le monde entier qui bascule. Les deux épisodes qu'en tire Dumas sont un des sommets du livre. D'abord, au lever du roi, celui où paraît le seul Philippe. Pour le lecteur, averti, le suspens est intense : va-t-il être démasqué ? Mais non, tous les assistants sont dupes de l'apparence. Puis vient la scène de confrontation, moment de vertige intense où tous, doutant du témoignage de leurs sens, se sentent saisis d'épouvante. Lequel est le vrai ? Et si aucun des deux n'était vrai ? et si tout n'était qu'illusion ? Le soin de trancher entre eux est confié à d'Artagnan et c'est un détail qui le détermine, le cri familier « À moi, mousquetaire ! », connu de lui seul. Retour au point de départ, Louis XIV sur son trône et l'usurpateur dans son cachot. L'histoire a triomphé de la fiction.

Reste une question dérangeante. Aramis n'aurait-il pas eu raison ? Ce nouveau venu, victime d'un traitement injuste et cruel, était un roi également légitime par son ascendance. Moralement, il semblait bien supérieur à un Louis XIV dépeint jusque-là sous un jour très défavorable et qui accomplit bientôt sur son jumeau l'équivalent d'un meurtre, en le condamnant à la non-existence dans l'anonymat d'une prison à vie. Dumas lui-même a conté plus tard qu'une amie anglaise lui demanda un jour tout à trac pourquoi il n'avait pas laissé Louis XIV croupir à la Bastille, tandis que son frère aurait régné ? C'est qu'il a craint, dit-il, « en remettant l'histoire en question, de diminuer encore le nombre de nos croyances[31] ». Cette réponse l'honore : elle est d'un véritable historien, qui certes joue allègrement avec le détail des faits, mais qui sait que le passé d'un peuple est le fondement de sa culture et que les données de base en doivent être respectées. Elle contribue à expliquer son revirement ultime face à Louis XIV. Il ne l'aime pas. Mais pouvait-il laisser au lecteur l'image d'un souverain faible, coléreux, tyrannique, jaloux – et pour tout dire médiocre ? La longue scène d'explications où le roi, métamorphosé, expose à d'Artagnan ce que sera son futur règne opère *in extremis* le raccord entre le roman et l'histoire.

Dumas, on le sait, avait prévu un sobre dénouement, en forme de requiem. Au sortir de l'enterrement d'Athos, où il a croisé La Vallière en pleurs, d'Artagnan s'interroge :

« "Quand sera-ce mon tour de partir ? Que reste-t-il à l'homme après la jeunesse, après l'amour, après la gloire, après l'amitié, après la force, après la richesse ?... Ce rocher, sous lequel dort Porthos, qui posséda tout ce que je viens de dire ; cette mousse, sous laquelle reposent Athos et Raoul, qui possédèrent bien plus encore !" Il hésita un moment, l'œil atone ; puis, se redressant : "Marchons toujours, dit-il. Quand il en sera temps, Dieu me le dira comme il l'a dit aux autres." Il toucha du bout des doigts la terre mouillée par la rosée du soir, se signa comme s'il eût été au bénitier d'une église, et reprit seul – seul à jamais, le chemin de Paris. »

Les éditeurs exigèrent un épilogue de type classique, réglant le sort des principaux personnages. Celui que rédigea Maquet, mais que Dumas entérina, est marqué au sceau du conformisme. Il remet d'aplomb, non sans lourdeur, la version de l'histoire de France que le récit avait ébranlée. L'ordre y triomphe et la morale est sauve. Plus d'incertitude sur les desseins de Dieu : sa justice s'est exercée sur Anne d'Autriche, morte du cancer qui la rongeait comme le remords d'avoir abandonné son second jumeau. Quatre ans plus tard, le hasard d'une chasse ramène les protagonistes dans l'enclos où repose Athos. Anticipant sur la fin du *Temps retrouvé*, la scène associe d'Artagnan au roi – flanqué cette fois-ci de Mme de Montespan –, à Colbert et à Aramis, devenu grand d'Espagne. Pour le souper se joint à eux Henriette d'Angleterre. On y parle de la prochaine guerre, contre la Hollande. C'est l'occasion de corriger un oubli en rectifiant, un peu tard, la détestable image de Colbert : ses talents financiers, mis au service de la France, ont désormais fait de lui un très grand ministre. Quant à d'Artagnan, couvert d'honneurs et d'argent, il recevra, sur le champ de bataille où il est frappé à mort, le bâton de maréchal si ardemment désiré.

Ce retour au politiquement correct implique le sacrifice du personnage d'Aramis. Dumas renonce à faire chez lui la part entre la pure et simple volonté de puissance et d'éventuelles motivations idéalistes. Si l'on en croit l'adieu que lui adresse d'Artagnan, il aurait perdu son âme – vendu au diable ou diable lui-même. Mais quelques traits atténuent sa noirceur, notamment son affection sincère et profonde pour Porthos. Et il a comme ambassadeur d'Espagne un comportement louable : dans les négociations entre son pays d'origine et son pays d'adoption, il fait pour la France plus qu'il n'a promis. Allons, Aramis n'était pas si mauvais qu'on nous le donne à croire ! Et en tout état de cause, Dumas écrivain devrait lui savoir gré d'avoir apporté à un roman qui s'étiolait dans la fadeur des intrigues sentimentales un sursaut d'imagination, d'intelligence, d'énergie, auquel il doit ses meilleures pages.

Dumas, il s'est plu à le dire, aime ses personnages et se projette volontiers en eux. Pas également en tous. Comme cette identification passe par la parole, c'est à travers ce qu'ils disent qu'on peut la mesurer. Et le pauvre Bragelonne est plutôt mal partagé à cet égard. Quand il parle, il ennuie. Quand d'Artagnan parle, il convainc. C'est un privilégié. Grâce à son vieillissement accéléré, il a quasiment rejoint l'auteur. Ils ont tout pour se comprendre. Dumas prête au mousquetaire, pour dire sa propre nostalgie des temps héroïques, des propos accompagnant le récit comme une basse continue. Dans une manière d'autoportrait, il en vient même à lui attribuer, sous forme virtuelle, ses propres dons de conteur : « Tout en lui était émotions, et partant, jouissance. Il aimait fort la société d'autrui, mais jamais ne s'ennuyait dans la sienne, et plus d'une fois, si on eût pu l'étudier quand il était seul, on l'eût vu rire des quolibets qu'il se racontait à lui-même ou des bouffonnes imaginations qu'il se créait justement cinq minutes avant le moment où devait venir l'ennui[32]. » Il livre ainsi une des clefs de sa prodigieuse fécondité : il a écrit tant d'œuvres de qualité, au prix d'un travail harassant, parce que, au bout du compte, il y prenait du plaisir.

Sa pensée a besoin, pour rebondir, de celle des autres. Jamais il n'est aussi inspiré que lorsqu'il a en face de lui un interlocuteur, réel ou imaginaire. Ses romans deviennent dialogues avec le lecteur. Dans *Le Vicomte de Bragelonne*, l'auteur s'installe ouvertement aux commandes. Ses interventions se multiplient, faisant de lui comme un personnage supplémentaire, en surplomb, dans le rôle du récitant des mystères ou des oratorios.

Cette omniprésence affichée lui permet de se soustraire aux conventions en tout genre et lui assure une extrême liberté. Liberté de composition d'abord, avec pour rançon inévitable les longueurs, les flottements dans la conduite du récit, les inégalités de

tempo, voire quelques dissonances. Mais elle permet
d'introduire des digressions, toujours brillantes, des
inclusions faites d'éléments adroitement greffés sur
l'intrigue, qu'elles suspendent pour un temps. Les
plus remarquables sont des « tableaux d'époque »,
d'inspiration littéraire. Il y en avait un dans *Vingt Ans
après* – l'évocation du salon de Scarron. Il y en a deux
dans *Bragelonne*, « Comment Jean de La Fontaine
fit son premier conte » et « Où Molière prit peut-être
sa première idée du *Bourgeois gentilhomme* » –
deux bijoux, chacun dans leur genre. Liberté de
parole ensuite, où règne l'irrévérence plutôt que l'ironie à l'égard des grands personnages, déchus de leur
piédestal. Enfin liberté, très relative, mais d'autant
plus notable, à l'égard des convenances. Le lectorat
de l'époque, et spécialement la moyenne bourgeoisie friande de feuilletons, ne tolérait aucune allusion, même détournée, aux écarts de mœurs. D'où le
mariage supposé entre Mazarin et Anne d'Autriche.
Or, dans *Bragelonne*, l'homosexualité de Philippe
d'Orléans, sans être nommée, est suggérée, ainsi que
le rôle joué auprès de lui par le chevalier de Lorraine.

Est-ce la venue de l'âge qui a rendu le cœur de
Dumas plus sensible? Il se complaît volontiers dans
le pathétique, en des termes assez conventionnels,
qui portent leur date – les cendres du romantisme
sont encore chaudes. Son regard sur les choses, en
revanche, s'est aiguisé. Les descriptions, platement
fonctionnelles dans *Les Trois Mousquetaires*, sont
plus précises et plus justes et s'élèvent parfois à la
poésie. Certaines s'inspirent de la peinture, telle la

grande ombre de d'Artagnan, projetée sur la muraille par la lueur d'une bougie comme une figure de Callot, ou la méditation sur la rose placée dans la bouche du prisonnier de la Bastille[33]. Il se montre sensible aux beautés de la nature, aux paysages, dans l'évocation du paradis poitevin proposé au jeune homme en lieu et place du pouvoir souverain.

Mais, plus que tout, c'est le théâtre qui irrigue et vivifie l'inspiration du conteur. Sens des « scènes à faire », récupération de « ficelles » de métier éculées, mais toujours efficaces, comme Raoul caché dans une armoire en oubliant son chapeau sur la table. Mélange des genres, avec alternance dosée du tragique et du comique. Et surtout, omniprésence du dialogue, qui s'étire à l'infini, en de vastes affrontements verbaux, chargés de sens, ou en bavardage vide sentant le remplissage. Les deux types de dialogue ont leur fonction : ne les jugeons pas en lecteur, ils relèvent de l'oral. C'est de l'écrit fait pour être dit et écouté : ne l'étaient-ils pas d'ailleurs, dans des familles où la lecture du journal occupait la veillée ? Quand les personnages parlent pour ne rien dire en effet, ils le disent avec une telle conviction que la balle rebondit et que la scène avance : ces dialogues creux assurent la respiration du texte, laissant à l'auditeur le temps d'assimiler le reste. Certains de ces dialogues sont gratuits, parfois, feux d'artifice verbaux où Dumas jouit de sa propre virtuosité. Ainsi lorsqu'il donne, sous forme de quatre interrogatoires successifs, quatre versions fantaisistes d'un duel dont tout le monde, y compris le lecteur, connaît le déroulement réel[34]. Le roi en personne entre dans le jeu en envoyant d'Artagnan enquêter sur ce que lui-même sait déjà, en rivalisant ensuite d'esprit avec lui, puis en s'amusant à voir patauger dans leurs contradictions tous les prétendus témoins de l'affaire. Ces « exercices de style » mettent Dumas en joie, et nous aussi.

Il n'est pas de désenchantement, de désillusion, de déception, de nostalgie qui tiennent devant pareille jouissance. Quand il met le point final au *Vicomte de Bragelonne*, Dumas a tout perdu. Mais il se refuse à désespérer. À la fin du roman, d'Artagnan, isolé, se repliait sur son devoir d'État. Dumas, à partir de 1850, se réfugie dans ce qui constitue sa raison d'être, l'écriture. Elle le fera vivre, dans tous les sens du terme, vingt ans encore.

QUATRIÈME PARTIE

Survivre

CHAPITRE 14

La banqueroute

La fortune de Dumas ne survécut pas à la révolution de 1848. Depuis des années, il mangeait son blé en herbe, à la merci du moindre à-coup. Tout s'effondra donc très vite. Il n'est pas question d'entrer ici dans le détail d'opérations complexes, dont une large part nous échappe, parce que la dissimulation était de règle en la matière. Mais on peut en discerner le mécanisme.

Il avait pris la détestable habitude d'emprunter à tout-va, de signer des billets à ordre à la légère, sans se poser la question du remboursement. Vers 1832-1833, il était aux abois lorsque sa nouvelle maîtresse, l'actrice Ida Ferrier, lui fit rencontrer un ami – et sans doute ancien amant –, nommé Jacques Domange, un homme ayant fait d'excellentes affaires dans une entreprise de vidange, qui voulut bien se charger des siennes. Il lui aliéna une large part de ses futurs droits d'auteur littéraires et théâtraux en échange de disponibilités immédiates. En somme, il mit « en ferme » ses revenus, comme on disait sous l'Ancien Régime. En bon historien, il aurait dû savoir, pourtant, combien ce système avait été funeste à la monarchie. Bien

entendu, Domange y trouvait son compte. En rache-
tant au rabais de multiples créances dévalorisées, mais
qui conservaient légalement leur valeur nominale, il
tenait Dumas sous sa coupe.

Or vers 1840, alors qu'il en détient pour plus de
200 000 francs et que les drames de Dumas ne font
plus recette, voici qu'il parle de remboursement. Par
crainte de perdre totalement sa mise ? ou pour d'autres
raisons moins avouables ? En espèces sonnantes ? ou
pourquoi pas sous une autre forme ? Il est resté en relations suivies avec Ida, qui s'était jetée dans les bras
de Dumas après *Antony*, au temps de sa splendeur, et
gémit de voir son niveau de vie baisser à vue d'œil. Il
entrevoit le moyen d'assurer l'avenir de sa protégée.
Si l'on en croit les *Mémoires* du baron de Viel-Castel,
il a tout crûment sommé l'imprudent de choisir entre
le mariage et la prison pour dettes[1]. Une chose est
sûre : Dumas épouse Ida Ferrier, en lui reconnais-
sant une dot fictive de 120 000 francs, qui fait d'elle
– quelle imprévoyance ! – la créancière de son époux.
Mais comme cette somme ne suffit pas à éponger la
totalité de ce qu'il doit et qu'il n'a pas encore de biens
immobiliers à engager, ses droits d'auteur à venir
continuent d'en tenir lieu.

Le cas Domange n'est pas isolé. Sans attendre
d'être pleinement libéré à son égard, il récidive avec
une demi-douzaine d'autres partenaires. Plus il gagne,
plus il emprunte. Les sommes nécessaires au remboursement – intérêts et fractions de capital – sont
prélevées sur les contrats qui le lient aux journaux et
versées directement au compte de ses créanciers. Il
manque donc constamment de liquidités. Cette situa-

tion n'est pas sans conséquences sur sa production
littéraire. D'abord, elle le condamne à mettre les bouchées doubles ou triples, en menant de front plusieurs
romans. Elle explique aussi, en partie, qu'il diversifie
les lieux de publication, dans l'espoir de tenir certains
d'entre eux hors des griffes de ses prêteurs. C'est pourquoi il n'accorde l'exclusivité au tandem Girardin-
Véron qu'à la condition de terminer les œuvres en
cours de publication ailleurs. D'autre part on peut
imputer au même souci l'ampleur de sa production
dramatique, avec des pièces tirées de ses romans mais
qui, elles, ne sont pas sous contrat[2]. L'ouverture du
Théâtre-Historique lui apporte une formidable bouf-
fée d'oxygène, puisque les revenus n'en sont pas
hypothéqués, et pour cause : il ne lui appartient que
sous le couvert d'une société. Quels qu'ils soient,
tous les spectacles qui y sont donnés remplissent son
escarcelle. Bien que l'ouverture n'ait eu lieu que le
20 février 1847, les recettes atteignent cette année-là
le montant considérable de 700 000 francs[3].

En dépit des apparences, sa situation est fragile.
La sonnette d'alarme sonne au moment même où
l'on met la dernière main à l'aménagement de son
théâtre, qui s'apprête à ouvrir ses portes. Il avait
eu l'imprudence d'y consacrer toutes ses forces, au
détriment des romans. Girardin et Véron, qui atten-
daient toujours les neuf volumes promis à chacun par
contrat deux ans plus tôt, l'attaquèrent en justice. Ils
n'avaient reçu que *La Dame de Monsoreau*, qui en
comporte quatre, et la livraison de *Joseph Balsamo*
s'était interrompue au bout de trente et un chapitres.

Le jour du procès, ayant choisi d'assurer lui-même sa défense, il était certain de faire le plein du public. Il s'en fit une tribune. Les plaignants n'étant pas là, il feignit d'y voir une défaillance et mit les rieurs de son côté en se disant contraint, dans ce « duel d'honneur », de « tirer en l'air ». Il plaida la force majeure, pour raisons de santé : la « névrose » provoquée par la rédaction de 158 000 lignes en dix-huit mois exigeait « la distraction des voyages » ! Mais la cause n'était pas défendable. Le tribunal lui infligea 6 000 francs de dommages et intérêts et l'obligation de livrer au plus vite les volumes requis. À ceux qui trouvaient cette amende bien lourde, on répondit qu'il avait plus de chance que le commun des mortels, puisqu'il lui suffisait de reprendre sa plume pour se libérer[4]. Bientôt un député apostropha le gouvernement en pleine Chambre : comment avait-on osé confier à ce vulgaire « entrepreneur de feuilletons » une mission officielle en Algérie aux frais du contribuable ? Les différents journaux se chargèrent d'enfler la polémique. Le solde de l'affaire restait cependant positif pour lui : tout ce battage faisait à son Théâtre une inestimable publicité.

Le second avertissement lui vint de source privée. En 1844, Ida Ferrier, lasse de ses infidélités répétées et ne se privant pas de le tromper elle-même, lui avait rendu sa liberté à l'amiable, en échange d'une pension à laquelle s'ajoutaient les frais entraînés par l'éducation de la petite Marie, née d'une précédente maîtresse et qu'elle élevait comme sa fille. Mais depuis, sa blondeur et ses rondeurs avaient séduit un grand seigneur

sicilien beaucoup plus jeune et beaucoup plus riche, le
prince de Villafranca et de Montereale, duc, marquis
et baron de divers lieux, tant en Espagne qu'en Italie.
Elle souhaitait se fixer auprès de lui à Naples, et, excé-
dée par les défaillances pécuniaires de son époux, elle
demanda par voie d'avocat, à la fin de 1847, la séparation de biens. Au mois de février 1848, il fut condamné
à lui restituer la fameuse dot de 120 000 francs qu'il
lui avait imprudemment consentie et à lui servir une
pension gagée sur une hypothèque légale. Il fit appel,
perdit à nouveau, et cette dette vint s'ajouter à toutes
celles qu'il ne serait jamais capable de payer.

Car la révolution, on l'a dit, le prive des rentrées
espérées. Inquiets, les créanciers se bousculent,
comme toujours en pareil cas, pour tenter de récupérer leurs fonds et ils découragent, par des rumeurs
alarmistes, la bonne volonté de ceux qui auraient les
moyens d'attendre. Les abonnés boudent les feuilletons : l'actualité politique est autrement captivante.
Les vieux journaux d'opinion retrouvent leur faveur,
aux dépens des nouveaux venus peu soucieux de
prendre parti face à une clientèle peu homogène. Le
Théâtre-Historique, qui assurait la trésorerie courante,
est obligé de fermer pour un temps, pendant lequel les
frais d'exploitation continuent de courir. Il faut payer
les comédiens qui, comme au Français, y sont attachés
à demeure. Après sa réouverture, il peine à remplir la
salle et voit ses recettes chuter de moitié.

La première victime de la révolution est le château
de Monte-Cristo. Juste avant qu'elle n'éclate, Dumas

avait pris la précaution de vendre les meubles – c'est-à-dire la partie la plus précieuse et la plus aisément monnayable – à un prête-nom, afin de les soustraire aux revendications d'Ida. Le bâtiment lui-même avait été hypothéqué, au fur et à mesure des besoins, dans des proportions déraisonnables, jusqu'à dépasser 230 000 francs. Mais il est invendable. Qui se risquerait à acheter, surtout en pleine période d'instabilité politique, cette « folie » conçue à l'image et à l'usage exclusifs de son occupant ? La vente aux enchères diligentée par la justice attire un unique acquéreur, le détenteur présumé du mobilier, qui l'emporte pour la somme dérisoire de 30 100 francs. Dumas a finalement sauvé son château, où il semble avoir fait des séjours discrets jusqu'en 1851. Mais ce n'est pas pour des séjours discrets qu'il l'avait fait édifier*.

En revanche, il ne peut sauver le Théâtre-Historique. Le gouffre financier continue de se creuser au long de l'année 1849. La présence de Louis-Napoléon à la première du *Comte Hermann* ne console pas Dumas d'y voir vides, parce qu'il a refusé de les louer, les deux loges réservées naguère au duc de Montpensier. En 1850, on vit d'expédients, il n'y a plus un sou en caisse. Les directeurs se succèdent : un naïf risque son bien et se ruine, les plus prudents jettent l'éponge à temps. Au mois d'octobre, les comédiens refusent de jouer et sollicitent la mise en faillite de l'entreprise. Le 16, le Théâtre ferme définitivement ses portes.

---

* Il passera de main en main puis restera à l'abandon jusqu'en 1970, date à laquelle la Société des Amis d'Alexandre Dumas entreprend avec succès sa restauration.

Dumas espère encore que le verdict ne frappera que les deux hommes qui le géraient en son nom. Le tribunal l'estime au contraire coresponsable, en compagnie du plus impliqué des deux. La déclaration est rendue publique le 20 décembre. En ces temps où l'on ne plaisante pas avec le droit de propriété, la faillite, assimilée à un vol, est socialement infamante. Il fait appel.

Toute l'année suivante, il conserve quelque espoir et, comme si de rien n'était, il plastronne, s'affichant aux côtés de Hugo et de Sainte-Beuve pour tenir un cordon de poêle aux funérailles de Balzac, bien qu'il ne l'aimât pas. Il se remet à écrire, mais peine à trouver preneur, tant il passe pour un homme fini. À la mi-novembre, le procès repasse en justice. Son avocat a beau célébrer en termes pathétiques sa générosité, sa puissance de travail, son courage, sa hauteur morale, rien n'y fait. Les débats sont en cours lorsque éclate soudain, le 2 décembre, le coup d'État par lequel Louis-Napoléon Bonaparte abolit la République. Dumas sait qu'il n'a plus rien à espérer des juges. Sans attendre que sa faillite soit confirmée, il prend discrètement le train pour Bruxelles le 10, afin de se soustraire à la contrainte par corps, c'est-à-dire en termes plus crus à la prison promise aux créanciers insolvables.

La quasi-coïncidence entre le coup d'État et sa propre condamnation lui permit de donner à sa fuite une discrète coloration politique, faisant oublier sa banqueroute. Parmi les républicains qui avaient cherché refuge en Belgique pour échapper à l'arrestation, il comptait quelques amis qui l'accueillirent à bras ouverts. Le petit groupe d'exilés reçut dès le lendemain une recrue de taille en la personne de Victor Hugo, qui, bien qu'ayant soutenu la candidature de Louis-Napoléon Bonaparte, venait de passer à l'attaque. Il avait pris le train le 11 au soir, muni d'un passeport au nom de Jacques-Firmin Lanvin, typographe, que la police se garda bien de vérifier : on était trop content, en haut lieu, de le voir devancer le décret d'expulsion, qui fut pris un mois plus tard.

La chaude amitié qui l'unissait à Dumas lors de la bataille d'*Hernani* avait subi quelques rudes accrocs. Ils s'étaient réconciliés, fraîchement. Voici que les événements se chargent de les rapprocher pour de bon. Quoique moins engagé dans le combat politique, Dumas partage son indignation contre le coup d'État. Le soutien qu'il lui apporte est ferme et défi-nitif. Lorsque Hugo décide de quitter la Belgique pour l'Angleterre, afin de poursuivre librement la publication du brûlot contre le prince-président inti-tulé *Napoléon-le-Petit*, Dumas fait partie des fidèles qui assistent au banquet d'adieu et accompagnent le proscrit jusqu'au quai d'embarquement à Anvers le 1er août 1852.

« Au moment où je suis monté sur le *Ravensbourne* […], écrivit celui-ci à sa femme, une foule immense encombrait le quai, les femmes agitaient des mouchoirs, les hommes criaient *Vive Victor Hugo*. […] J'ai répondu *Vive la République !*, ce qui a fait redoubler les accla-mations. Une pluie battante venue en ce moment-là n'a pas dispersé la foule. Tous sont restés sur le quai tant que le paquebot a été en vue. On distinguait au milieu d'eux le gilet blanc d'Alexandre Dumas. Alexandre Dumas a été bon et charmant jusqu'à la dernière minute. Il a voulu m'embrasser le dernier. Je ne saurais te dire combien toute cette effusion m'a ému. »

En 1854, Dumas dédia à Hugo son plus récent drame, *La Conscience* : « Recevez-le comme le témoignage d'une amitié qui a survécu à l'exil, et qui survivra, je l'espère, même à la mort. Je crois à l'immortalité de l'âme. » C'est à cette occasion que le poète écrivit, pour *Les Contemplations*, une évocation des adieux d'Anvers :

… Toi debout sur le quai, moi debout sur le pont,
Vibrant comme deux luths dont la voix se répond,
Aussi longtemps qu'on put se voir, nous regardâmes
L'un vers l'autre, faisant comme un échange
                              [d'âmes[5]…

Ils échangèrent aussi quelques lettres. Ainsi de Hugo à Dumas, en janvier 1865 : « Je me suis reproché d'avoir été deux ou trois ans sans vous écrire, et sans vous dire combien je vous aime. Cela m'a tourmenté toute une nuit comme un remords. Et je vous écris sans autre but que de rétablir entre nos deux cœurs ce fil électrique qui ne doit jamais ni se rouiller ni se détendre. – Quant à le briser, il n'y a pas de force humaine qui en soit capable[6]. » Ils se soutinrent par voie de presse et Dumas fit même le voyage de Guernesey pour quelques jours d'entretiens familiers. Et cette fois-ci, leur amitié, sincère et durable, se prolongea jusqu'au bout, pure de toute rivalité, tandis que se creusait l'écart entre leurs destinées.

Les ressources de Victor Hugo étaient suffisamment solides pour lui permettre d'envisager un exil prolongé, en position d'opposant déclaré. Dumas, lui, continue de vivre d'expédients. Les droits sur ses romans étant hypothéqués, c'est sur le théâtre qu'il compte pour se renflouer par la bande, à travers des prête-noms. Faire jouer sans être nommé des pièces où il avait pris une grande part était chez lui, on l'a vu, pratique courante. Naguère c'était pour éviter de se compromettre dans des productions indignes d'un grand dramaturge. Désormais, c'est pour échapper à la saisie des revenus afférents. Deux drames en 1849, trois en 1850 portent la signature l'un de Jules Lacroix, les autres de Grangé et Montépin*. Peu lui importe la qualité littéraire de ces œuvres. L'essentiel est qu'elles lui procurent de l'argent frais : il touche entre un tiers et une moitié des recettes.

Il est parfois difficile de savoir qui a écrit quoi – à moins qu'une lettre heureusement retrouvée ne vienne éclairer l'affaire. Voyez le cas de Paul Meurice ! « Un jour vous m'empruntâtes mon nom pour vous rendre

---

* Respectivement *Le Testament de César*, *Le Connétable de Bourbon*, *Les Chevaliers du Lansquenet*, *Les Frères corses* et *Pauline*.

un service que ne pouvait vous rendre ma bourse […].
Vous fîtes sous mon nom *Les Deux Diane*. L'ouvrage
eut du succès, autant, plus peut-être que si je l'eusse
fait moi-même… » Il avait été payé beaucoup plus
cher, parce que signé Dumas. Meurice, reconnais-
sant, lui rendit la pareille. Il tira d'un de ses romans,
Ascanio, et fit jouer sous son propre nom en 1852,
un drame intitulé *Benvenuto Cellini* qui reçut à la
Porte-Saint-Martin un accueil triomphal. Dumas toucha sa part en toute discrétion, de la main à la main.
Avait-il mis son grain de sel dans la transposition ?
Nul ne le sait. Rentables dans l'instant, ces tours de
passe-passe ont à long terme des effets fâcheux : non
contents de compliquer la tâche des futurs auteurs de
bibliographies, ils aggravent la suspicion qui pèse sur
son œuvre, depuis que le Romantisme a fait prévaloir
l'idée qu'il n'est de grand écrivain que solitaire.

Dans l'immédiat, Dumas, qu'une frontière mettait
hors de portée de ses créanciers, tendait à oublier que
ses dettes continuaient de courir. Il loua et décora
un appartement, dont il fit un modèle réduit du cher
Monte-Cristo, avec plafond d'azur à étoiles d'or et
écussons aux armes des principaux poètes contemporains. Il fit venir sa fille Marie. Une vie de société
s'organisa, chaleureuse et gaie. Il avait confié le soin
de gérer sa maison à un ancien député à l'Assemblée
constituante, Noël Parfait, le bien-nommé, dont le
dévouement égalait la compétence. Dit aussi « Jamais-
content », à cause de son obstination à rogner sur les
moindres dépenses, il parvint à endiguer le flux des

dettes, qui cessèrent d'augmenter. Dumas songea-t-il à s'installer dans l'exil et à s'implanter en Belgique, où l'éditeur de ses romans lui faisait les yeux doux ? Il étouffait un peu parmi ces proscrits remâchant leur amertume. Il supportait mal d'être privé de sa maîtresse du moment, la comédienne Isabelle Constant, que ses rôles retenaient trop souvent à Paris. L'opulente pâtissière bruxelloise qui répondait à ses ardeurs ne comblait pas son besoin de rêve. Il piaffait surtout d'être éloigné des théâtres, au moment où son fils Alexandre y faisait une entrée fracassante avec *La Dame aux camélias*. Bref, il ne songeait qu'au retour.

La police du prince-président, qui avait des opposants plus redoutables, ne voyait pas en lui un suspect prioritaire. Elle lui accorda donc quelques sauf-conduits occasionnels. Contraint de ne faire en France que de brefs sauts de puce, il s'évada en des voyages qui le menèrent en Rhénanie, puis à Rome. Mais la prison pour dettes restait une épée de Damoclès suspendue sur sa tête. Pour crever l'abcès, Hirschler, un ancien secrétaire du Théâtre-Historique, prit les choses en main et engagea des pourparlers avec le syndic de faillite, les créanciers et les banques. En décembre 1852, puis en mai 1853, il leur arracha des « concordats », autrement dit des moratoires, permettant d'étaler les remboursements : seuls quarante-cinq pour cent des droits sur ses œuvres existantes ou à venir leur seraient consacrés, les cinquante-cinq autres lui restant acquis. Il s'en tirait à bon compte. Prudent, il conserva une bonne année encore son refuge belge et se contenta de faire la navette entre Paris et Bruxelles.

C'est seulement à l'automne de 1854 qu'il se réinstalla définitivement dans la capitale.

Selon un scénario désormais familier, il n'avait plus qu'à se remettre au travail. Mais il était désormais privé du soutien de Maquet.

CHAPITRE 15

La fin d'une collaboration

La rupture avec Maquet apparaît au premier abord comme une simple conséquence de la banqueroute de Dumas. Mais si les querelles de gros sous tournent entre eux au psychodrame, c'est qu'elles traduisent une revendication d'ordre littéraire. Non content de partager l'argent, Maquet prétend partager la gloire. Cette ambition lui vient peu à peu, on la voit se développer au fil de la trilogie des *Mousquetaires*. La faute en incombe à Dumas, pour deux raisons. Il n'a pas su conserver avec lui des relations d'employeur à employé, il l'a ballotté entre des exigences impérieuses et une amicale familiarité, il a continué, même dans les éloges prodigués à son travail, de le traiter comme un apprenti, un débutant qu'il faut encourager. Mais d'autre part, et inversement, il lui a de plus en plus largement laissé carte blanche lorsque le temps lui manquait. On ne s'étonnera donc pas que Maquet ait aspiré à être autre chose que le Jules Romain de ce Raphaël tyrannique et à exister par lui-même.

Or il se trouve que Dumas lui-même le fit sortir de l'ombre réservée aux sous-fifres de l'écriture. À vrai dire, il n'avait pas vraiment le choix, le pamphlet de

Mirecourt le contraignait d'avouer qu'il ne travaillait pas seul. Mais il fit imprudemment la part très belle à son collaborateur, en des termes qui le mettaient sur un pied d'égalité avec lui : « Nous avons fait en deux ans, Maquet et moi [...], en tout quarante-deux volumes. » Et Maquet, dans la lettre où il renonçait à toute rémunération supplémentaire sur les volumes en question, avait précisé : « Libre à vous de me faire illustre, non de me renter deux fois*. » Illustre ? n'est-ce pas se hausser un peu du col ? Et, peu après, voici que, dans l'euphorie du triomphe qui salue la publication des *Mousquetaires*, Dumas récidive. Le 27 octobre 1845, à l'issue de la première représentation du drame tiré du roman, il fait à Maquet la surprise et l'honneur d'associer leurs deux noms et de partager avec lui l'ovation. De là à se considérer comme le coauteur de l'œuvre, il n'y a qu'un pas, que le collaborateur ne tardera pas à franchir.

Car la part qu'il prend à l'œuvre commune n'a cessé de croître d'un volet à l'autre de la trilogie. L'importance de sa contribution est fonction d'une part de la place, toujours plus grande, qu'y tient l'histoire – sa spécialité –, d'autre part des multiples activités de Dumas qui, faute de temps, se repose d'autant plus volontiers sur son collaborateur que celui-ci a fait des progrès. À force de travail en commun, une certaine similitude a fini par gagner son écriture, il est capable, bien encadré, de « faire du Dumas » quasiment indiscernable de l'original. Sa version primitive reste cependant soumise au contrôle de son patron, qui la condense, en renforce parfois les traits et y ajoute

---

* Voir ci-dessus, chapitre 10, page 160.

toujours son grain de sel, avant de livrer le texte à l'impression. Une fois cependant, un jour de grande urgence, il déroge à cette loi et invite Maquet à envoyer directement au *Constitutionnel* un chapitre de *La Dame de Monsoreau*. Mais il précise : « Écrivez sur mon grand papier, si vous en avez, dix pages au moins[7]. » Le recours à ces grandes feuilles bleues, si caractéristiques, tend à dissimuler l'anomalie. L'exception confirme la règle : Dumas est seul maître des relations avec ses commanditaires.

Jusqu'en 1848, Maquet n'a pas de raisons de s'en plaindre : l'argent rentre à flots. Selon une convention de mars 1845, il doit toucher, pour la fourniture d'un tiers environ du texte initial, 1 200 francs pour 6 000 lignes publiées sous le nom de Dumas, soit 20 centimes par ligne de feuilleton ordinaire – payés par moitié à la livraison au journal et par moitié lors de la publication en volume, plus 250 francs par volume pour chaque édition nouvelle[8]. Certes, ces rémunérations demeurent relativement modestes à côté du pactole qui échoit à son patron. Mais elles sont loin d'être négligeables. Il reconnaît avoir reçu, jusqu'en 1847, un montant de 49 000 francs et touché ensuite 500 francs par feuilleton ; mais il faut y ajouter les à-côtés, notamment 40 francs quotidiens de billets d'auteur au Théâtre-Historique, qui lui ont valu, hors de tout travail, la coquette somme de 14 400 francs[9]. Renonçons à poursuivre ici les batailles de chiffres, tant les comptes sont inextricables, à cause du désordre propre à Dumas et à cause des variations dans le cours des feuilletons, qui sont payés plus ou moins cher au gré des circonstances. Disons seulement que tout se

conjugue à partir de 1848 pour faire éclater les ran-
cœurs.

Dumas, aux abois financièrement, fait à Maquet des
versements d'autant plus irréguliers qu'il a des dettes
plus criantes et que les arriérés s'accumulent. Comme
il a hypothéqué les revenus à toucher sur ses feuilletons et comme les journaux ont révisé leurs tarifs à
la baisse, il ne lui reste rien pour rémunérer son collaborateur. Ses feuilletons, d'ailleurs, il les néglige.
La publication du *Vicomte de Bragelonne*, promise
depuis deux ans et enfin commencée à la fin de septembre 1847, est suspendue au bout du cinquième
volume pour cause de révolution : *La Presse* n'a plus
de copie et l'auteur est en campagne électorale pour le
reste de l'année 1848. Tout laisse à penser que Maquet
s'attela à la suite du récit – les chassés-croisés amoureux autour d'Henriette d'Angleterre – avec d'autant
plus de facilité qu'il n'avait qu'à démarquer Mme de
La Fayette, en attendant que son patron procède à une
ultime réécriture. Est-ce la raison pour laquelle ces
chapitres traînent en longueur et se détournent de nos
héros favoris ? Il faudra bien en finir pourtant.

Tout au long de l'année 1849, le roman s'étire,
avant de rebondir tardivement, dopé par les machinations d'Aramis. Mais les éditeurs s'inquiètent pour le
dénouement et Maquet pour ses rémunérations. Au
début juin 1849, c'est chose faite : ils négocient directement, par-dessus la tête de Dumas. Louis Perrée, directeur du *Siècle*, confirme à Maquet que 1 000 francs
sont à sa disposition et il ajoute : « Je ne peux pas
comme vous le désirez mettre vos comptes au dehors
de ceux de Dumas puisque c'est à lui que je suis obligé

de par la loi et les oppositions de payer tout ce qui est
dû. *Le Vicomte de Bragelonne* fini, je vous promets
de prendre des arrangements tels que vous puissiez
sans aucune difficulté compter sur ce qui doit vous
revenir[10]. » Perrée, de son côté, s'adresse directement
à Maquet le 20 août dans l'espoir d'être débarrassé
de l'interminable roman : « Les jours passent, et je ne
vois rien venir. Je me suis cependant expliqué assez
franchement avec vous pour pouvoir compter sur
votre empressement à nous livrer la fin du *Vicomte de
Bragelonne.* » Dumas, qui continue d'écrire à Maquet,
sur le ton ordinaire, des billets d'ordre technique, ne
semble pas se douter qu'on est en train de le déposs-
séder.

Quand il s'en aperçut, *in extremis*, il jeta l'éponge,
n'étant pas en position de force. Il faut dire que le
roman dépassait les treize volumes que *Le Siècle* avait
concédés au lieu des six ou huit initialement prévus.
D'où des discussions de marchands de tapis au sujet
d'un éventuel quatorzième volume. Perrée voulait en
finir sans débourser un sou de plus, Maquet se faisait
prier, quant à Dumas, il refusait de tuer d'Artagnan.
Le directeur du journal trancha dans le vif, coupa les
neuf lignes qui terminaient le chapitre de Dumas sur
la séparation des deux mousquetaires survivants, et
obtint de Maquet, moyennant une gratification supplémentaire, un récit de la mort de d'Artagnan digne
du héros de la trilogie. Ils eurent la courtoisie de soumettre ce chapitre à Dumas, qui l'entérina. Mais celui-
ci comprit que le docile collaborateur s'apprêtait à se
poser en rival.

La question d'argent servit de détonateur au conflit. Maquet réclama, très légitimement, que son dû lui fût réglé. Si l'on en croit les pièces évoquées plus tard lors du procès, les arriérés se montaient alors à la somme énorme de 100 000 francs. Le seul moyen de trouver de l'argent frais était, on l'a dit, le théâtre. Dumas lui proposa de collaborer ouvertement à une série de drames, sur lesquels il toucherait immédiatement la moitié des revenus. Il s'engagea à faire avec lui trois pièces par an. En 1847, ils n'en firent que deux : responsabilité partagée. De même en 1848, d'un commun accord. En 1849, ils en firent trois, auxquelles s'ajouta *Le Comte Hermann*, écrit par Dumas seul, comme il en avait le droit puisque leur contrat était rempli*. Mais visiblement, Maquet se faisait tirer l'oreille : il avait refusé de collaborer au *Comte Hermann*. En 1850, ils firent ensemble *Urbain Grandier*, mais Maquet écarte d'autres projets et prétend tirer un drame de *Chicot*, autrement dit *La Dame de Monsoreau* : « Vous voyez une pièce dans Chicot, réplique Dumas, je ne la vois pas, tirez donc la pièce du roman. » Mais Maquet n'en tire rien dans l'immédiat.

Dumas est-il coupable à l'égard de Maquet en recourant à d'autres collaborateurs ? « Combien de fois, mon ami, vous ai-je dit de lire *Pauline* et de voir s'il n'y aurait pas une pièce dedans. Pourquoi ai-je laissé faire une pièce avec *Pauline*, pourquoi voulais-je essayer de faire une pièce avec des décors et sans mon nom avec

---

* Respectivement *La Reine Margot* et *Les Girondins* (= *Le Chevalier de Maison-Rouge*) ; *Monte-Cristo* et *Catilina* ; *Les Mousquetaires, D'Harmental* et *La Guerre des femmes*.

Le Corricolo [*La Chasse au Chastre*]? Pour vous payer cet arriéré dont vous me parlez, cher ami. Comment vous le paierais-je autrement qu'en faisant de l'argent par tous les moyens possibles? Maintenant j'ai un tiers dans *Les Lansquenets*, je ne sais ce que cela fera; j'ai un tiers dans *Pauline*, qui ne m'a pris ni travail d'exécution, ni travail de mise en scène. J'ai moitié dans une pièce au Vaudeville. Eh bien, qu'ai-je dit à Dulong? Nous mettrons tout cela au compte de Maquet[11]. »

Derrière les aspects financiers de la question se cachent des arrière-pensées. De la part de Maquet d'abord. Les pièces auxquelles il accepte de collaborer ou qu'il propose sont presque toutes tirées de romans à succès, largement diffusés, à la rédaction desquels il a participé – une façon comme une autre d'affirmer ses droits sur ces romans. Il abandonne au contraire les sujets peu connus à Paul Meurice ou à l'équipe Grangé-Montépin. Ajoutons qu'en 1850 la fabrique de pièces, tournant à plein régime, commence à produire en grande série des œuvres peu propres à servir la gloire de leurs auteurs. Maquet prend donc ses distances.

De son côté Dumas a sans doute les meilleures raisons d'écarter du théâtre son collaborateur attitré. Il lui faut des succès. Or il a suffisamment travaillé avec lui pour savoir qu'il a deux sérieux points faibles, la construction de l'intrigue et les dialogues, autrement dit l'essentiel. Il serait contraint à mettre largement la main à la pâte dans une pièce écrite en commun. Les professionnels en revanche n'exigent de lui aucun effort et leur pratique du métier garantit que leur texte, même sur des sujets médiocres, passera la rampe sans difficulté.

Au terme de sa très longue réponse aux « petits griefs » formulés par Maquet, il se garde de couper les ponts. Après avoir aligné les chiffres pour démontrer qu'il lui est impossible de donner 1 000 francs sur un volume qui ne lui en rapporte que 600, il conclut, pathétique :

> « Voulez-vous – et ce sera à mon grand désespoir –, interrompre notre travail jusqu'à ce que je sois rentré dans la moitié de ma propriété – alors je vous le dirai – à l'instant même – car pour moi toute collaboration avec un autre que vous est de l'adultère.
>
> Voulez-vous continuer aux mêmes conditions et faire avec moi – à votre nom pour d'autres théâtres des pièces sur lesquelles vous prendrez une différence fixée –, ce sera à ma grande joie.
>
> Voulez-vous quand j'en aurai fini avec Kopp* que je vous donne pour 20 francs de billets de plus par jour ?
>
> Enfin voyez ce que vous voulez, mais veuillez dans la mesure de ma possibilité.
>
> Bien à vous du plus profond du cœur. »

Comme à son habitude, Dumas transpose sa vie en drame. Mais l'emphase des mots recouvre une authentique colère. Ne nous y trompons pas, entre eux la rupture est consommée. Elle est vécue de part et d'autre sur le plan passionnel, comme une trahison. Chacun

---

* Un sous-traitant à qui il a affermé ses billets.

cherche donc à rejeter sur l'autre la responsabilité du conflit qui se prépare : je suis prêt à le garder, dit en substance Dumas, mais je ne l'y force pas, je peux me passer de collaborateur. Ses offres, soulignons-le, portent uniquement sur une collaboration *théâtrale*. Or l'enjeu secret de l'affrontement, ce sont les *romans*. Pour l'argent, mais surtout pour la gloire. En 1S50, la renommée de Dumas romancier est sans commune mesure avec celle du dramaturge. Les pièces tirées de ses romans sont ce qu'on appellerait aujourd'hui des produits dérivés, certes rentables dans l'instant, mais qui ne peuvent concurrencer les revenus potentiels des œuvres originales. *Les Trois Mousquetaires*, à eux seuls, ont déjà fait l'objet de traductions en Angleterre, aux États-Unis, en Allemagne, en Italie, au Danemark et en Suède, et les éditeurs belges ont sorti huit contrefaçons. Alors, que dire de l'ensemble de l'œuvre ? Certes les contrats signés sont au seul nom de Dumas, mais une révision est toujours possible. Maquet, encouragé par la confiance des responsables du *Siècle*, se sent pousser des ailes. Il exige d'être reconnu comme coauteur, à part égale, de tous les romans auxquels il a participé. Et cela, Dumas n'est nullement disposé à le lui concéder. Parce qu'il a une claire conscience de sa propre valeur et, accessoirement, parce qu'il n'a pas apprécié de s'être vu écarté à son profit dans le dénouement du *Vicomte de Bragelonne*, où la survie de d'Artagnan était en jeu.

Leur conflit s'étalant sur la place publique, Maquet se plaint à Paul Lacroix et le presse d'intervenir :

« Pourquoi va-t-il répétant partout que mon travail ne lui sert à rien, qu'il peut se passer de moi, pourquoi me force-t-il de faire ce qu'il dit et de risquer pour sauver ma réputation de nuire considérablement à la sienne puisqu'un fait incontestable, c'est que, me retirant de lui, je lui ôterai nécessairement ce que je lui apportais. Je m'amoindrirais sans doute ne l'ayant plus, mais je le diminuerais en m'écartant.

J'ai pour lui malgré tout de l'amitié et je ne me refuserai jamais à le lui prouver. Qu'il établisse nos relations désormais d'une façon claire, positive, inaltérable, qu'il limite mes revenus, mais qu'il les apure. Qu'il n'oublie pas la part réelle de réputation. J'y tiens plus qu'à toute autre chose[12]. »

Qu'on lise de près cette lettre. Sous son apparente douceur, elle respire la suffisance et elle comporte une menace à peine voilée. Maquet met en parallèle leur contribution respective à l'œuvre commune en des termes qui en réduisent à peu de chose la disparité : une rupture serait préjudiciable à Dumas presque autant qu'à lui-même. En clair, il le met au défi de se passer de lui. Pour éviter d'en venir à cette fâcheuse extrémité, il est prêt à consentir généreusement des sacrifices financiers. Mais – *in cauda venenum* – qu'il n'oublie pas la *réputation* ! Non, cette lettre n'avait rien d'amical et Dumas ne s'y trompa pas. Il proposa en retour de hausser de la moitié aux deux tiers la part de Maquet dans les revenus, mais il resta muet sur la copaternité espérée.

Leurs affaires étaient trop imbriquées pour que leurs relations fussent totalement rompues. En 1851 le nom de Maquet apparut encore aux côtés du sien pour *Olympe de Clèves*, un roman assez réussi sur les milieux théâtraux au temps de Louis XV, et pour des drames sans grand intérêt. Mais leur collaboration touchait à son terme. L'occasion s'offrit à Dumas de rompre leur accord pour *Ange Pitou*, qu'ils avaient commencé de rédiger ensemble. Le nouveau pouvoir, jugeant les romans-feuilletons subversifs, avait imaginé, pour asphyxier les journaux à gros tirages qui les diffusaient, de les frapper d'un droit de timbre d'un centime par exemplaire vendu – ce qui faisait, pour un tirage à quarante mille, une charge supplémentaire de 400 francs, impossible à récupérer sur l'abonné sous peine de le faire fuir. Émile de Girardin avait donc sommé Dumas de réduire son roman à un demi-volume au lieu de six, à dix chapitres au lieu de cent : « Arrangez-vous, et coupez, si vous ne voulez pas que je coupe. » Dumas avait donc informé Maquet que le travail fait lui serait payé, mais qu'il se chargeait seul de terminer *Pitou*.

Maquet avait de la suite dans les idées. Il attendit un moment propice. Prenant prétexte du concordat qui avait réduit la dette de Dumas, il finit par le poursuivre en justice pour réclamer son dû. Il demandait en même temps d'être reconnu, à égalité, comme auteur des œuvres issues de leur collaboration. Le 3 février 1858, bien qu'il ait naguère affirmé par écrit, lors de l'affaire Mirecourt, qu'il renonçait à tous droits d'auteur sur les ouvrages concernés, le tribunal lui accorda 25 %, donc une part de propriété commer-

ciale. Mais il fut débouté pour la propriété littéraire :
Dumas en restait le seul et unique détenteur.

En 1860, Noël Parfait, voyant que Dumas souhaitait retoucher les pièces naguère tirées de ses romans
et porter la fin du *Vicomte de Bragelonne* au théâtre,
lui avait suggéré de renouer avec Maquet et avait
entamé avec celui-ci des négociations qui avortèrent
et ne firent qu'envenimer la situation[13].

Maquet, mécontent, a-t-il marqué sa grogne en gar-
dant par-devers lui le montant de reprises qu'il devait
partager de la main à la main avec Dumas ? « C'est un
homme avec qui je ne peux plus avoir aucun rapport,
écrit celui-ci à son fils [...]. Maquet est un voleur. »
Or, à cette date – 29 décembre 1861 –, Dumas est
sorti de ses embarras financiers. Deux ans plus tôt,
il a signé avec l'éditeur Michel Lévy un grand traité
par lequel il lui cédait pour dix ans le droit exclusif
de réimprimer l'ensemble de ses œuvres, au format
in-18 à 1 franc, moyennant 10 centimes pour lui
par volume imprimé, avec un acompte immédiat de
150 000 francs. Les procès se trouvaient désormais à
la charge des éditeurs, qui, rassurons-nous, firent au
total une bonne affaire. Et Dumas, lui, n'en était plus à
attendre les quelques sous tirés d'une reprise théâtrale.
En réalité, chez lui comme chez Maquet, les questions
matérielles ne sont que l'affleurement visible d'une
dissension très profonde, qui touche à leur être même.
Aux yeux de Dumas, Maquet a tenté de lui voler bien
plus que son argent – une part de la gloire d'écrivain
qui est sa raison de vivre. À ceux de Maquet, Dumas
lui a volé son travail, étouffant dans l'œuf ses chances

d'atteindre aux sommets. Chez l'un et l'autre, la blessure est inguérissable.

Les concessions financières que Dumas lui accorde, en 1868, lors d'une froide réconciliation sont presque insultantes :

> « Ne parlons plus du passé. Le passé est celui de mes gens d'affaires. Heureusement, je suis sorti de leurs mains. À partir du mois de janvier dernier, que toute pièce qui portait nos deux noms nous rapporte des droits égaux. Je ne crois pas qu'il y ait autre chose à faire entre nous. Je m'en rapporte à votre parole. »

Que lui dit-il en substance ? Vous êtes payé, et bien payé, vous ne méritez rien de plus !

Maquet avait de la fortune personnelle au départ et il était bon gestionnaire. Il vécut jusqu'en 1888, fort riche, propriétaire du château de Saint-Mesme, près de Dourdan. Il ne manquait pas de talent. Il avait continué d'écrire seul des romans et des pièces de théâtre d'un niveau honnête, sans plus, qui ne tranchaient pas parmi les productions du temps. Il eut l'argent, pas la gloire. Dumas, lui, trouva le moyen de gaspiller les revenus que lui assuraient ses livres grâce à Lévy et mourut dans la misère, à la charge de son fils. Mais sa gloire ne fit que croître auprès de la postérité, dépassant toutes les espérances. Une gloire telle que Maquet en reçut une faible réfraction. Qui parlerait aujourd'hui de lui s'il n'avait été le « nègre » de Dumas ?

Chapitre 16

Retour sur soi

Dumas est tombé de haut, de très haut. La chute a été d'autant plus brutale. Dans le naufrage se sont brisés sa fortune – il est ruiné –, sa réputation – il passe pour un écrivain fini –, son rêve d'un rôle politique – il n'a pas été élu député et d'ailleurs la République est morte. Le seul élément positif est que son fils, qui s'est lancé sur ses traces, collectionne les succès. Treize mois après son triomphe à Paris au Vaudeville, *La Dame aux camélias* rebaptisée *Traviata* et transcrite en musique par Verdi, inaugure à la Fenice de Venise une carrière qui se poursuit encore sur toutes les scènes du monde. Dans le genre alors goûté du public, c'est-à-dire le drame bourgeois réaliste, le jeune Alexandre produit avec régularité des œuvres bien ficelées mais respectueuses des idées reçues, qui lui procurent indépendance financière et assise mondaine. Leur relation s'inverse peu à peu, il devient pour son père une bouée de secours.

Car Dumas, incorrigible, se lance dans des activités désordonnées pour relever le défi et montrer qu'il existe encore. Avec raison, il mène à leur terme les tâches entreprises. Il avait entamé, sous le titre de *Mémoires d'un médecin* un vaste cycle consacré à la Révolution, dont les deux premiers volets, *Joseph Balsamo* et *Le Collier de la Reine*, avaient déjà paru dans *La Presse*. Il achève *Ange Pitou*, sévèrement mutilé pour raisons fiscales. Mais, loin de renoncer à abandonner ses héros en plein suspens, il complète et achève le récit de leurs aventures dans *La Comtesse de Charny*. Il en vient à bout sans Maquet, tout seul. Puisque les feuilletons romanesques sont désormais interdits, il recourt à la publication directe en librairie, chez Cadot, en 19 volumes, de 1852 à 1855.

En 1847, dans l'euphorie, il avait commencé de rédiger des *Mémoires* soulevés par l'allégresse de son enfance retrouvée, puis il les avait négligés faute de temps. Retiré à Bruxelles, il les propose à *La Presse* pour remplacer les romans-feuilletons prohibés et il en poursuit la rédaction. Mais, désormais catalogué comme opposant au régime, il se heurte à une surveillance politique accrue, qui multiplie les caviardages. Au bout de deux ans, Girardin, sur pression de la censure, se résout à le lâcher. Les journaux lui ferment leurs colonnes ? Qu'à cela ne tienne, il crée aussitôt son propre journal, *Le Mousquetaire*, un quotidien, purement littéraire puisque la politique est désormais interdite, dont il sera le rédacteur principal et quasi exclusif. C'est une nouvelle folie pour son intendant et ami Noël Parfait, qui prédit une « débâcle » rapide et se désole de le voir galvauder son talent dans « un indigeste recueil de vieilles anecdotes de coulisses et de citations faites

sans ordre, sans plan, sans but, à tort et à travers[14] ».
Son obstination lui permit cependant de tenir dix-huit
mois, mais le verdict de Parfait se révéla juste quant
au contenu. Reste tout de même au *Mousquetaire*
d'avoir publié en primeur le plus célèbre sonnet de
Gérard de Nerval, *El Desdichado*, et la première partie de sa *Pandora*.

Les œuvres alimentaires – narratives ou dramatiques – qu'il produit à la chaîne dans ces années
difficiles n'ont pas tué en lui les grands projets, au
contraire. Au printemps de 1852, il met en route une
« épopée universelle qui n'est autre chose que l'histoire du monde entier depuis le titan Prométhée jusqu'à
l'ange du jugement dernier », « un drame religieux,
social, philosophique, amusant surtout, comme tout
ce que je fais – chrétien et évangélique ». « Les personnages principaux : le Christ, Marie la Madeleine,
Pilate, Tibère, le Juif errant, Cléopâtre, Prométhée,
Octavie, Charlemagne, Vitikind, Velléda, Maugis,
Merlin, la fée Mélusine, Renaud, les trois fées, Thor,
Odin, les Walkyries, le loup Feuris, la mort, le pape
Grégoire VII, Charles IX, le cardinal de Lorraine,
Catherine de Médicis – des personnages d'invention
au milieu de tout cela – Napoléon, Talleyrand, les
douze maréchaux, tous les rois contemporains, Marie-
Louise, Hudson Lowe, l'ombre du roi de Rome, l'avenir, le monde tel qu'il sera dans mille ans – Siloë, le
second fils de Dieu – le dernier jour de la terre – le premier jour de la planète qui doit lui succéder »[15]. Sans
doute pour recueillir quelques retombées du succès
obtenu par *Le Juif errant* d'Eugène Sue, cette épopée
« monstre » devait porter le titre d'*Isaac Laquedem* –

autre nom du même personnage. Il est extraordinaire qu'il ait réussi à pousser l'entreprise jusqu'au règne de Néron, plus extraordinaire encore qu'il ait trouvé *Le Constitutionnel* pour l'accueillir – au prix, il est vrai, de quelques lourdes coupures exigées par respect pour le lectorat catholique.

Ne nous moquons pas. En ce milieu du XIXe siècle, les orphelins du christianisme, qui avaient rompu avec l'Église sans se satisfaire de la raison, qu'elle fut déesse ou pas, s'étaient lancés, avec des talents très inégaux, dans des synthèses métaphysiques visant à éclairer le destin de l'humanité, des origines jusqu'à la fin du monde. Hugo, entre autres, n'allait pas tarder à y apporter sa contribution. *La Fin de Satan* et *Dieu* méritent beaucoup mieux que le mépris dont la critique positiviste les accabla longtemps. *Isaac Laquedem* est loin d'en égaler la qualité poétique, mais il est assurément plus « amusant ».

Cette recherche éperdue d'un sens ne concerne pas seulement l'histoire de l'humanité. Elle hante aussi les individus lorsqu'ils se retournent sur leur passé. Dumas y est fatalement conduit par sa déroute. Lorsqu'il tente de faire le point, il est assez lucide pour voir que son parcours politique est ambigu et que son œuvre accueille trop souvent le médiocre au côté du meilleur. Il s'efforce donc de donner à l'un et à l'autre, rétrospectivement, la cohérence qui leur a manqué, de les reconstruire. Il essaie d'une part de se refaire un passé de républicain, d'autre part de donner à son œuvre la dimension d'une synthèse historique. Il n'y parvient qu'imparfaitement, mais l'effort accompli lui permet de se reconstruire lui-même.

Plus le passé est lointain, plus il lui est aisé d'en gommer les ombres dans les *Mémoires*. La légende construite autour du père n'est pas fausse, même si l'antipathie pour Napoléon joua plus que les convictions politiques dans sa mise à l'écart. Il est exact d'autre part que Dumas lui-même, en 1830, était de cœur aux côtés des insurgés pour défendre la liberté de la presse. Il n'est pas trop difficile de repeindre aux couleurs républicaines ses déambulations à travers Paris, qui, ponctuées de pauses pour se restaurer, relevaient plus de la curiosité et de l'excitation collective que de l'engagement résolu. Quelques emprunts aux thèmes et à la phraséologie de ses amis réfugiés à Bruxelles après l'échec de 1848 font l'affaire : « Ceux qui ont fait la révolution de 1830, c'est cette jeunesse ardente du prolétariat héroïque qui allume l'incendie, il est vrai, mais qui l'éteint avec son sang ; ce sont ces hommes du peuple qu'on écarte quand l'œuvre est achevée, et qui, mourant de faim, après avoir monté la garde à la porte du trésor, se haussent sur leurs pieds nus pour voir, de la rue, les parasites du pouvoir, admis, à leur détriment, à la curée des charges, au festin des places, au partage des honneurs[16]. » C'est anachronique, mais c'est beau !

Le récit des *Mémoires* s'étire jusqu'en 1833 avant de s'interrompre sans préavis. L'interdiction d'y parler de politique, qui en est responsable, rend à Dumas un fier service, car son républicanisme affiché y aurait

été sérieusement mis à mal. En réalité il s'était rallié
de bonne grâce au régime issu de 1830, cadre de sa formidable ascension. Il aspirait aux honneurs que dispen-
sait la monarchie, qu'il ne se privait pas pour autant
de critiquer. Il invoquait sa double origine pour expliquer ce grand écart : « Appartenant moi-même à une
ancienne famille dont, par une suite de circonstances
étranges, je ne porte plus le nom, j'ai toujours pris à
tâche, malgré mes opinions à peu près républicaines,
de grandir notre vieille noblesse[17]. » Double fidélité,
tout à fait honorable en son temps, mais qui n'est plus
de saison.

La révolution de 1848 lui laisse un goût amer. Elle lui
a coûté sa fortune, sa situation, son avenir. Si encore sa
débâcle personnelle avait été le prix à payer pour l'avènement d'un régime meilleur ! Mais le coup d'État
marque un recul brutal dans la marche à la République
sur laquelle il fondait ses espoirs. Il a tout perdu, pour
rien. Et le plus grave est qu'il a contribué à ce désastre.
Il n'a rien vu venir et s'est lourdement trompé. Comme
la plupart des Français, il souhaitait l'abaissement du
cens conditionnant le droit de vote, pour associer un
plus grand nombre de citoyens au gouvernement. Il
était réformiste, pas révolutionnaire. Républicain ? Pas
vraiment. Car les républicains étaient divisés. Il voyait
avec inquiétude les surenchères de l'aile gauche de
l'Assemblée, qui donnait une coloration plus sociale
que politique à ses revendications. Il s'associa – mollement – à la campagne de banquets organisée pour
imposer une révision de la loi électorale. Lorsque se
déclenchèrent les troubles, il était commandant de la

Garde nationale de Saint-Germain-en-Laye. Comme
la plupart de ses collègues, il se réfugia dans l'atten-
tisme et suivit en témoin les progrès de l'insurrection
qui coûta son trône à Louis-Philippe.

L'Assemblée, conformément à l'acte d'abdication,
penchait pour une régence, jusqu'à ce que Philippe,
petit-fils du roi, âgé de dix ans, fût en mesure de
régner. Dumas était partisan de cette solution : il avait
eu de l'affection pour son père, mort accidentellement
en 1842, il éprouvait estime et amitié pour sa mère,
la duchesse d'Orléans. La pression populaire ayant
imposé la République, il s'y rallia cependant de bon
cœur : « Oui, ce que nous voyons est beau ; ce que
nous voyons est grand. Car nous voyons une république, et jusqu'à aujourd'hui nous n'avions vu que
des révolutions. » Le suffrage universel était adopté
et la liberté de la presse rétablie. Il crut que s'ouvrait à
nouveau devant lui un avenir politique. « À vous et au
Constitutionnel mes romans, mes livres, ma vie littéraire enfin, écrivit-il alors à Girardin. Mais à la France
ma parole, mes opinions, ma vie politique. À partir
d'aujourd'hui il y a deux hommes dans l'écrivain : le
publiciste doit compléter le poète[18]*. »

Dans son enthousiasme candide, il n'a rien compris
sur le moment à la spécificité de la révolution de 1848,
que Tocqueville analyse avec une parfaite lucidité[19].
Elle différait profondément de celle de 1830. Après
leur facile victoire, les républicains s'opposaient sur
une question clef : fallait-il seulement améliorer la

---

* *Le Constitutionnel* était le journal de Véron à qui Dumas avait
promis, par moitié avec Girardin, l'exclusivité de sa production.

condition des ouvriers ou bouleverser la société de fond en comble à leur profit ? Ceux qu'on appelait alors les socialistes – et pas encore les communistes – avaient acquis une importante assise dans le peuple parisien. Ils proposaient une vaste réorganisation du travail, dans un sens collectiviste, et exigeaient qu'on substitue le drapeau rouge au drapeau tricolore. Mais l'opinion, dans son énorme majorité, craignit que la revendication égalitaire n'ouvrît les portes toutes grandes aux déchaînements populaires, aux pillages, aux violences. Dans l'Assemblée constituante légalement élue au suffrage universel, les modérés l'emportaient de très loin sur l'extrême gauche minoritaire. L'affrontement était inévitable.

Les manifestants, expulsés de la salle des séances le 15 mai, tentèrent de créer à l'Hôtel de Ville un gouvernement provisoire rival. Les principaux meneurs furent arrêtés ou s'enfuirent. L'épreuve de force eut finalement lieu en juin, au moment où la dissolution des impraticables ateliers nationaux jetait sur le pavé de Paris des milliers de chômeurs en colère. Tout l'est de la ville se couvrit de barricades. L'Assemblée opta pour la manière forte. Elle confia la reprise en main au général Cavaignac. L'issue du conflit reposait pour une bonne part entre les mains de la Garde nationale. En février, elle était restée passive. En juin, augmentée de renforts venus de province par le chemin de fer, elle se joignit à la troupe régulière contre les ouvriers révoltés. Dumas arpenta les rues restées accessibles, soucieux de tout voir. Son principal souci semble avoir été de ne pas intervenir. Face à l'émeute, il a viré brutalement à droite, par répulsion pour les « anarchistes », fauteurs de désordres, de violence. Trois jours de guerre civile féroce s'achevèrent sur des centaines de morts et des déportations massives. Soulagé, mais pas fier, il plaida pour l'amnistie. Mais comment aurait-il pu raconter dans les *Mémoires* qu'il rédige à Bruxelles en démarquant l'*Histoire de dix ans* de Louis Blanc, que quatre ans plus tôt il avait classé dans une proclamation électorale ce même Louis Blanc parmi les haïssables « Montagnards », bons pour la prison ou l'exil ?

On a beau jeu de dénoncer sa versatilité ou d'imputer à son égoïsme de bourgeois nanti son rejet du socialisme. On oublie qu'il n'est plus nanti, il est ruiné. Ensuite c'est faire bon marché d'une angoisse profonde, qu'il partage avec les libéraux de sa génération. Qu'ils le veuillent ou non, les acteurs de 1830 et surtout de 1848 sont hantés par le souvenir de la première Révolution, la grande, dont ils croient voir se rejouer les principaux épisodes. Or en 1793, les insurrections populaires ont débouché certes sur la République, mais une république qui n'avait rien de démocratique et qui a dégénéré en Terreur – une issue dont on ne veut à aucun prix. Le traumatisme laissé par les massacres de Septembre et la guillotine hante l'inconscient collectif aussi longtemps que le souvenir en reste transmis de vive voix dans les familles. Tout mouvement populaire est perçu comme une menace et engage du côté de l'ordre des hommes pourtant libéraux.

Dans le cas de juin 1848, les ouvriers parisiens se voient reprocher d'avoir, par leurs excès, fragilisé la République qui peinait tant à se mettre en place – en somme de l'avoir tuée. La peur qu'ils ont inspirée a jeté les électeurs dans les bras de Louis-Napoléon Bonaparte. Le général Cavaignac avait fait la sale besogne en démantelant les bastions insurgés, mais c'était un modéré, fils d'un conventionnel et frère d'un militant républicain. Il aurait peut-être été respectueux des institutions. Mais les Français – y compris Dumas – lui préférèrent le neveu de celui qui s'était jadis approprié le pouvoir qu'avait été incapable d'exercer la Première République.

Il vaut la peine de lire, pour comprendre le dilemme auquel se heurtaient les contemporains, l'extraordinaire chapitre des *Misérables* où Hugo condamne, à contrecœur, l'insurrection de juin : « Il fallut la combattre, et c'était le devoir, car elle attaquait la République. » Puisque le peuple, doté du suffrage universel, était désormais souverain, elle offrait le spectacle absurde d'une « révolte du peuple contre lui-même » ! La monstrueuse barricade de la rue Saint-Antoine « attaquait au nom de la Révolution, quoi ? la Révolution. Elle, cette barricade, le hasard, le désordre, l'effarement, le malentendu, l'inconnu, elle avait en face d'elle l'Assemblée constituante, la souveraineté du peuple, le suffrage universel, la nation, la République ; et c'était la *Carmagnole* défiant la *Marseillaise*[20] ».

Dumas, lui, ne s'est pas expliqué sur sa conduite pendant ces moments cruciaux. Mais il en a été profondément atteint. Il reste obsédé par une interrogation angoissée sur l'échec redoublé de la République. Il la met en scène dans un de ses derniers grands romans, *La Comtesse de Charny*, qui va des émeutes d'octobre

1789 à l'exécution de Louis XVI. Il vient de découvrir l'*Histoire de la Révolution française* de Michelet, alors en cours de publication, qui supplée avantageusement à l'absence de Maquet : « Michelet, c'est mon homme à moi, mon historien à moi. On n'a pas encore pensé à me le donner comme collaborateur ; eh bien, si on ne me le donne pas, je déclare, moi, que je le prends[21]. » Sur les événements, il suit de très près son modèle et en épouse les jugements. Mais en même temps, par l'entremise de personnages fictifs incarnant les diverses façons dont ces événements ont été vécus, il poursuit un long dialogue avec lui-même sur la Révolution et la République, avant de conclure qu'elles sont incompatibles. Au moment où s'annonce l'instauration de la Terreur, alors que la mort a déjà éclairci les rangs parmi eux, les survivants, écœurés, se retirent de la politique : le brave Ange Pitou s'en retourne cultiver sa ferme, les deux anciens conventionnels – l'un régicide, l'autre pas – quittent la France pour l'Amérique, pays présumé de la liberté.

Dumas, par personnages interposés, a soldé son compte avec la Révolution de 1789 et sa réplique de 1848, également incapables d'accoucher d'une république viable. Il renonce lui aussi à l'action politique, sauf sous forme négative, dans un rejet résolu du régime impérial – preuve qu'il n'est pas une girouette et que ses volte-face antérieures devaient plus à ses doutes qu'à ses ambitions. Il voue désormais à la république un amour profond, qui s'épanouit d'autant mieux à distance qu'il ne se heurte pas aux complexités du réel. Elle reste l'Arlésienne dont il peut rêver à son gré, faute de pouvoir la penser concrètement. De son expérience personnelle sur le terrain et de celles qu'il prête à ses héros, se détache une constante, l'horreur de la violence, des massacres, du sang, l'immense pitié pour les victimes, l'élan qui porte à les protéger, quelle que soit leur appartenance et même si elles ne sont pas pures de tout reproche. Pour Dumas, les êtres priment sur les idées, les amitiés ignorent les frontières idéologiques et la fraternité n'est pas un vain mot. Grâces lui en soient rendues.

Le retour sur son parcours politique s'est accompagné d'un regard rétrospectif sur son œuvre. Les louanges se sont tues, l'encens s'est évaporé. Il est dégrisé. Loin des feux de la rampe, il craint d'être oublié. Il a beaucoup écrit, trop sans doute et trop vite. Ses feuilletons ne risquent-ils pas de partager le sort de ces objets que nous nommons aujourd'hui « de consommation », faits pour être jetés après usage ? Une question le hante : qu'en restera-t-il ? Et il est avide de respectabilité littéraire. Le temps réévalue les réputations, à la hausse ou à la baisse. Il avait cru naguère surclasser Balzac. Il n'aimait pas l'homme et trouvait son écriture bien pesante. Mais après sa mort en 1850, on a découvert la grandeur de *La Comédie humaine*, une somme qui saisit et brasse en profondeur toute la société de l'époque. Or elle était passée par les journaux avant de paraître en volumes. Se placer dans son sillage permettait d'effacer la tare originelle dont la critique avait affublé le feuilleton.

Dumas s'efforça donc de donner lui aussi à ses romans une cohérence globale. Il lui suffisait pour cela de réactiver le vieux thème directeur de *Gaule*

et France et de présenter les trois grands cycles romanesques – Renaissance, XVIIᵉ siècle et Révolution –
comme une suite concertée retraçant l'histoire de la
société française en marche. Il aurait ainsi fait pour le
passé l'équivalent de ce que Balzac avait fait pour le
présent :

> « Peut-être que ceux qui lisent chacun de nos
> livres isolément s'étonnent-ils que nous appuyions
> parfois sur certains détails qui semblent un peu
> étendus pour le livre même dans lequel ils se
> trouvent. C'est que nous ne faisons pas un livre
> isolé […], nous remplissons ou nous essayons
> de remplir un cadre immense. Pour nous, la pré-
> sence de nos personnages n'est point limitée à
> l'apparition qu'ils font dans un livre […]. Balzac
> a fait une grande et belle œuvre à cent faces, inti-
> tulée *La Comédie humaine*. Notre œuvre à nous,
> commencée en même temps que la sienne, mais
> que nous ne qualifions pas, bien entendu, peut
> s'intituler *Le Drame de la France*[22]. »

Une œuvre aussi ambitieuse avait nécessairement
de hautes visées. Nul ne s'étonnera donc de voir reparaître sous la plume de Dumas l'antique hiérarchie
entre l'utile et l'agréable, derrière laquelle s'abritaient
déjà nos classiques :

> « Du jour où nous avons mis la main à la plume
> […], soit que notre pensée se concentrât dans un
> drame, soit qu'elle s'étendît dans un roman, nous
> avons eu un double but : instruire et amuser. Et

nous disons instruire d'abord ; car l'amusement,
chez nous, n'a été qu'un masque à l'instruction.
[…] Eh bien, nous avons la prétention d'avoir,
sur ces cinq siècles et demi, appris à la France
autant d'histoire qu'aucun historien. »

On n'aura pas la cruauté d'insister sur la vanité
de ses efforts pour donner après coup à son œuvre
une portée qu'elle n'a pas. Chacun sait bien que ses
feuilletons visaient avant tout à séduire un lectorat
versatile, qui cherchait d'abord son plaisir. Quant à
la continuité, elle n'est assurée, à l'intérieur de chacun des trois cycles, que par les aventures qui s'y
enchaînent. Mais entre eux il y a trop de lacunes pour
qu'un sens général soit perceptible. On y découvre
des épisodes particulièrement dramatiques de l'histoire de France, mais non l'évolution organique de
la France elle-même, telle que la concevait Michelet
par exemple. Il y a histoire et histoire. Dumas, démarquant chroniqueurs et mémorialistes, fait œuvre de
vulgarisateur sérieux, sans prétendre à l'originalité.
Ses vues sont conformes à celles des historiens de son
temps – d'où quelques écarts avec les nôtres. Il diffuse auprès du public non averti des connaissances
utiles et les fixe dans sa mémoire à l'aide d'images
d'Épinal frappantes, qui ont la vie si dure qu'elles
commandent encore aujourd'hui l'idée qu'on se fait
communément de Catherine de Médicis, de Richelieu
ou de Mazarin. Ces images sont imprégnées d'une
morale civique très consensuelle, conformiste sans
doute, mais préservée de la polémique. Elles remplissent le rôle qu'auront plus tard les manuels des-

tinés aux écoliers de la Troisième République. À ce seul titre, d'ailleurs fort estimable, il a le droit de se proclamer historien.

Mais il est navrant qu'il le fasse au détriment de ce qui constitue son vrai talent. Pourquoi a-t-il tant de peine à se reconnaître pour ce qu'il est, un merveilleux conteur ? Toutes ses ambitieuses professions de foi proviennent des préjugés sur l'inégale dignité des genres littéraires qui sévissaient encore au début du siècle, et dont il n'est jamais parvenu à se défaire. Comme si le fait de bien raconter des histoires, au pluriel et sans majuscule, n'était pas une forme d'art dont la maîtrise n'est pas donnée à tout le monde ! Dumas a bien tenté de faire croire à la génération spontanée de ses écrits : « Je ne fais pas de pièces, les pièces se font en moi. Comment ? Je n'en sais rien. Demandez à un prunier comment il fait des prunes, et à un pêcher comment il fait des pêches, vous verrez si l'un ou l'autre vous donne la solution du problème[23]. » On avait déjà entendu des propos de ce genre dans la bouche d'un de nos plus subtils écrivains, La Fontaine. Assurément Dumas, « homme tout de premier mouvement », comme il se définit lui-même, s'est souvent lancé les yeux fermés dans un drame ou un roman, sans se perdre en réflexions théoriques préalables. Mais cela n'était possible, pour lui comme pour le fabuliste, que parce qu'une longue pratique antérieure lui faisait trouver spontanément la forme et le ton appropriés.

La lecture quasi exclusive de ses romans fait oublier qu'il fut, en son temps, un critique dramatique très compétent. Et si l'on prenait la peine de parcourir les compilations laborieuses dont il meubla les colonnes de ses propres journaux, on y trouverait des foules de commentaires pertinents sur l'art ou sur la littérature. On ne résiste pas au plaisir de citer ici quelques-unes de ses notes de lecture sur le chef-d'œuvre de Flaubert qui défraie alors la chronique :

« *Madame Bovary* est riche de détails, brillante de style, la phrase a des tours pittoresques et des terminaisons inattendues et insolites qui, à notre avis, lui donnent comme style une supériorité sur la phrase de Balzac ; mais avec tout cela le lecteur éprouve en avançant dans ce livre la fatigue qu'éprouverait un voyageur qui aurait entrepris une longue course avec un bâton trop lourd ; le bâton au lieu de lui être un point d'appui lui devient une fatigue, si bien que de temps en temps il est obligé de s'asseoir au bord du chemin, ou de poser son bâton à terre. À chaque page nous reconnaissions le mérite de *Madame Bovary*, mais à chaque page, pour le reconnaître, nous nous arrêtions, de sorte que nous avons mis huit ou dix jours à lire l'ouvrage. Seulement, l'ouvrage lu, cette espèce de fatigue, qui est elle-même une louange, oubliée, on reste sous le charme[24]. »

On ne s'étonnera donc pas qu'il ait beaucoup réfléchi, soit en écrivant, soit après coup, sur la nature du roman historique. Le cycle Renaissance est encore de l'histoire romancée, sans personnages fictifs, sauf des comparses. Mais dans le cycle révolutionnaire il adopte la formule mixte. On l'y voit accomplir, en l'espace de cinq romans, le virage vers le roman historique à la manière de Walter Scott. Avec le premier d'entre eux, *Le Chevalier de Maison-Rouge*, il commence par la fin, puisque son récit se place durant la Terreur, lorsque des conjurés royalistes tentent vainement de soustraire Marie-Antoinette à l'échafaud. Autant dire que la Révolution ne l'intéresse pas par elle-même. Elle constitue avant tout l'obstacle sur lequel se brise l'idylle des deux héros, lui républicain, elle royaliste. C'est une reprise, dans un autre cadre, d'une de ses premières nouvelles, *Blanche de Beaulieu*, dite aussi *La Rose rouge*, sur le thème bien connu des amours tragiquement contrariées par les turbulences politiques.

Le cycle révolutionnaire débute vraiment avec *Joseph Balsamo* et *Le Collier de la Reine* où l'histoire tient une grande place. Une chronique de la cour de France à la fin de l'Ancien Régime y est juxtaposée aux aventures, souvent mélodramatiques, de divers personnages fictifs. Les deux derniers, *Ange Pitou* et *La Comtesse de Charny*, relèvent pleinement, eux, du roman historique tel que le pratique Scott, que Dumas vient de relire : « Une même fidélité de mœurs, de costumes et de caractères, avec un dialogue plus vif et des passions plus réelles, me paraissait être ce qui nous convenait[25]. » Il a saisi, surtout, comment s'articulaient étroitement chez l'Écossais les événements qui secouent le pays et les aventures des personnages inventés, de manière que leur drame personnel soit le reflet de celui que vit le pays et en illustre les diffé-

rents aspects. Autrement dit, l'histoire y est première.
C'est évidemment le cas dans *Ange Pitou* et dans
La Comtesse de Charny, dont le fil conducteur est la
Révolution en marche et qui multiplient les interrogations sur son sens. Il s'agit bien là de romans historiques au meilleur sens du terme. Dumas tentera
de reprendre la formule dans ses œuvres ultérieures,
comme *Les Compagnons de Jéhu* et *Les Mohicans de
Paris*, avec un bonheur inégal. Les *Mousquetaires,*
qui refusent de s'asservir à l'histoire, font donc exception dans sa production romanesque.

À mesure qu'il avance en âge, l'élan créateur flé-
chit. L'autobiographie se substitue au roman. Il
médite alors sur la relation qui le lie à son œuvre. Une
très large part de son temps a été consacrée à écrire.
Appuyé sur les chroniqueurs, il se transportait alors
en imagination dans l'époque évoquée, reconstituait
le cadre et le peuplait d'acteurs illustres ou obscurs. Il
s'oubliait lui-même :

    « Au milieu de toutes ces recherches […], le
    moi disparaît […], ce que j'ai de talent se substi-
    tue à ce que j'ai d'individualité, ce que j'ai d'ins-
    truction à ce que j'ai de verve ; je cesse d'être
    acteur dans ce grand roman de ma propre vie,
    dans ce grand drame de mes propres sensations
    […]. De mes passions, de mes faiblesses, de mes
    amours, je n'ose parler. Je fais connaître au lec-
    teur un héros qui a existé il y a mille ans, et moi
    je lui reste inconnu ; je lui fais aimer et haïr à
    mon gré les personnages pour lesquels il me plaît

d'exiger de lui sa haine ou son amour, et moi je lui demeure indifférent. »

Étranges confidences, à la fois hymne aux pouvoirs de l'écrivain, et déploration du prix dont il faut les payer, la dépossession de soi. À l'en croire ses œuvres ont dévoré sa substance et ses personnages lui ont volé sa vie. Ce n'est pas tout à fait exact. Même s'il ne parle pas de lui, il est omniprésent dans ses romans, sinon dans ses drames. Son moi n'a jamais été occulté : on aurait plutôt tendance à le trouver envahissant. Sa vie a nourri son œuvre, et réciproquement, tant l'osmose était forte chez lui entre le monde réel et le monde imaginaire. Au point que l'on a pu se demander si ses débuts à Paris, tels qu'il les raconte dans les *Mémoires*, n'étaient pas inspirés par le récit qu'il avait fait de ceux de d'Artagnan ! Tout au long de son existence, il s'est senti en représentation, il a joué des personnages, il a vécu pour son public. Or il fait douloureusement, après le désastre de 1848, l'expérience du désamour. Il craint de n'être plus aux yeux de ce public que l'auteur d'une œuvre dont la plus grande partie est derrière lui. À un moment où tout le monde le lâche, il crie son besoin pathétique d'être aimé.

Dumas n'est pas un écrivain solitaire. Il ne sait pas, comme Victor Hugo, dialoguer avec le ciel et la mer ou avec Dieu. Il lui faut des réponses, applaudissements ou critiques, qui lui permettent de rebondir. Le théâtre lui sert de relais avec le lectorat de ses romans, qui les retrouve sous forme de drames. Sevré de scène où se produire, il ne vit plus. Bref il s'ennuie, et l'inspiration se tarit. L'épisode napolitain sert à cet égard de contre-épreuve. Invité par Garibaldi pour un temps maître de Naples, il trouva là-bas un cadre dépaysant, un matériau historique neuf, des partenaires difficiles. Autant de stimulations qui l'incitèrent à rédiger, à partir de 1862, une *Histoire des Bourbons de Naples*[26] où il règle ses comptes avec le souverain dont les prisons ont coûté la santé à son père, et un excellent roman, *La San Felice*, où il évoque le martyre des libéraux révoltés contre sa tyrannie. Réconcilié avec lui-même, il a retrouvé le goût d'écrire.

Ce ne fut qu'un sursaut et un sursis. Sa notoriété se monnaie en invitations, dont il profite à loisir : un vaste tour d'Europe qui le conduit jusqu'en Russie ou, plus modestement, des tournées de conférences, de causeries. Il continue de publier, racontant ses voyages ou commentant inlassablement ses œuvres d'autrefois, dans d'éphémères journaux, *Le Monte-Cristo* ou *Le D'Artagnan*. De ses écrits ultimes la postérité n'a retenu qu'une *Histoire de mes bêtes* et un *Dictionnaire de cuisine* inachevé. Il s'éteignit chez son fils à Puys, près de Dieppe, le 5 décembre 1870, à temps pour apprendre la chute de Napoléon III, mais sans avoir pu assister à l'installation définitive de la République tant espérée.

Dans ses dernières années, il semble avoir jeté un regard apaisé sur son œuvre et l'avoir appréciée pour ce qu'elle était. « On n'est pas toujours maître de se servir ou de ne pas se servir d'un procédé, et parfois, j'en ai peur, c'est le procédé qui se sert de vous. Les hommes croient avoir des idées ; j'ai bien peur que ce ne soient, au contraire, les idées qui aient les hommes. » À la fâcheuse habitude, commune à Scott et à Balzac, de prolonger les préliminaires, il ose opposer le célèbre précepte qu'il appliquait en secret depuis longtemps : « Commencer par l'intérêt, au lieu de commencer par l'ennui ; commencer par l'action, au lieu de commencer par la préparation ; parler des personnages après les avoir fait paraître au lieu de les faire paraître après avoir parlé d'eux[27]. » Au diable le souci d'instruire ! Pour raconter des histoires, il se sait inégalable.

Il se relisait avec plaisir. Peu avant sa mort, son fils le trouva plongé dans sa célèbre trilogie : « Alors ? – C'est bien. – Et *Monte-Cristo* ? – Ça ne vaut pas les *Mousquetaires*. »

CHAPITRE 17

Un monde selon son cœur

Le détour par la vie et la carrière de Dumas confirme et complète ce que suggérait l'analyse interne de la trilogie. Non, *Les Trois Mousquetaires* ne sont pas l'archétype du roman historique. Non, aucune formule magique ne rend compte de leur exceptionnelle réussite. Sont-ils vraiment un roman historique d'ailleurs ?

Dumas aimait à raconter. Il a appris son métier sur le tas, en racontant. Il a tâtonné, expérimenté, goûté à tous les genres littéraires, pratiqué toutes les méthodes. Il n'est venu au roman que sur le tard et poussé par la nécessité. Bien qu'il ait prétendu le contraire, l'histoire a été d'abord pour lui un matériau parmi d'autres, au service de la création littéraire qui était sa vocation et son gagne-pain. Tout au long de sa vie, il n'a cessé de transmuer en drames ou en récits tout ce qui passait à sa portée – lectures, événements, expériences personnelles. Fabulateur, mais pas mythomane, il transformait plus qu'il n'inventait. Il lui fallait un noyau initial autour duquel bâtir. Il a toujours été à la recherche de sujets, quitte à les acheter à des dramaturges ou des romanciers moins doués. Or la mine la plus riche – et de surcroît gratuite ! – était constituée par les chroniqueurs et les mémorialistes. Hors de l'histoire, point de salut – sauf à écrire pour les cochers de fiacre et les concierges, comme se le vit reprocher Eugène Sue. L'histoire fut donc sa principale pourvoyeuse.

Ses avantages ne vont pas sans inconvénients. Elle met en branle et stimule l'imagination. Mais en même temps elle la borne et l'asservit : impossible de faire que ce qui est advenu n'ait pas été. La faible latitude qu'elle autorise est le principal écueil des « scènes historiques », même étendues aux dimensions d'un roman comme *La Reine Margot*. L'introduction de personnages fictifs aux côtés de ceux qui ont véritablement existé fut un recours contre les servitudes imposées par elle. Pourquoi, dira-t-on alors, ne pas se passer de ces derniers et écrire un roman non historique ? *Monte-Cristo* est le seul grand roman où Dumas s'y soit risqué, réduisant l'histoire contemporaine à servir de toile de fond aux aventures de héros fictifs. Il paraît se sentir plus à l'aise dans les siècles passés sur lesquels il a accumulé de la documentation, à partir du XVe siècle. Mais l'histoire est une associée envahissante, dont la présence lui pèse parfois.

Or, au début de la trilogie du moins, les *Mousquetaires* sont l'occasion d'une escapade hors des sentiers balisés de l'histoire. Ils lui volent la vedette et, s'ils s'en mêlent, c'est pour tenter d'en dévier le cours. Ils sont merveilleusement libres. Ils mènent une existence autonome en marge des péripéties politiques et on peut leur prêter toutes les aventures qu'on veut. Le nombre de chapitres consacrés à l'évocation de leurs habitudes quotidiennes donne la mesure du plaisir que Dumas éprouve à manipuler ces sympathiques marionnettes. Ils sont jeunes, gais, bons vivants, et ils supportent avec bonne humeur leur impécuniosité chronique. Leurs titres de noblesse – Athos mis à part, mais on ne le sait pas encore – sont d'une extrême modestie. Avec eux, le roman historique descend de quelques degrés sur l'échelle qui va du sublime au trivial. Aux princes et grands capitaines, il substitue la piétaille, on serait même tenté de dire qu'il se démocratise si la frontière avec les valets n'était pas si fermement marquée. Voilà donc des personnages à la mesure humaine, en qui l'on peut aisément se reconnaître.

Bien sûr, ils sont le centre d'intérêt, le pivot autour duquel tourne le récit[*]. Non seulement parce que l'attention du lecteur est constamment dirigée vers eux, mais parce que – à la différence des héros de *La Comtesse de Charny* – ils dirigent l'action au lieu de la subir et choisissent eux-mêmes leurs objectifs. Ils échappent par là à l'emprise de l'histoire. Nulle pression extérieure n'oblige d'Artagnan à récupérer des ferrets de la reine, c'est lui qui, poursuivant Mme Bonacieux dont il est amoureux, se propose pour l'entreprise. Personne ne force les quatre amis à s'en aller bivouaquer sur le bastion Saint-Gervais, c'est une idée à eux, pour pouvoir discuter en paix. Et leurs efforts pour sauver Buckingham s'inscrivent dans la lutte qu'ils mènent contre Milady, qui est leur ennemie à titre privé.

---

[*] Exception faite pour les chapitres sur l'assassinat de Buckingham.

Allons plus loin. Ces quatre garçons n'en font qu'à leur tête. Ils outrepassent leurs mandats et multiplient les initiatives. Le service dû au roi n'étouffe pas en eux l'esprit d'entreprise, en marge de ce qu'autorisent les règlements, voire même la morale. Il y a chez eux, chez d'Artagnan surtout, une propension très juvénile à braver les convenances et les interdits qui doit beaucoup à la propre haine de Dumas pour les contraintes, quelles qu'elles soient. Mais ils savent que liberté rime avec responsabilité et ils reconnaissent de bon gré leurs fautes.

Des tels personnages apparaissent maîtres de leur destin. Non qu'ils gagnent à tous coups, dans la double partie qu'ils mènent, contre Richelieu et contre Milady. Leur réussite dans l'affaire des ferrets est relativisée par l'échec que constitue la mort de Buckingham. Mais au fond, que leur importe ? Rien d'essentiel pour eux n'est en cause dans les événements historiques. En revanche leur combat privé contre l'Anglaise maléfique est vital et il prend les dimensions d'un conflit entre le Bien et le Mal. Ils en sortent victorieux, non sans souffrances, puisque d'Artagnan y perd sa bien-aimée. Mais l'ordre du monde est sauf. On s'explique donc sans peine que, par rapport à la fiction, qui seule, permet une telle ouverture, l'histoire ne pèse pas lourd dans *Les Trois Mousquetaires*.

Elle y est, d'ailleurs, largement déformée. Pas dans les détails. Les personnages inventés ont besoin, pour être crédibles, d'être plongés dans un environnement vraisemblable. Il ne manque donc pas un bouton à la tenue de nos mousquetaires et les poids, mesures et monnaies font l'objet de calculs convaincants. Mais l'image de la société est trompeuse. Ou, plus exactement, Dumas la décrit non pas telle qu'elle était, mais telle qu'elle voulait se voir, telle qu'il la découvre à travers la littérature et les mémoires : une société hantée par les valeurs héroïques – courage, honneur, désintéressement – que véhiculent les romans de chevalerie dont elle se délecte, et qu'illustre, sur un autre registre, le théâtre de Corneille ; une société romanesque et galante où le service de la « dame » commande à la politique ; une société qui voit dans l'accomplissement continu de prouesses la raison d'être du héros.

Dans la réalité du temps, Dumas le sait bien, l'éthique aristocratique était déjà mal en point. Mais il en fait l'idéal de la société particulière que constitue le corps des mousquetaires, un idéal hors d'atteinte pour beaucoup d'entre eux, mais qui s'incarne, rayonnant, en la personne d'Athos. N'entre pas qui veut dans ce corps, il faut subir un temps d'attente et faire ses preuves, avant une admission qu'on qualifierait volontiers d'adoubement s'il n'y manquait la dimension religieuse. Le règne de Louis XIII se pare ainsi de couleurs empruntées aux plus anciennes traditions légendaires. Il suffit d'une légère allusion, au détour d'une phrase, pour assimiler aux épopées du Tasse et de l'Arioste les « merveilles de ce temps-là[28] ».

La première moitié du XVIIe siècle se prêtait donc à l'implantation d'un monde selon le cœur de Dumas, pour y faire s'épanouir l'intemporel rêve chevaleresque. Le cadre y est monarchique. À ceux qui s'étonnent que son républicanisme s'en accommode, on répondra, avec bon sens, que la France n'ayant pas encore connu de vrai régime républicain, il lui fallait bien se contenter de ce qu'offrait l'histoire. Mais c'est une monarchie revue et corrigée qu'il nous propose. La société y est inégalitaire, puisqu'il n'est de héros que dans la compétition et l'émergence au-dessus de la masse indifférenciée. Mais elle est ouverte. Remettant en cause les avantages dus à la naissance ou à la fortune, elle offre aux jeunes gens pauvres et méritants de quoi conquérir leur place au soleil. Ils sont nobles – trop de portes leur seraient fermées sans cela –, mais leur niveau de vie est si proche de celui du peuple qu'on en vient à l'oublier d'autant plus facilement que l'appartenance au corps des mousquetaires gomme entre eux l'inégalité des rangs. Certes il y eut à l'époque parmi la toute petite noblesse des ascensions remarquables – à commencer par celle de d'Artagnan –, mais elles étaient l'exception et non la règle comme tente de le suggérer le roman.

Le fondement des relations avec le souverain est conforme à l'histoire. Ses sujets lui sont rattachés par un lien personnel de fidélité : ils lui doivent obéissance et le servent, en échange de quoi ils bénéficient de sa protection. C'est lui, qui, tout en haut de la pyramide, détient le pouvoir de punir ou de gracier en dernier ressort et de décerner les récompenses. Mais la pratique est beaucoup plus laxiste. Nos héros usent à son égard d'une ahurissante liberté. Dans *Les Trois Mousquetaires*, à vrai dire, le roi reste en arrière-plan, c'est au terrible Richelieu, censé gouverner en son nom la France, que s'en prennent les quatre amis : ils le font avec une incroyable audace. Dans *Vingt Ans après* et dans *Le Vicomte de Bragelonne*, ils ne se gênent pas pour violer les consignes et surtout pour dire à la reine, à Mazarin, à Louis XIV quelques vérités déplaisantes que leurs originaux historiques n'eussent pas tolérées. Le sens du devoir d'État, du service, cohabite chez eux avec un penchant à l'insubordination et à l'irrévérence, qui sont des traits caractéristiques de Dumas lui-même.

Le plus extraordinaire est que ses héros n'ont pas à payer le prix de leurs insolences et de leurs initiatives illicites. Ils y sont prêts, pourtant. Jamais ils ne se dérobent devant leurs responsabilités. Mais à la fin de chacun des trois romans, par un coup de théâtre, stupéfiant dans le premier puis attendu dans les deux autres, leur valeur est enfin reconnue par ceux mêmes dont ils ont bafoué l'autorité. Hommage moral, reconnaissance sociale, consécration du mérite : les héros reçoivent leur dû. L'univers romanesque fonctionne donc pour eux à l'inverse de l'univers réel, qui en est le négatif. Dans leur victoire sur les handicaps initiaux, on aperçoit, transposé à l'individu, le thème cher à Michelet, celui du conflit entre la liberté et la fatalité, qui commande le progrès de l'humanité.

C'est donc dans un XVIIe siècle revu et corrigé que les mousquetaires trouvent un cadre propice à l'exercice de leur liberté. Il leur arrive de s'en évader, par le biais de la surenchère, qui est pour eux une tentation permanente. Leurs prouesses prennent souvent la forme particulière du défi lancé à l'impossible. Ils ont une prédilection pour les missions désespérées, les entreprises vouées à l'échec, les combats perdus d'avance. L'objectif est alors, comme en athlétisme,

une limite qu'on croit longtemps infranchissable et
qui finit par être franchie. C'est le type de défi que
Dumas propose à Maquet quand il l'invite à « faire
des choses impossibles », et qu'il se targue d'y être
parvenu, en brandissant la longue liste de ses romans.

Dans *Les Trois Mousquetaires* et dans *Vingt Ans
après*, les exploits de nos héros relèvent de l'impossible concevable, sans franchir la ligne rouge au-delà
de laquelle leur réalisation ne trouverait plus créance :
rapporter les ferrets dans le temps imparti était difficile, mais pas irréalisable. Il arrive cependant que les
faits avérés, têtus, opposent à leurs interventions des
obstacles intangibles. Dumas, qui, au théâtre, ne pouvait se retenir de refaire à sa manière la pièce qui se
déroulait devant lui, éprouve à l'évidence la tentation
de réécrire l'histoire. Et il associe ses personnages à
l'entreprise. Voici qu'il les charge d'empêcher l'assassinat de Buckingham et de soustraire Charles Ier à
l'échafaud ! Le récit qu'il en fait tient debout parce
qu'il reste dans les limites de la vraisemblance : après
tout, ils auraient pu être sauvés – le duc plus facilement que le roi. Mais le dénouement imposé, si nimbé
qu'il soit de romanesque ou de tragique, reste tribu-
taire du réel. Tant pis pour eux ! Leur mort n'est qu'un
accident au regard de l'histoire. Il en va tout autrement
de l'exécution de Milady et de Mordaunt.

Avec ces deux personnages, l'aventure des mousquetaires quitte le domaine de la réalité pour aborder
celui des grands mythes où s'affrontent les forces du
Bien et du Mal. Leur victoire sur Milady et son fils
dépasse infiniment le désir de vengeance et même de
justice qui les animait au départ. Elle contribue à res-

taurer l'ordre du monde, perturbé par la présence de
ces êtres maléfiques. Elle est purification : c'est pourquoi elle est accomplie par celui des quatre qui est lui-
même un pur. De Milady à Mordaunt, l'élimination
du coupable change de nature. Pour elle, rien encore
d'irréaliste, sinon le lieu et l'heure : il y a simulacre
de procès, de jugement, et c'est un bourreau professionnel qui officie. Mais l'affrontement entre Athos
et Mordaunt a un caractère surnaturel si intense que
leur duel, d'ordre spirituel et régi par la fatalité, est
refoulé dans la profondeur des flots. Athos en resur-
git changé, comme revenant d'entre les morts. Que
pèsent les heurs et malheurs des rois et des princes à
côté de tels combats ?

La poursuite de l'impossible fait mauvais ménage
avec la vérité historique, qui ne cesse de couper les
ailes aux héros trop téméraires et aux romanciers trop
inventifs. Poussant l'imagination à la révolte, elle
invite à un saut qualitatif. On rêve alors non plus seulement d'infléchir occasionnellement le cours de l'histoire, mais de s'en approprier la maîtrise – volonté de
puissance non pas au sens politique, sur les hommes,
mais au sens métaphysique, sur le destin. Ce rêve
n'affleure qu'à peine dans les deux premiers romans.
Les héros ont-ils conscience des immenses possibilités que leur ouvre l'union de leurs forces conjuguées ?
Certes, « quatre hommes dévoués les uns aux autres
depuis la bourse jusqu'à la vie, quatre hommes se soutenant toujours, ne reculant jamais » sont une « force
unique quatre fois multipliée », un « levier » propre
à « soulever le monde »[29]. Mais ils n'en font qu'un

usage modeste : ce n'est pas soulever le monde que de récupérer les ferrets d'Anne d'Autriche, ni même d'essayer d'arracher Charles Ier à la mort. L'idée d'un surhomme demeure inexploitée, à l'état latent.

Elle n'est pas originale à cette date. La multiplication des synthèses sur l'évolution de l'humanité a entraîné un questionnement sur les moyens éventuels d'agir sur elle, ou pour le moins, de la prévoir. D'où l'attirance exercée par l'ésotérisme, la divination, l'hypnose et toutes les techniques parapsychiques ouvrant accès à l'inconnaissable. Gérard de Nerval travaillait depuis quelque temps à un recueil sur ces hommes dotés de pouvoirs surnaturels qu'il nommait *Les Illuminés*. Parmi eux, le fameux Cagliostro, dont le romancier fait l'agent du destin, au début du cycle consacré à la Révolution. Sous le nom de Joseph Balsamo, Cagliostro y a pour mission de hâter la marche de la France vers la liberté en machinant la chute de la monarchie : c'est lui qui est censé avoir monté l'affaire du collier pour perdre Marie-Antoinette.

On sait que Dumas rédige en parallèle *Balsamo* et *Le Vicomte de Bragelonne*. Or, au fur et à mesure qu'avance ce dernier, le respect de la vérité historique lui pèse de plus en plus* : il a laissé s'installer comme protagonistes, au détriment des mousquetaires, des personnages beaucoup trop connus, dont il ne peut modifier le sort. L'action s'enlise. C'est alors qu'il fait intervenir Aramis, nouvelle figure de démiurge. Bien supérieur à Cagliostro, celui-ci ne se contente pas d'accompagner le cours de l'histoire : il entreprend de

---

* Voir *supra*, chap. 13, p. 217.

la subvertir, en remplaçant Louis XIV par son jumeau supposé. Dumas, au mépris de toute vraisemblance, fait alors voler le roman en éclats. La chronique des intrigues et des amours à la cour du jeune roi cède la place à une folle épopée à rebondissements, tour à tour grandiose et burlesque, jusqu'au moment où les éditeurs invitent Maquet à recoller les morceaux et remettre le récit sur ses rails. Qu'on apprécie ou qu'on réprouve cette échappée dans un univers hors normes est affaire de goût personnel. Elle est révélatrice, en tout cas, de la fascination qu'exerce sur Dumas le supranaturel.

En même temps, il le redoute. Outrepasser les limites assignées à l'homme et franchir les interdits est non seulement dangereux, mais coupable. Depuis l'expulsion d'Adam hors du Paradis terrestre, on ne cesse de le répéter et d'en multiplier les exemples. L'échec attend donc les téméraires aventurés sur ce terrain. Pour un romancier, impossible de pousser trop loin leurs pouvoirs sans ébranler la vision du monde de ses lecteurs. Très vite ils deviennent encombrants. Après avoir fait de Cagliostro le maître d'œuvre des deux premiers romans du cycle révolutionnaire, Dumas l'abandonne dans la suite, le réduisant, sous une nouvelle identité, à un vague rôle de conseilleur inutile. Le sort d'Aramis lui tient plus à cœur. Tous ses actes, si extraordinaires qu'ils soient, relèvent d'une explication naturelle, sa fonction de général des jésuites. Mais il est piégé par cette fonction, qui, dans le climat de l'époque, le voue aux gémonies. Faute de le faire mourir en ce monde, ce qui équivaudrait à nier sa toute-puissance, Dumas se contente de le damner.

Cette incursion dans le surnaturel n'intervient qu'à la fin de la trilogie, appelée par la place excessive que les personnages historiques y avaient prise. Les deux premiers volets maintiennent entre histoire et fiction un équilibre apparent qui assure la crédibilité de l'ensemble. Parmi les faits racontés, certains sont avérés, souvent bien connus. Ils accréditent par leur présence les exploits aventureux des mousquetaires. Le lecteur candide peut s'y laisser prendre. Mais la façon de raconter appelle une lecture au second degré. Est-il besoin d'insister ? *Les Trois Mousquetaires* sont l'expression d'une révolte contre l'histoire, contre la réalité, contre la fatalité. Bien que regorgeant de détails concrets, ils n'ont rien de réaliste. Ils sont l'œuvre d'un visionnaire. Dumas ne cherche jamais à nous donner l'illusion du réel, il nous installe dans un univers de fantaisie. L'image du XVIIe siècle y est, on l'a vu, largement idéalisée. Les aventures propres des personnages fictifs, quoique triviales parfois dans les détails, ont un déroulement très peu vraisemblable. Où voit-on, dans la vie, une telle accumulation de coïncidences ? Où trouve-t-on des épisodes quadruplés – puisque les héros sont quatre – qui ne diffèrent entre eux que par les circonstances ?

Ce type de structure narrative appartient non au roman dit réaliste, mais au conte. Et pour qui douterait que son récit en soit un, Dumas a disposé dès l'ouverture trois indices : d'Artagnan arrive à Paris au début d'avril, doté par son père d'un cheval jaune d'or et par sa mère d'un baume miraculeux. Sous l'apparence de romans historiques, les *Mousquetaires* sont des contes, à tonalité rassurante, baignés d'humour souriant. Mais quand le danger se fait pressant, les personnages décollent du quotidien, ils quittent terre et se métamorphosent en héros d'épopée, pour vaincre – ou pour mourir. Rien d'étonnant à cela, les deux genres, de contenu et de structure analogues, diffèrent avant tout par le choix du registre – noble ou familier – qui en commande la mise en œuvre.

Il n'y a pas de conte sans conteur, pas d'épopée sans aède. Dumas s'installe ouvertement aux commandes dès le premier chapitre, ironisant au passage sur le respect dû à la vérité historique : « Avec un pareil vade-mecum, d'Artagnan se trouva, au moral comme au physique, une copie exacte du héros de Cervantès, auquel nous l'avons si heureusement comparé lorsque nos devoirs d'historien nous ont fait une nécessité de tracer son portrait. » Tout au long de la trilogie, il intervient en tant que maître d'œuvre pour souligner les articulations de l'intrigue ou raccorder entre eux des chapitres dispersés, associant ainsi le lecteur à son travail d'écrivain. On y entend continûment sa voix en surplomb, qui cherche le dialogue, le contact que permettrait une récitation orale.

Mais il y a plus. Sa présence dans le roman dépasse très largement le cadre des indications techniques. Protagonistes de trois livres successifs, ses personnages ont été partie prenante dans sa vie pendant sept ans. Il s'est mis à les aimer. À la différence des personnages historiques, ils n'ont d'existence que dans son imagination. Ainsi l'effort pour voir les choses par leurs yeux, loin de le déposséder de lui-même, lui permet de se projeter en eux. Et l'affection qu'il leur porte irradie jusqu'à leurs moindres gestes. Ils sont jeunes au début, alors que lui-même a déjà quarante ans. Leur compagnie est pour lui un bain de jouvence. Il porte sur eux un regard d'homme mûr, presque paternel. Comme ils vieillissent plus vite que lui, ils finissent par le rattraper. Lorsqu'il met le point final au *Vicomte de Bragelonne*, il a quarante-huit ans, d'Artagnan une petite cinquantaine – ils sont aussi désenchantés l'un que l'autre. À tout âge, on a quelque chose à apprendre. Les trois romans sont, chacun à sa manière, des romans d'éducation, tels qu'on les pratiquait à l'époque. Beaucoup moins pessimistes que ceux de Balzac et de Flaubert, cependant, parce que, loin de se plier cyniquement comme Rastignac aux tristes jeux de l'ambition, les personnages de Dumas ne se renient pas.

Les romans d'éducation, tout comme les contes, comportent un enseignement implicite. Ce n'est pas une leçon d'histoire, mais une leçon de vie que nous offrent les *Mousquetaires*. Ils exaltent le courage, l'amitié, l'énergie individuelle, l'honnête ambition, la générosité, la fidélité et, pourquoi ne pas l'appeler par son nom, la débrouillardise. Ces quatre garçons sont prodigieusement sympathiques. Ils nous réconcilient avec l'humanité. Moins guindés que leurs ancêtres de la légende grecque ou des romans de chevalerie, ils ne campent pas continûment sur les cimes de l'héroïsme. Ils sont humains et n'en éprouvent nulle honte. Ils ont juste ce qu'il faut de romantisme pour attendrir. Mais ils savent rire aussi, et faire rire. Ils sont intelligents – même Porthos, à sa manière –, énergiques, efficaces. Et ils gagnent. Ils font des miracles. Ils peuvent tout – presque tout. Ils savent aussi mourir et on les pleure, comme des amis.

Les *Mousquetaires* valent, comme tant de grands livres, par ce que l'auteur y a mis de lui-même. Et il y a mis beaucoup. Chacun connaît le mot fameux de Flaubert : « Madame Bovary, c'est moi. » On pourrait dire de même que d'Artagnan, c'est Dumas. Mais il est également les trois autres. Quatre personnages ne sont pas de trop pour incarner tout ce qui bouillonne en lui de contraires. Leurs aventures sont autant de possibles qu'il aurait aimé voir lui advenir. Sur ses vieux jours, lorsque tend à s'imposer en littérature le réalisme, qui vaut ses succès au jeune Alexandre, il a une réflexion émouvante et profonde : « Moi, je prends mes sujets dans mes rêves ; mon fils les prend dans la réalité. Je travaille les yeux fermés ; il travaille les yeux ouverts. Je dessine, il photographie[30]. » Le secret des *Mousquetaires* est là. Ils sont baignés de rêves, ceux de Dumas bien sûr, mais ce sont des rêves immémoriaux, venus du fond des âges, qui ouvrent à ses mousquetaires les portes du temps et de l'espace et leur assurent l'immortalité.

ÉPILOGUE

Les Trois Mousquetaires sont le plus grand titre de gloire de Dumas. Ils sont seuls à caracoler en tête du box-office universel, surclassant largement *Monte-Cristo* et très loin devant le reste de sa production, si brillante soit-elle. Ils offrent en effet, sous une forme épurée, un alerte roman d'aventures, tout en brassant des thèmes apparentés aux grands mythes. Ils entraînent dans leur sillage leurs deux suites, qui n'ont ni la même simplicité ni la même allégresse. *Vingt Ans après*, plus complexe et plus chargé d'histoire, séduit un public moins large, mais plus cultivé. *Le Vicomte de Bragelonne*, trop long, trop composite, trop chargé de mélancolie, ouvre sur la société des vues plus nuancées et plus profondes, qui l'apparentent aux grands romans de son temps. C'est aussi celui où Dumas a mis le plus de lui-même – et, par là, le plus émouvant. Mais il n'aura jamais, quoi qu'on en dise, la notoriété des deux autres. Il convient de réserver au jeune d'Artagnan et à ses fringants amis la palme du succès mondial.

Le plus frappant pour qui se penche sur la genèse de la trilogie est l'extrême modernité de Dumas. Aux

antipodes de l'écrivain divinisé dont Paul Bénichou
a naguère décrit le *Sacre*, orchestré à grandes orgues
par le Romantisme, il fut un des premiers artisans de
l'écriture romanesque, comme il en existait depuis toujours au théâtre. Il devançait ainsi de plus d'un siècle
l'évolution à venir. Faute de revenus personnels, il lui
fallait en vivre. Il misa donc sur l'élargissement du
public grâce à l'instruction obligatoire et sur les nouveaux moyens de diffusion. Il s'engagea sur le tard,
mais à fond, dans le roman-feuilleton. « Littérature
industrielle », laissait tomber avec mépris Sainte-
Beuve[1], littérature de grande consommation, dirions-
nous. Le miracle est que, travaillant douze heures par
jour, sous pression permanente, Dumas n'ait pas sombré dans la facilité.

La forme revêtue par les *Mousquetaires* n'est
intelligible que si on la rapporte aux conditions dans
lesquelles ils ont été composés. Aussi a-t-on insisté longuement dans ce livre sur la vie de Dumas – non pas
sa vie privée, mais sa vie professionnelle. Vivre de sa
plume impliquait une prise en compte permanente de
l'attente des lecteurs. À la différence de Stendhal, qui
se réservait pour les *happy few* à venir, de Flaubert qui
écrivait pour lui-même dans son ermitage de Croisset,
ou même de Victor Hugo qui conquit très tôt son indépendance financière, Dumas était condamné à plaire
hic et nunc à un public disparate, le plus large possible –
là encore, comme en politique, un grand écart, dont il
a pleinement conscience. Or il réussit à plaire à tous
sans s'abaisser.

Populaire, l'œuvre de Dumas ? Au sens strict,
certes non, car elle n'est pas issue, comme les contes,

de l'imaginaire collectif. Mais elle en épouse les hantises. Elle répond à des désirs secrets. Elle joue sur le dénominateur commun des émotions, des sentiments, de la morale, de l'action : la victoire des bons sur les méchants, si elle n'est pas caricaturale, fait toujours recette. Elle atteint en nous des fibres sensibles, celles qui font pencher notre cœur vers les justes, les intrépides, les généreux. Des héros et des traîtres, des surhommes pour qui le mot impossible n'est pas français, des combats de titans, la fascination de l'exploit : le roman se souvient qu'il est fils de l'épopée. Et l'épopée, sous sa forme vivante, orale, s'est toujours adressée à tous.

Dumas n'oublie pas cependant, de ménager les uns et les autres. À l'intention des lecteurs peu instruits, les informations historiques de base adoptent une forme simple, claire, en liaison avec les faits racontés ; la langue évite les termes peu connus ou en explicite aussitôt le sens ; les allusions, littéraires ou autres, qui donnent couleur au texte, sont empruntées à un nombre limité de domaines et fréquemment réutilisées, offrant ainsi au lecteur une base culturelle familière. Quant au public cultivé, Dumas se le concilie par ses interventions d'auteur, ses traits d'esprit, la qualité de ses dialogues, et il désamorce ses éventuelles critiques par une invitation explicite à lire son récit au second degré, comme un conte auquel on n'est pas obligé de croire.

Pris dans l'engrenage d'une production régulière, Dumas, loin de s'enfermer dans un livre, songe aux lendemains. Il a vite compris les ressources que recèle un roman ouvert, n'épuisant pas toutes ses possibili-

tés. Attention : le fait d'être divisé en plusieurs tomes
ne suffit pas à assurer cette ouverture : les *Mémoires
d'un médecin*, sous quatre titres distincts, ne sont rien
d'autre qu'un roman-fleuve. *Les Trois Mousquetaires*,
eux, sont une sorte de roman gigogne, capable d'en
engendrer d'autres à l'infini. Les trois volets successifs forment certes un ensemble, puisqu'ils couvrent
la vie des personnages de la jeunesse à la mort. Mais
à la différence de ceux du cycle révolutionnaire, ils
ont été conçus pour être lus séparément. Les acteurs y
sont les mêmes, mais les scénarios diffèrent et chacun
possède son propre dénouement. Entre eux, des intervalles de vingt ou de dix ans ouvrent un espace dans
lequel il est facile de glisser des épisodes inédits. Les
héros, à condition qu'on les saisisse le long du parcours en leur épargnant le vieillissement, sont toujours
partants pour de nouvelles aventures. Romanciers et
cinéastes, selon la formule qui commande aujourd'hui
de très nombreuses « séries », ne se lassent pas de
leur inventer au gré de leur fantaisie adversaires, maîtresses, enfants, épreuves et victoires. Et l'on se dit
que Dumas s'est trompé d'époque : il aurait fait un
prodigieux producteur de feuilletons télévisés.

Ce sont évidemment les personnages qui forment
la colonne vertébrale de la trilogie. C'est en eux que
réside sa puissance de séduction. Ceux de Courtilz
n'étaient guère que des fantoches, sortis des lieux
communs sur la vie militaire – des formes vides.
Dumas les diversifie par quelques traits caractéristiques simples, concernant leur aspect ou leur comportement. Au départ ce sont quasiment des « emplois »,
au sens que donne à ce mot la comédie italienne, des

personnages aisément reconnaissables, qui reviennent en scène dans des aventures renouvelées. Mais très vite – presque aussitôt pour d'Artagnan – Dumas, qui reprochait aux personnages historiques saturés de traits spécifiques de le déposséder de son être propre, se saisit d'eux et les remplit de lui-même. Il n'a pas trop de quatre *alter ego* pour incarner les facettes de sa riche personnalité. Il est tour à tour, ou plutôt à la fois, chacun des quatre amis, dans des sincérités successives ou même simultanées, jusqu'à placer dans la bouche d'Athos la plus belle définition qu'on puisse donner de la monarchie[2]. On comprend aisément qu'il refuse de les figer *a priori* dans un portrait définitif, à la manière classique, et qu'il préfère nous les faire découvrir au cours du récit. Seules l'intéressent leurs réactions face à l'événement, car il peut les partager.

Des personnages ainsi conçus se prêtent admirablement aux jeux de rôle. Il est facile, d'après un ou deux traits communs, d'opérer des identifications, avec soi-même ou avec autrui. En 1853, par exemple, lorsque Dumas ouvre son journal à Nerval, en lui proposant d'être l'un des quatre mousquetaires de la rédaction. « Alors, je m'appelle Aramis », s'exclame celui-ci sans justifier son choix, qui peut recevoir diverses explications. Et il ajoute : « Merci, Porthos ! », voyant ainsi Dumas, non sous les traits de d'Artagnan, mais sous ceux du bon géant mégalomane au cœur généreux[3]. Cette plasticité des personnages, combinée à un noyau dur très simple, explique leur immense popularité : chacun les remodèle à son goût. Ils peuvent convenir à des lecteurs très variés dans l'espace et

dans le temps. Ils ont vocation à la citoyenneté universelle. Certes leur inscription dans l'histoire les
intègre à notre patrimoine et nous les rend chers : ils
sont nos ancêtres adoptifs. Mais elle ne les empêche
pas de voyager. Elle vaut à d'Artagnan, au pire, de
passer à l'étranger, parmi les stéréotypes nationaux,
pour l'image du Français beau parleur et plein de ressources.

Enfin, et surtout, il faut porter au crédit des *Trois
Mousquetaires* le plaisir évident pris par Dumas à les
écrire, qui baigne tout le roman et se communique au
lecteur. Généralement tragiques par leur contenu, les
sujets empruntés à l'histoire avaient longtemps bridé
sa verve. Elle s'épanouit librement grâce à des héros
qui se débattent dans le quotidien et sont eux aussi
dotés du sens de l'humour. Dumas possède au plus
haut point ce qu'il appelle non sans quelque mépris
l'imagination du détail, du détail concret, saugrenu,
qui fait rire. L'imprévu, la surprise ne sont pas cantonnés aux péripéties générales de l'intrigue, ils sur-
gissent à chaque page. À la première lecture, emporté
par l'action, on ne les remarque pas. Ce sont eux qui
font le charme inépuisable des relectures.

Toute sa vie Dumas fut habité par le désir d'être
aimé et, avec la venue de l'âge, hanté par la crainte de
la mort – la sienne et celle de ses œuvres.

« Je voudrais être pour le lecteur quelque chose
de mieux qu'un narrateur dont chacun se fait une
image au miroir de sa fantaisie. Je voudrais devenir un être vivant, palpable, mêlé à la vie dont

je prends les heures, quelque chose comme un ami enfin […]. Ainsi, je mourrais moins, ce me semble ; la tombe me prendrait mort, mais mes livres me garderaient vivant. Dans cent ans, dans deux cents ans, dans mille ans, quand mœurs, costumes, langues, races même, quand tout aura changé, avec un de mes volumes qui aura survécu peut-être, j'y survivrai moi-même[4]. »

Les Trois Mousquetaires n'ont à ce jour que cent soixante-cinq ans. Nul ne peut préjuger de l'avenir qu'évoque l'incorrigible chasseur de chimères. Mais jusqu'à présent, ses vœux ont été largement comblés. Ses mousquetaires ont acquis la stature de personnages réels. Et par réfraction l'image des personnages historiques qui les entourent se substitue dans l'imaginaire collectif à leurs modèles originaux : Richelieu, Anne d'Autriche, Buckingham et Mazarin ont pour nous le visage qui leur est prêté dans la trilogie. Comme Balzac, Dumas a réussi à créer un univers. L'un – selon une formule bien connue – a fait « concurrence à l'état civil », l'autre a fait concurrence à l'histoire. La popularité de ses héros est telle que le mot même de mousquetaire, qui sans lui serait sorti de l'usage, est passé dans le vocabulaire pour désigner des équipes gagnantes – tennismen ou commerçants. Adoptés par des lecteurs et des spectateurs unanimes, d'Artagnan et ses trois amis poursuivent inlassablement leur tour du monde, témoignant de l'admiration que lui voue la postérité. Puisse le présent livre, en aidant à le faire mieux connaître, lui apporter aussi son amitié.

NOTES ET RÉFÉRENCES

On trouvera dans les notes ci-dessous la référence des principaux ouvrages que j'ai consultés. Une bibliographie générale alourdirait inutilement ce petit livre. J'invite les lecteurs à se reporter aux deux ouvrages de base :

— R. Hamel et P. Méthé, *Dictionnaire Dumas*, Guérin, Montréal, 1990, 980 pages : classement alphabétique et analyse des œuvres.

— Dominique Frémy et Claude Schopp, *Quid d'Alexandre Dumas*, Robert Laffont, 2002, comportant notamment une Chronologie des œuvres de Dumas – p. 242 à 265 – et une Bibliographie des livres et articles qui lui sont consacrés de 1871 à 2002, classés par années – p. 266 à 336. (N.B. : il s'agit de la réimpression, avec mise à jour, d'un texte publié d'abord en annexe de l'édition des *Mémoires* de Dumas.)

Il existe de nombreuses éditions des trois volets de la trilogie. Celles qu'a publiées Claude Schopp dans la collection Bouquins visent surtout à éclairer les circonstances de composition des romans (préfaces et annexes). Celles que j'ai établies pour Le Livre de

Poche sont plus riches en informations sur le traitement de l'histoire (introductions, notices et notes).
Pour la commodité du lecteur, qui peut en détenir
d'autres, les références sont données ci-dessous non
aux pages, mais aux chapitres.

Première partie. Se faire un nom

[1] On sait maintenant que la mère du général Dumas,
     restée à Saint-Domingue, n'était pas morte et que
     celui-ci avait présenté, pour accélérer la cérémonie
     du mariage, un état civil falsifié.
[2] Dumas, *Mes Mémoires*, éd. Bouquins, I, p. 31.
[3] *Ibid.*, I, p. 277.
[4] *Ibid.*, I, p. 245 – « passés » = passés de mode.
[5] Voir tout l'épisode dans *Mes Mémoires*, I,
     chap. XXXVI, p. 263 *sq.*
[6] *Ibid.*, I, p. 392.
[7] *Ibid.*, I, p. 475-476.
[8] *Ibid.*, I, p. 479.
[9] *Ibid.*, I, p. 846.
[10] *Ibid.*, I, p. 938-939.
[11] *Ibid.*, I, p. 941.
[12] *Ibid.*, I, p. 944.
[13] *Ibid.*, I, p. 945.
[14] *Ibid.*, I, p. 946.
[15] *Ibid.*, I, p. 1106.
[16] *Ibid.*, I, p. 1099.
[17] Propos tenus à ses ministres et rapportés par
     Guernon-Ranville, *Journal*, p. 142-143.
[18] Dumas, *Mes Mémoires*, II, p. 58.

[19] *Ibid.*, II, p. 68.

[20] Lettre à Marceline Desbordes-Valmore, 5 août 1830, citée par C. Schopp, *Alexandre Dumas*, Mazarine, 1985, p. 177 (rééd. Fayard, 2002).

[21] Dumas, *Mes Mémoires*, II, respectivement p. 44, 52, 75, 96.

[22] *Ibid.*, I, p. 53.

[23] *Ibid.*, I, p. 962.

[24] Lettre à Mélanie Waldor, citée par C. Schopp, *op. cit.*, p. 173.

[25] Résumé très lacunaire. Pour les détails, cf. Dumas, *Mes Mémoires*, II, p. 110-147.

[26] *Ibid.*, II, p. 286.

[27] *Ibid.*, II, p. 450-451.

DEUXIÈME PARTIE. Vivre de sa plume

[1] Hugo, Préface de *Marion Delorme*.

[2] Dumas, *Mes Mémoires, op. cit.*, II, p. 300.

[3] *Ibid.*, I, p. 1091.

[4] *Ibid.*, II, p. 473.

[5] Théophile Gautier, *Histoire du romantisme*.

[6] Dumas, *Mes Mémoires*, II, p. 472.

[7] Jugement cité par F. Ambrière, *Mlle Mars et Marie Dorval*, Seuil, 1992, p. 228.

[8] Dumas, « Mon Odyssée à la Comédie-Française », cité dans le *Quid de Dumas*, p. 40.

[9] Lamartine, *Réponse à Némésis*, 1831.

[10] Hugo, Préface de *Lucrèce Borgia* et poème initial du recueil *Les Rayons et les Ombres*.

[11] Hugo, Préface de *Lucrèce Borgia*.

[12] Michelet, *Introduction à l'Histoire universelle*, 1831.

[13] Première publication chez A. Auffray, 1833, un vol. de 375 pages.

[14] Dumas, *Mes Mémoires*, II, p. 67-68.

[15] *Ibid.*, II, p. 440-452, chap. CXCV et CXCVI.

[16] *Ibid.*, II, p. 822-823.

[17] *Ibid.*, II, p. 856.

[18] *Ibid.*, II, p. 726.

[19] Texte cité dans une note des *Mémoires*, II, p. 1133-1134 (note 1 de la p. 597).

[20] Dumas, *Mes Mémoires*, II, p. 529.

[21] *Ibid.*, II, p. 55l.

[22] Article paru le 29 mars 1834 dans *Le Corsaire*, cité par F. Ambrière, *op. cit.*, p. 306-307.

[23] Réflexion citée par Dumas dans ses *Mémoires*, II, p. 687.

[24] *Ibid.*, II, p. 718-767, Ch. CCXXXIV à CCXXXVII.

[25] *La Presse*, 22 janvier 1837, cité dans le *Quid d'Alexandre Dumas*, p. 171.

[26] Dumas, *Introduction à nos feuilletons historiques*, publiée dans *La Presse*, 15 juillet 1836, passage cité par C. Schopp, Préface générale à *Joseph Balsamo*, p. XL.

[27] Dumas, *Mes Mémoires*, II, p. 696.

[28] *Ibid.*

[29] Cité par Daniel Zimmermann, *Alexandre Dumas le Grand*, Julliard, 1993, p. 285.

[30] Contrat reproduit par C. Schopp dans *Alexandre Dumas, op. cit.*, p. 291-292.

[31] Eugène Sue, *Les Mystères de Paris*, éd. Bouquins, p. 1335.

[32] Théophile Gautier, *Histoire de l'art dramatique*, 1858-1859, série III, cité dans la Préface aux *Mystères de Paris* de l'édition Bouquins, p. 21.

[33] Cité par Armand Lanoux dans l'Introduction aux *Mystères de Paris*, éd. Bouquins, p. 17.

[34] Article nécrologique, dans l'édition Bouquins des *Mystères de Paris*, p. 1333.

[35] *Ibid.*, p. 1343. Le point d'exclamation est de Dumas.

[36] *Ibid.*, p. 1342.

[37] Cité par H. d'Aimeras, *Alexandre Dumas et les Trois Mousquetaires*, 1929.

[38] Dumas, *De Paris à Cadix*, II, cité dans le *Quid de Dumas* p. 195.

[39] Dumas, *Mes Mémoires*, respectivement II, p. 553, et I, p. 929.

[40] *Ibid.*, I, p. 1001.

[41] « État civil du comte de Monte-Cristo », *Causeries*, éd. Le Vasseur, vol. 24. Cité par D. Zimmermann, *Alexandre Dumas le Grand, op. cit.*, p. 411-413.

[42] Notamment celles de la Pléiade et des éditions Bouquins.

[43] Citations empruntées à la Préface de C. Schopp pour *La Reine Margot*, éd. Bouquins, p. XXIII.

[44] Lettre de Matharel de Fiennes à Auguste Maquet, du 22 janvier 1858 (date où Maquet est en procès contre Dumas) qui est disponible sur Internet (Maquet).

[45] Ils sont également reproduits à la fin de l'édition Bouquins.

[46] Dumas, « Jules Romain », dans *Italiens et Flamands*, 1845, cité par D. Zimmermann, *op. cit.*, p. 414.

[47] Dumas, *Mes Mémoires*, II, p. 918.

TROISIÈME PARTIE. L'état de grâce

[1] Les indications portées sur ce tableau sont empruntées au *Quid d'Alexandre Dumas*, par Dominique Frémy et Claude Schopp, p. 250-253.

[2] Lettre à George Sand du 30 mai 1851.

[3] Dumas, *Mes Mémoires, op. cit.*, II, p. 694.

[4] Voir dans *La Reine Margot*, éd. Bouquins, la Préface où C. Schopp expose une discussion avec Véron sur cette question (p. XXXIX).

[5] Dumas, *Mes Mémoires*, II, p. 651.

[6] Dumas, *Vingt Ans après*, chap. XXII.

[7] Dumas, *Mes Mémoires*, II, p. 697.

[8] Cf. un excellent résumé de toute l'affaire dans le *Quid de Dumas*, p. 173 *sq.*

[9] Voir sur cette question la Préface de C. Schopp à *La Reine Margot*, éd. Bouquins, p. XXXII-XXXIII.

[10] La Rochefoucauld, *Mémoires*, dans *Œuvres complètes*, Bibliothèque de La Pléiade, p. 38.

[11] *Ibid.*, p. 39.

[12] En 1828. L'anecdote avait déjà été exploitée en 1825 par un magistrat et écrivain amateur nommé Roederer, sous le titre *Les Aiguillettes d'Anne d'Autriche*. Sa comédie figure dans un recueil intitulé *Intrigues politiques et galantes de la Cour de France sous Charles IX, Louis XIII, la Régence*

et *Louis XV*. Elle ne fut sans doute jamais jouée et rien n'indique que Dumas l'ait lue. *Les Trois Mousquetaires* démarquent si étroitement Barrière qu'il est inutile de leur chercher d'autres modèles.

[13] Parmi eux, Jean-Christian Petitfils, *Le Véritable d'Artagnan*, Taillandier, 1981.

[14] Anecdote suspecte, parce que très tardive, tirée d'un article de Dumas dans *Le d'Artagnan* du 29 février 1868 (cité par C. Schopp, Introduction aux *Trois Mousquetaires*, p. XIV).

[15] Dumas, *Les Trois Mousquetaires*, chap. XX et XXV à XXVIII.

[16] *Ibid.*, chap. XXI.

[17] *Ibid.*, chap. VIII.

[18] Dumas y fait des allusions répétées dans *Vingt Ans après*, notamment chap. XVI et XXIX.

[19] *Ibid.*, chap. X.

[20] 178 700 exactement. Préface aux *Trois Mousquetaires*, éd. Bouquins, p. XXXIV.

[21] Cité par C. Schopp, *Alexandre Dumas, op. cit.*, p. 369.

[22] Lettre citée par C. Schopp, éd. du *Vicomte de Bragelonne*, coll. Bouquins, t. II, p. 876.

[23] Cf. Dumas, *Vingt Ans après*, chap. XV, « Deux têtes d'ange », chap. XVI, « Le château de Bragelonne », et chap. LXXI, « Remember ».

[24] « L'absence d'amour nous gênera ; je commence à m'en apercevoir », écrivait Dumas à Maquet à propos de *Vingt Ans après* (cité par Gustave Simon, *Histoire d'une collaboration*, 1919, p. 66).

[25] Le plan du *Vicomte de Bragelonne* a été conservé sous la forme de dix feuillets discontinus, recto verso, inégalement remplis. Il figure à la BnF sous la cote Ms n.a.fr. 11917, f°s 74 à 90.

[26] Paul Morand, *Monplaisir*, I.

[27] Textes publiés en appendice dans l'édition Bouquins du *Vicomte de Bragelonne*, t. II, p. 916-936.

[28] Dumas, *Le Vicomte de Bragelonne*, chap. CCXV et CCXVI.

[29] Billet à Maquet du début décembre 1849, reproduit dans l'édition Bouquins du *Vicomte de Bragelonne*, II, p. 883.

[30] Dumas, *Le Vicomte de Bragelonne*, chap. XIV.

[31] Cité par D. Zimmermann, *Alexandre Dumas le Grand, op. cit.*, p. 480.

[32] Dumas, *Le Vicomte de Bragelonne*, chap. XXI.

[33] *Ibid*, chap. XII et CCVII.

[34] *Ibid.*, chap. CLII à CLVIII.

QUATRIÈME PARTIE. Survivre

[1] Voir le *Quid de Dumas*, p. 129.

[2] Voir la Chronologie des œuvres de Dumas dans le *Quid de Dumas*, p. 250 *sq.*

[3] D'après le *Quid de Dumas*, p. 102, qui ne précise pas si ces recettes sont brutes ou nettes et si les dépenses engagées pour l'achat du terrain et la construction du bâtiment ont été couvertes sans emprunt.

[4] Passages cités dans le *Dumas* de Claude Schopp, *op. cit.*, p. 375-377.

[5] Hugo, *Les Contemplations*, livre V, XV, *À Alexandre Dumas*, in *Œuvres poétiques*, éd. de la Pléiade, t. II, p. 699. La lettre à Mme Hugo est citée dans la note 2 de la page concernée.

[6] Lettre citée dans le *Quid de Dumas*, p. 159.

[7] Billet de la fin novembre 1845, cité dans *La Dame de Monsoreau*, éd. Bouquins, p. 1314.

[8] Voir *Vingt Ans après*, éd. Bouquins, p. 1366.

[9] Voir *Joseph Balsamo*, éd. Bouquins, p. LXXVIII.

[10] Voir les documents publiés à la suite du *Vicomte de Bragelonne* dans l'éd. Bouquins, t. II, p. 879-883.

[11] Cité par C. Schopp, *Alexandre Dumas, op. cit.*, p. 405.

[12] Lettre de Maquet à Paul Lacroix, non datée, citée par D. Zimmermann, *Alexandre Dumas le Grand, op. cit.*, p. 479.

[13] Les lettres concernant cette affaire figurent parmi les Documents reproduits en annexe du *Vicomte de Bragelonne* dans l'éd. Bouquins, t. II, p. 905-915.

[14] Lettre de N. Parfait à son frère, du 23 décembre 1853, citée par C. Schopp, *op. cit.*, p. 441.

[15] Lettre à A. Sinnet, du 26 mars 1852, reproduite dans l'édition Bouquins des *Mémoires*, t. I, p. XLII. Ceux qui souhaitent se faire une idée de l'ouvrage en trouveront un survol bref mais enthousiaste, dans D. Zimmermann, *op. cit.*, p. 498-500.

[16] Dumas, *Mes Mémoires*, II, p. 87.

[17] Lettre au duc d'Auffray, citée dans le *Quid de Dumas*, p. 74.

[18] Les deux citations sont tirées d'une lettre à Émile de Girardin, du 29 février 1848, parue dans *La Presse* le 1er mars.

[19] Tocqueville, *Souvenirs*, éd. Gallimard, 1942, *passim*.

[20] *Les Misérables*, Cinquième partie, livre premier, I. La Charybde du faubourg Saint-Antoine et la Scylla du faubourg du Temple.

[21] Propos cités (sans référence) par D. Zimmermann, *op. cit.*, p. 495.

[22] Citations tirées des *Compagnons de Jéhu*, 1856-1857.

[23] « Mon Odyssée à la Comédie-Française », dans *Souvenirs dramatiques*, éd. Le Vasseur. Réflexion citée par D. Zimmermann, *op. cit.*, p. 374.

[24] *Le Monte-Cristo*, numéro du 18 mai 1857, cité par D. Zimmermann, *op. cit.*, p. 531.

[25] Voir Dumas, *Mes Mémoires*, t. II, p. 918.

[26] Le manuscrit original, traduit pour la publication, n'ayant pas été conservé, l'ouvrage n'était disponible jusqu'à présent que dans sa version italienne, *I Borboni di Napoli*. Cette version est en cours de retraduction en français, par Jean-Paul Desprat.

[27] Cette réflexion souvent citée provient du chap. 1 de l'*Histoire de mes bêtes*, parue en 1868. Elle est donc tardive.

[28] Dumas, *Le Vicomte de Bragelonne*, chap. XIV.

[29] Dumas, *Les Trois Mousquetaires*, chap. VIII.

[30] *Quid de Dumas*, p. 120.

ÉPILOGUE

[1] Dans l'article date de 1839 qui porte ce titre.

[2] Dumas, *Vingt Ans après*, chap. XXIV.

[3] Lettre à Alexandre Dumas, du 14 novembre 1853, dans Nerval, *Œuvres*, t. I, éd. de la Pléiade, 1956, p. 1038.

[4] Cité par D. Zimmermann, *Alexandre Dumas le Grand, op. cit.*, p. 474.

INDEX DES NOMS DE PERSONNES

(à l'exclusion des personnages, réels ou fictifs,
figurant dans des œuvres littéraires)

INDEX DES ŒUVRES DE DUMAS

Table

TROISIÈME PARTIE
L'état de grâce

QUATRIÈME PARTIE
Survivre

Composition réalisée par Datagrafix

Achevé d'imprimer en décembre 2010 en Espagne par
LITOGRAFIA ROSÉS
Gava (08850)
Dépôt légal 1re publication : janvier 2010
LIBRAIRIE GÉNÉRALE FRANÇAISE – 31, rue de Fleurus – 75278 Paris Cedex 06